# LA BELLE DE VENISE

10, place des Cinq-Martyrs-du-Lycée-Buffon
75015 Paris – France
contact@editionscharleston.fr
www.editionscharleston.fr

ISBN : 978-2-36812-130-6

Maquette : Patrick Leleux PAO

Pour suivre notre actualité, rejoignez-nous sur Facebook (Editions.Charleston), sur Twitter (@LillyCharleston) et sur Instagram (@ Lilly Charleston) !

Emma Mars

# LA BELLE DE VENISE

## La Trilogie vénitienne

*Roman*

CHARLESTON
POCHE

# NOTE DE L'AUTEURE

Premier bordel public administré de manière directe par un gouvernement, **le Castelletto a réellement existé**, à Venise, dans le quartier du Rialto et plus spécifiquement dans la paroisse de San Matteo (aujourd'hui disparue), durant un siècle environ, de 1360 jusqu'au début des années 1460.

Ce roman est le récit de sa création houleuse sous l'égide du doge de Venise, Giovanni Dolfin, avec la complicité de l'Église et de ses représentants. Mais il relate surtout les conséquences de cette initiative contestée sur certains de leurs administrés, à commencer par les premières concernées, les prostituées de la Sérénissime, dont la beauté et la science de l'amour étaient alors réputées dans toute la chrétienté…

# Prologue

*Venise, décembre 1348*

La nuit s'était abattue en plein jour, peu après les coups de cloche au campanile de Saint-Marc qui ponctuaient le zénith au soleil. Dès la fin de la matinée, celui-ci avait disparu derrière la brume qui enveloppait désormais toute la lagune. Les silhouettes noires qui s'aventuraient encore à l'extérieur se résumaient à des ombres, tels des poissons qui auraient percé la surface bistre du Canal pour repartir aussitôt dans ses profondeurs. Impénétrables.

— Laissez passer !

Les deux hommes qui portaient la dépouille emmaillotée d'un drap sale n'eurent qu'à murmurer leur ordre. Le rideau de curieux qui s'étaient agglutinés devant la masure misérable s'effaça de lui-même. Chacun put alors apprécier la tenue des portefaix qui sortaient leur fardeau dans l'étroite ruelle, le corps ceint d'un mantel long et couvrant, le visage masqué d'un linge trempé de vinaigre, les mains gantées.

Le dégoût qu'on lisait dans leurs yeux épuisés – combien de cadavres avaient-ils déjà charriés depuis le lever ? – semblait plus inspiré par l'infamie du quartier que par la pestilence des lieux. Le mal était partout. Il frappait ici comme au palais ducal. Il ne distinguait ni les classes ni les âges ni les sexes. Des morts, ils en trimbalaient à longueur de journée, et souvent plus mal en point que celui-ci. Mais que dire de ces femmes... ! Car, ils le voyaient à présent, il n'y avait là que des femmes.

Certaines avaient tout juste pris le temps de passer un châle sur leur poitrine ; d'autres l'exhibaient encore, habituées qu'elles étaient à faire de leur corps un étal. Transgressant sans vergogne les règles en vigueur, toutes s'autorisaient des couleurs et des matières qu'on leur interdisait pourtant, soieries rouges ou blanches qui tranchaient sur leurs peaux brunes ou laiteuses. Si leur office ne faisait pas de doute, la qualité si diverse de la « marchandise », de la splendeur au laideron, aurait eu de quoi surprendre un néophyte. C'était ainsi : au Rialto, il y en avait vraiment pour toutes les bourses et tous les goûts, l'offre précédant toujours la demande.

Un vieillard vêtu d'une houppelande de bonne facture et lesté d'une sacoche de cuir émergea à son tour de la bicoque, haute de deux étages penchés et branlants. Ses chausses s'enfoncèrent dans la terre battue ; aux yeux du Grand Conseil, et contrairement aux quartiers plus cossus, la paroisse de San Matteo ne valait pas qu'on pavât ses rues. Face à la horde de jupons débraillés qui absorbait déjà le cortège pestiféré, il marqua un arrêt, puis brandit un minuscule cadre, à peine plus gros qu'un médaillon, dans lequel on devinait le dessin d'une jeune beauté brune.

Il paraissait surpris qu'une patiente de si modeste extraction eût possédé un bien d'une telle valeur.

— À qui dois-je donner cela ? Visiblement, c'est tout ce que la pauvresse possédait…

Il n'y avait guère que les patriciens des grandes maisons, ceux des Cà opulentes dont les palais longeaient le Canal, pour détenir pareil trésor : un portrait d'eux-mêmes.

Les femmes réunies se dévisagèrent un instant et soudain l'une d'entre elles s'avança vers lui, une gamine pendue à sa main. Elle dominait le médecin d'une bonne demi-tête, et impressionnait plus encore par sa corpulence assumée, toute en hanches et en bourrelets harmonieux. Au côté gauche, son large visage portait deux zébrures presque parallèles, qui lardaient sa peau comme des coutures maladroites.

— À moi, affirma-t-elle d'une voix grave.

— Et vous êtes… ?

— La mère de son enfant.

La réponse déconcerta le vieil homme, mais la gamine aux longs cheveux bruns et aux yeux verts ne broncha pas à l'énoncé de cet étrange statut. Elle resserra au contraire sa petite main sur l'énorme pogne de sa protectrice.

— On est *toutes* sa maman, appuya la balafrée.

Les autres approuvèrent d'un brouhaha léger, traversé de quelques toux suspectes.

— Bien…, dit-il en tendant l'objet du bout des doigts. Dans ce cas, j'imagine que vous le lui remettrez plus tard.

— Évidemment.

Pour qui la prenait-il ?

Le relent soufré des fumigations qu'on pratiquait alentour, au domicile des défunts du jour ou de la veille, souleva le cœur du praticien, qui d'instinct se couvrit le nez de sa paume.

Devant la détermination de la femme – elle lui semblait d'un âge déjà avancé pour son odieux commerce –, il n'insista pas et se fraya un chemin à travers les autres pécheresses, jusqu'à rejoindre ses deux assistants. Aux premiers temps de l'épidémie, le Conseil des Dix avait préconisé de ne pas transporter les corps hors du lieu de leur agonie, afin d'éviter la propagation des miasmes. Mais la putréfaction sur place des chairs suppliciées par la maladie semblait en définitive une disposition plus délétère encore, attirant les rats propagateurs du mal, et jetant les habitants à bas de leurs maisons rendues infréquentables.

Depuis quelques semaines, les médecins dépêchés auprès des mourants avaient donc pour charge de déplacer les cadavres jusque sur certains îlots déserts de la lagune, où ils étaient brûlés. Quant aux hommes dévolus au transport et à l'incinération, on les recrutait pour l'essentiel parmi des soldats démobilisés, des ouvriers de l'Arsenal désormais sans tâches, parfois même des esclaves affranchis pour qui tout emploi, même le plus dangereux et le plus répugnant, était bon à prendre.

Était-ce la fatigue, la nausée, ou tout simplement l'inexpérience ? Les deux porteurs lâchèrent une première fois le corps, en plein centre du *campo* Beccarie, à deux pas des stands où la viande sanglante paraissait plus vivante que leur encombrant paquet.

Parvenus à la berge du Grand canal, au niveau d'un tronçon où la *fondamenta* de bois laissait progressivement place à la pierre, plus résistante à l'érosion des flots, ils balancèrent leur charge au fond d'une simple barque à fond plat, comme on se déleste d'une vulgaire carcasse. Un frisson indigné parcourut l'assemblée. L'écho en parvint jusqu'au pont du Rialto, où quelques têtes curieuses se tournèrent dans leur direction. La scène était devenue banale, et pourtant, dans ce quartier des marchés et des boutiques, elle saisissait à chaque fois tous ceux qui redoutaient autant pour leur commerce que pour leur vie.

— Personne ne souhaite l'accompagner, je suppose ? lança le médecin aux femmes.

Aucune ne répondit. La plupart se contentèrent de se signer, les yeux mi-clos, abîmées dans leurs prières silencieuses. Déjà, le *sandalo* s'éloignait à longs coups de rames, avalé par le brouillard aussi dense et épais qu'un unique nuage. Les trois occupants s'effilaient comme des arbres morts. Bientôt, on ne les devinerait plus. Venise les aurait mangés.

Personne ne la vit s'élancer. Petit projectile de douleur contenue, soudain libérée.

Et quand la balafrée et ses consœurs réagirent enfin, la fillette atteignait déjà l'ultime margelle, hurlant à pleins poumons :

— Maman ! Maman !

Elle se jeta d'un bond dans le bouillon d'eau brunâtre, battant l'onde de ses mouvements désordonnés, presque aussitôt aspirée par d'étranges tourbillons. En moins de temps qu'il n'en fallut aux femmes pour gagner à leur tour la berge, elle avait disparu. C'est tout juste si une mèche surnageait encore.

— Chiara ! hurla sa mère de substitution. Chiara !

Une catin un peu plus jeune et athlétique que les autres sauta sans se dévêtir, sa robe dessinant dans l'eau une corolle presque risible. Elle plongeait la tête dans la fange liquide, encore et encore, hélas à chaque fois en vain. Les regards incrédules fouillaient eux aussi les eaux opaques. Ce n'était pas possible, soufflait-on d'une oreille à l'autre : la fille n'allait pas mourir le même jour que sa mère ! Même en temps de peste, on ne pouvait s'y résoudre. Aucun péché ne méritait pareil châtiment.

Mais à ce spectacle s'en ajouta subitement un autre, qui attira d'un coup tous les regards : suivant le courant, dépassant bientôt la sauveteuse impuissante, plusieurs corps gonflés et boursouflés flottaient sur le Canal, esquifs improbables qui médusèrent l'assistance. Dieu sait quel quartier en amont, sans doute plus atteint que le leur, n'avait eu d'autre ressource que le cours d'eau pour évacuer sa livraison de charognes. Nues, elles filaient déjà vers l'est, vers Saint-Marc, polluant ces eaux où le matin certains habitants démunis pêchaient encore. Même à cette distance, on devinait les bubons noirs qui poinçonnaient les chairs putrides au cou, aux aisselles et à l'aine.

Sur le quai, les regards horrifiés se renvoyaient tous les mêmes questions muettes. Que pesait le sort d'une enfant de prostituée, au regard du désastre ambiant ? Qui se risquerait encore à la chercher parmi la mort qui dérivait et envahissait toute la ville ?

Quand une forme s'élança sans prévenir.

# 1

*Treize ans plus tard... 29 janvier 1361*

Venise n'était pas une ville, Venise était une lumière. Mille lumières.

L'embrasement des couleurs du levant qui peignait le pont du Rialto, au-delà du *campo* Beccarie et des étals écarlates des bouchers.

Un reflet sur l'eau calme du *rio* qui jouxtait sa maison et jouait par ricochet sur la surface trouble de sa fenêtre.

Un brasero qui rougeoyait encore des braises de la nuit, et auquel trois filles à moitié dévêtues se réchauffaient en chantonnant des airs profanes de leurs pays d'origine.

Un rayon qui filtrait enfin par ses persiennes et venait se perdre dans la masse dorée de ses cheveux, blondis par les soins et les heures passées sur les *altana* voisines, ces terrasses de bois accrochées au faîte des maisons.

Bientôt, le trait lumineux caressa son visage et darda sur ses paupières qui se mirent à papillonner. Elle étira son corps nu, encore engourdi des exploits de la veille. Reposée. Souriante. Malgré sa condition, malgré cette ruelle et cette chambre misérables, malgré cet homme bedonnant qui ronflait à ses côtés, elle le savait depuis toujours : Venise n'était pas une ville comparable aux autres, Venise était un festival de lumières, et dans cette fête continue ses semblables et elle jouaient le rôle des papillons colorés, plaisants pour certains, écœurants pour d'autres, dans tous les cas éphémères. Tôt ou tard, que ce fût sous les coups d'un amant ou d'une maladie, les papillons y étaient condamnés. C'est pour cette raison qu'elle voulait quitter cette débauche de lueurs. Regagner l'ombre, certes, mais aussi s'offrir une vie au-delà du jour présent.

Enfilant une chemise sur sa poitrine, haute et replète, elle considéra la masse informe qui occupait les trois quarts de son grabat. Difficile de lui donner un âge, tant il était laid et gras. Mais il devait bien compter le double du sien. Lucia Nigra, sa matrone, avait beau interdire aux filles de ramener les clients chez elles, la pluie d'amendes qui s'était abattue ces derniers temps sur les quelques auberges prenant le risque de les accueillir, y compris les fidèles *osterie* de la Citrouille ou de la Serpe, avait fini par les en chasser. Si on les tolérait encore au Rialto, on ne voulait plus d'elles nulle part avec un toit et une porte. Et comme il était hors de question de se vautrer chez ces messieurs, dans la couche de leurs légitimes épouses, ne restaient pour seuls havres que ces pauvres chambrettes louées à prix d'or à leur maquerelle.

— Chiara !

La porte s'était ouverte d'un coup sur une furie rousse, la peau aussi blanche que celle de la belle alanguie était hâlée. La jeune femme était à bout de souffle, les joues rougies par sa course.

— Oh ! pardon..., s'écria l'intruse. C'est qui, lui, c'est ton Mosca ?

Elle désigna le ronfleur qui manifestait les signes d'un éveil proche.

— Ah non ! Gina, Mosca est quand même beaucoup moins vilain que ça.

— Hum, tu n'as pas tort.

— Parce que tu regardes autre chose que leurs fesses, toi, maintenant ?

— Eh bien... non ! Fais donc voir un peu les siennes...

Leurs rires éclatèrent de concert, imprimant à la rumeur qui montait peu à peu de la rue une note légère.

— Si vous croyez que c'est en vous payant ma tête que vous allez m'extorquer quelques livres de plus...

L'homme s'était redressé et observait les deux effrontées d'un œil où le mépris le disputait à la convoitise. Chiara, Gina... Tous les hommes qui fréquentaient le quartier se passaient le mot depuis déjà des mois ; il n'y avait pas plus fraîches et désirables que ces deux-là, et en dépit de leurs refus répétés, plus d'un persistait à leur proposer quelque réjouissance triangulaire. Mais couche-t-on avec celle qu'on appelle sa sœur, même pour le double de la somme ?

Saisissant son oreiller, Chiara se mit à battre la grosse trogne rubiconde de son client, sans la moindre considération pour son rang ou ses habits filés d'or qui jonchaient les tommettes.

— Mais c'est qu'il devient intenable, ce cochon-là ! Allez, ouste ! Du balai !

Il grogna un mécontentement presque amusé, enfila à la hâte sa chemise brodée, ses braies soyeuses et sa soubreveste à galons, et s'éclipsa sans demander son reste, leur adressant à chacune un clin d'œil qui valait pour un au revoir. Ce gentil porc reviendrait, elle en était certaine, et tant qu'elle poursuivrait sa pratique à Venise, elle préférait encore recevoir ce genre d'hommes, pleins d'attentions et de dévotion, émerveillés de s'offrir ses charmes pour quelques livres, plutôt que les jeunes bellâtres prétentieux et malintentionnés que sa matrone persistait à lui envoyer.

Gina recouvra brusquement son sérieux.

— Lucia nous veut toutes au *campo* de San Giacomo. Lavées *et* habillées.

— Si tôt ?

— Pas pour la clientèle. Pour accueillir la *scuola* qui organise la fête des Marie.

Chaque année, deux paroisses différentes, généralement voisines, se voyaient confier l'organisation de la plus importante festivité de tout l'hiver, la procession des Douze Marie. Certaines voix du Grand Conseil eurent beau se scandaliser qu'on accordât un tel privilège à ce véritable bastion de la prostitution – la célébration de la Vierge au royaume des traînées, on aura tout vu ! – le tour de San Matteo et de San Giacomo était enfin venu. Pour les filles publiques et leurs souteneurs, cela constituait autant un honneur qu'une occasion de harponner les innombrables visiteurs qui ne manqueraient pas de se presser dans les parages. Bien sûr, elles seraient les plus empressées à suivre les deux processions qui conduiraient les douze statues de Marie jusqu'à San Pietro di Castello, à l'autre bout de la ville, puis retour. Elles prieraient avec une assiduité accrue pour le salut de leurs âmes, et celle de leurs clients, implorant pour tous une juste rédemption. Mais dès leurs Ave Maria proférés avec toute la sincérité requise, elles se rueraient sur ces messieurs, tâteraient la solvabilité de leur bourse et du reste, et les entraîneraient sur la paillasse ou sous le portique les plus proches, leur susurrant à l'oreille la promesse d'un paradis que ni leur épouse ni la Vierge ne sauraient leur offrir.

Ainsi allait Venise, et au-delà le monde : le lit conjugal perpétuait les lignées ; mais il n'y avait que dans leurs bras à elles qu'un homme pouvait connaître les délices véritables de l'amour.

— On doit y être dans combien de temps ? s'enquit Chiara.

— Depuis au moins une heure…, lâcha la rousse avec une moue affligée.

Son amie blonde ne parut pas s'émouvoir de cette annonce, et choisit ses habits avec soin. Elle passa chaque pièce, culotte, robe et hennin, avec une application presque maniaque, mettant à chaque geste l'impatience de son amie un peu plus au supplice. Lassée, et sans doute aussi par crainte des réprimandes, Gina finit par l'abandonner à ses interminables préparatifs.

Lorsqu'elle déboula dans la *calle* de l'ange, cette ruelle étroite et crasseuse qui lui servait depuis toujours de domicile, un timbre cassant sécha aussitôt Chiara sur place.

— Eh bien, eh bien ! Voyez-vous ça ! *Dona* Chiara daigne enfin quitter son palais.

L'ironie ne sonnait pas comme un jeu, et le regard glaçant qui se posait sur elle n'était pas celui d'une complice. Habillée de noir de la tête aux pieds, Lucia Nigra semblait un peu plus maigre à chaque apparition. Son visage n'était plus qu'un trait, aussi tranchant qu'une lame. C'est sa méchanceté et son avidité qui la rongent, prétendaient certaines des filles qu'elle gérait.

— Bonjour, Lucia, je suis..., bredouilla Chiara.

— Tu es très en retard, oui.

— Je suis désolée. Mais mon visiteur s'est endormi, et je n'ai pas eu le cœur de le mettre à la porte.

— Tu sais pourtant que tu n'as pas le droit de les garder chez toi durant la nuit ?

— Oui, bien sûr..., plaida-t-elle avec un peu plus d'aplomb. J'ai sans doute appliqué notre consigne trop à la lettre.

Le rituel voulait en effet qu'au début de leur rendez-vous, les catins vénitiennes profèrent cette phrase, signe de leur bonne disposition commerciale à l'égard du client : « Vous serez servi, je suis à vos ordres. »

— *Trop à la lettre ?* grinça Lucia. Tu te donnes bien du mérite.

— Ce n'est pas ce que...

— File plutôt te laver. Ce n'est pas parce que vos âmes sont sales à faire peur qu'il faut vénérer la Vierge comme des souillons !

Rien ne se discutait jamais, avec Lucia. Elle menait son cheptel de filles comme une armée de plaisir lancée à l'assaut de la cité, constamment disposée à maltraiter ses soldats récalcitrants ou trop peu combatifs, voire à sacrifier pour de bon ceux qui ne lui convenaient pas, ou ne lui rapportaient pas assez. Mais le plus déroutant, chez elle, c'était la manière dont elle occultait son propre passé de gagneuse, rejetant la faute morale sur les pécheresses qu'elle dressait désormais à la baguette, présentant son ministère lucratif comme un sacrifice. Puisqu'il fallait une bergère pour conduire ces brebis égarées, elle s'était dévouée, voilà tout, répétait-elle à l'envi. Sainte Lucia !

Personne n'était dupe, bien sûr, et de fait chacun la craignait.

*

Le soleil qui envahissait le *campo* Beccarie était somptueux, paré d'une infinité de nuances. Mêlé aux appels tonitruants des marchands, il calmait sa colère et réjouissait son esprit. Peu importait à Chiara les Lucia Nigra, les Anna de Verona, ou toutes ces autres matrones plus cupides et cruelles les unes que les autres. Sous peu, elle les oublierait, comme elle oublierait le jour maudit qui avait vu le corps sans vie de sa mère traverser cette place. Bientôt, elle quitterait Venise, elle laverait ses blessures dans d'autres eaux que cette lagune saumâtre. Elle foulerait enfin la terre de ses origines, où une existence nouvelle l'attendait, elle en était sûre.

Arrivée au puits le plus proche, elle se pencha et trempa son visage à grands jets. Au diable le rationnement d'eau douce. De toute manière, qui irait lui réclamer une amende, là où elle s'enfuirait ? Qui serait assez fou pour la poursuivre jusqu'en Aragon ?

Elle achevait ses ablutions quand le claquement d'une troupe à cheval s'éleva à l'est et gagna progressivement toute la place et les rues environnantes.

Le cataclop des sabots s'amplifiait, à présent, accompagné de cris et de vivats à chaque seconde plus nourris. Chiara courut dans leur direction, là où ses consœurs s'étaient soi-disant rassemblées, vers San Giacomo et son vaste parvis. Mais à mesure qu'elle remontait la rue des Orfèvres, évitant les charrettes et les grappes de badauds et d'étrangers, il lui sembla que les bruits enjoués s'estompaient, remplacés par les échos d'un vent de panique.

Des hurlements.

Une cavalcade.

Avant même de poser le premier pied sur le *campo*, elle croisa plusieurs des autres filles de Lucia qui refluaient en sens inverse, affolées.

— Sophia ! Sophia !

— Ne reste pas ici.

— Qu'est-ce qui se passe ?

— Ne va pas à San Giacomo, c'est tout !

— Pourquoi ? Il n'y a pas la *scuola* ? C'est pas la procession ?

Sa camarade poursuivit sa fuite sans lui répondre. Un détail frappa alors Chiara : seules les prostituées s'égaillaient comme des moineaux. Les autres habitants de la paroisse, de même que les visiteurs, considéraient la scène avec un mélange d'étonnement et de flegme, visiblement sûrs de leur bon droit.

Elle atteignit l'esplanade au moment où une violente rafale de bora, ce vent froid du nord-est que détestent les Vénitiens, la balayait de part en part. Le souffle glacé brouilla un instant sa vue. Quand elle ouvrit à nouveau les yeux, le premier visage de cavalier qu'elle aperçut lui était familier. « Mosca ! » susurra-t-elle pour elle-même. Elle se retint pourtant de le héler ou d'agiter la main à son intention.

Juché sur le cheval de tête, l'homme portait beau dans sa simarre d'apparat, tissée de soie et cousue d'or. Son physique était déjà celui d'un vieil homme, mais ses traits ronds exprimaient sa bonhomie, aussi vrai que l'épée à son flanc disait toute l'importance de son rang.

La troupe qui le suivait de près était bien moins avenante que le joyeux défilé annoncé. À la place des processionnaires prévus, grands ordonnateurs des fêtes mariales de l'année et qu'auraient dû accompagner jongleurs et musiciens, une colonne de gardes montés progressait d'un pas martial.

Une main se posa soudainement sur l'épaule de la jeune femme. Passé le sursaut initial, elle reconnut celle qui avait surgi dans son dos et caressa en retour la joue zébrée qui touchait presque la sienne. C'était plus qu'une habitude ; depuis toujours, un geste rassurant. Le relief des cicatrices sur la peau tannée provoquait en elle un inexplicable réconfort.

— Angela, tu comprends quelque chose à tout ça ? s'enquit-elle auprès de la vieille prostituée.

— Non… Mais si tu veux mon avis, ça ne me dit rien qui vaille.

Elle avait lâché cela avec le phrasé typique des Vénitiens, éludant la dernière syllabe de son accent traînant, presque nonchalant. « Ça ne me dit rien qui va… »

— Ça ne ressemble pourtant pas à une rafle…, constata sa protégée.

En effet, la seule présence des soldats à cheval avait suffi à disperser l'attroupement de filles des rues, et aucune manœuvre particulière ne se dessinait à leur encontre. Les hommes en armes se contentaient de progresser, vers un lieu et à des fins connus d'eux seuls, à une allure presque paisible.

— Tu as raison. Mais ce ne sont pas les gardes qui m'inquiètent le plus.

D'un doigt tendu avec discrétion, Angela de Zara désigna un groupe de cavaliers en grand habit, jusque-là masqué par le premier rang d'uniformes. Il y avait là quatre hommes, tous vêtus de manières différentes, mais tous affublés de la même attitude altière et du même air compassé.

— Qui est-ce ?

— Tu vois les deux patriciens en *dogalina* ?

Chiara identifia aussitôt les hommes concernés à leur riche veste de cérémonie, ornée de broderies d'or et d'argent, et à leurs bijoux portés en sautoir. Encore jeunes et séduisants, ils mettaient cependant tant de cérémonie et d'ostentation dans leurs manières, qu'ils inspiraient plus d'aversion que de respect à la populace agglutinée sur leur passage.

— Oui…

— Ce sont les fils aînés des maisons Venier et Morosini.

Deux des plus anciennes et respectables familles de l'aristocratie locale. Ces garçons constituaient des partis si recherchés qu'aucune jeune noble vénitienne ne paraissait jamais à leur hauteur, et que les années qui passaient les voyaient condamnés à un célibat sans issue.

— Qu'est-ce qu'ils font ici ?

— Aucune idée… Mais ce que je sais, c'est qu'à elles deux leurs Cà possèdent la moitié des maisons de la paroisse. De San Aponal à San Cassiano, tout leur appartient ou presque.

— Et le grand casqué, là, en plastron de cuir ? enchaîna Chiara.

— Je te présente Filippo Dona.

— Le Seigneur de la nuit de San Polo ? s'écria-t-elle plus fort qu'elle n'aurait voulu.

— Lui-même. Je pense que c'est surtout lui qui a effrayé nos petites camarades.

Comme toutes ici, elle avait entendu mille horreurs à son sujet. On lui prêtait notamment les pires exactions sur les prostituées vénitiennes, n'hésitant pas à user de leurs services une heure, pour les battre ou les torturer celle d'après, violent, imprévisible, et en toutes choses d'une cruauté sans égale. Mais grâce à la bienveillante tutelle d'Angela, il y avait un an à peine que Chiara pratiquait son office à San Matteo, et, Dieu merci, l'occasion de croiser ce personnage ne s'était encore jamais présentée.

— Tiens, regarde un peu, souffla Angela. Tu vas comprendre pourquoi il est si populaire.

Illustrant son propos, Filippo Dona venait de quitter le reste du cortège, et poussa son cheval au trot jusqu'au pied du pont du Rialto. Sans même descendre de sa monture, il se courba alors vers la statue que tous connaissaient ici sous le nom de Gobbo, le bossu, et où il était admis que la population accroche certains messages satiriques adressés aux plus puissants. Au cou du bossu pendait cette fois-ci un rat mort, sur lequel avaient été clouées les armoiries du doge en exercice, Giovanni Dolfin, maladroitement reproduites sur une planchette en écorce : trois dauphins. Par son entêtement à combattre le roi de Hongrie en Dalmatie, et depuis le piteux traité de Zadar par lequel Venise avait perdu la totalité de cette province, Dolfin s'était mis à dos une partie de la population du duché. De telles expressions de mécontentement n'étaient pas rares.

L'officier arracha la bête à son support d'un coup sec, la brandit au-dessus de sa tête sans un mot, afin que chacun puisse la voir, et d'un mouvement ample balança le tout dans le Canal. Si certains visiteurs étrangers s'esclaffèrent à ce spectacle, aucun habitant du quartier n'osa rien manifester.

Au moment où la troupe passa à leur niveau, Chiara guetta un petit signe de Mosca, mais son ami et protecteur ne se départit pas de son port hiératique et de son sourire presque lunaire, les yeux braqués droit devant lui, sans un geste ou un regard pour elle. Angela saisit sa déception, et la rasséréna d'une douce pression sur la nuque.

— Tu ne peux pas lui demander de s'afficher publiquement avec toi. S'il fait ça, il perdra toutes ses chances d'élection au Conseil.

— Je sais…, soupira Chiara.

— Allez, viens. Ne traînons pas ici.

Mais comme elles faisaient mine de se fondre dans la foule, le dernier cavalier apparut enfin à leurs yeux, sa haute silhouette déchirant le rideau de son escorte. Habillé lui aussi de noir de pied en cap – on aurait dit une version masculine de Lucia Nigra –, il portait une calotte de même couleur, et à son cou était attachée non pas un rat, mais une croix d'or et de pierreries. L'élégance de cet homme d'Église était d'une espèce fort différente de celle des patriciens qui cheminaient devant lui. Ses cheveux de jais, son buste droit et son regard qui scrutait la foule comme un rapace lui conféraient une noblesse naturelle, brute, sans affectation ni aucun effet théâtral. Il était beau certes, mais par-dessus tout émanait de lui une autorité qui devait plus à sa personnalité qu'à sa robe. Un détail chagrina pourtant Chiara dans ce tableau flatteur : l'homme couvrait son nez d'un mouchoir de batiste blanche, sans doute parfumé, comme s'il avait redouté quelque effluence nocive. La réputation du quartier était mauvaise, certes, mais quand même ! Quel dédain !

Tirée par Angela d'une main décidée, elle s'apprêtait à commenter ce détail, quand soudain une bourrasque arracha le carré d'étoffe précieuse de la main du prélat. Le mouchoir voleta un instant au-dessus des badauds, un ange sur Venise, puis, plaqué par les caprices du vent, il s'abattit d'un coup sur le sol. Aux pieds de Chiara.

Elle se pencha et referma son poing sur le petit carré de batiste d'où s'échappait une délicate senteur d'agrumes. Elle remarqua les armoiries de l'évêché de Castello. Et lut les initiales qui frappaient un angle : NC. Relevant la tête, Chiara fouilla en vain la cohue d'un œil avide. L'homme à cheval tourna la tête dans son sillage, rechercha son bien d'un regard contrarié qui croisa brièvement celui de la jeune femme, contact fugace et muet qui la sidéra, mais déjà il s'était évanoui, aspiré par la mystérieuse délégation qui chevauchait à présent en direction du marché. Quel ecclésiastique pouvait être à la fois assez riche et raffiné pour s'autoriser un tel luxe ?

Elle remisa sa question et se sentit envahie de nouveau par l'urgence, que l'irruption de la garde à San Matteo venait de souligner : quitter Venise. Vite. Aussitôt que ses finances le permettraient et que la surveillance des ruffians de Lucia se relâcherait. Ne penser à rien d'autre. Fuir la plus belle ville du monde, abandonner les siens, et surtout sans regrets.

La voix d'Angela dissipa ses pensées :

— Tu sais qu'en principe, ce sont les damoiselles qui laissent tomber leur mouchoir devant le gentilhomme de leur goût ? Pas l'inverse.

# 2

*Plus tard dans la même matinée*

Les filles publiques qui prétendaient qu'à la longue on s'habitue aux hommes, à leurs manies, à leurs vices, à leur crasse, ces filles-là mentaient. Les jambes en équerre, le ventre pilonné par leur visiteur indélicat, certaines chantonnaient, se répétaient une recette qu'on leur avait confiée la veille, ou encore s'imaginaient à des lieues de là, allongées dans un champ ou sous la frondaison d'un arbre fruitier.

Avec le temps, Chiara avait développé sa propre méthode pour supporter la compagnie quotidienne de ces messieurs. Même chez le plus vil, même chez le plus rebutant ou le moins affable, à force d'observation elle parvenait toujours à dénicher une minuscule facette à apprécier. Le visage de l'un lui évoquait un ange joufflu, comme il s'en peignait dans les églises. La tonsure d'un autre ressemblait à s'y méprendre à celle d'un moine replet et inoffensif. Un autre encore avait dans la voix des intonations familières, ou l'enthousiasme folâtre d'un enfant, et cela la touchait. Il suffisait de peu pour leur porter un amour certes ténu et éphémère, mais suffisant pour leur prodiguer l'attention et les soins requis durant une heure. Derrière les gestes brusques et les râles ridicules, elle décelait tant de douleurs, tant d'espoirs déçus… Tous ces hommes n'étaient pas bons, mais tous portaient une souffrance qu'elle accueillait volontiers en elle, contre quelques pièces. Sa beauté allégeait les corps et purifiait les âmes, voilà comme elle envisageait son métier.

Les seuls hommes qu'elle détestait au contraire sans réserve étaient les ruffians, les sbires des matrones, ces parasites qui vivaient sur le dos des putains comme les mouettes s'arriment aux bateaux des pêcheurs. Ils n'étaient pas seulement cupides, leur revendant les accessoires, onguents et crèmes nécessaires à leur office au prix fort, ils étaient aussi et la plupart du temps violents, accablant celles-là mêmes qu'ils étaient censés protéger.

— Tu as du retard sur ton loyer, l'apostropha l'homme à l'entrée du débit de vins.

L'homme au bouc taillé en pointe obstruait le passage d'un bras tendu en travers du chambranle, son autre main posée de manière ostensible sur le couteau qui pendait à sa ceinture.

Avant de servir Lucia Nigra, Sandro Lombardo avait sévi au Rialto comme voyou aux attributions et aux cibles très diverses. Un jour, il dépouillait les étalages des bouchers, un autre, il visitait la caisse d'un changeur ou celle d'un drapier. Contre une somme rondelette et la promesse d'une protection, Lucia l'avait sauvé des mains de l'un d'entre eux, un colosse peu enclin au pardon, qui menaçait de le livrer au Seigneur de la nuit du quartier. Depuis, il vouait à sa maîtresse une fidélité sans démenti, et exécutait ses ordres avec un zèle presque religieux.

— En quoi ça te concerne ? répliqua-t-elle sèchement.

— Ne joue pas à la plus maligne, Chiara d'Aragon. Tout ce que tu dois à Lucia, c'est aussi à moi que tu le dois, tu le sais très bien.

Chiara n'ignorait rien des règles iniques imposées par sa souteneuse, et notamment le loyer prohibitif que celle-ci exigeait pour la chambrette insalubre qu'elle occupait. Mais tout ce qu'elle pouvait économiser en vue de son grand départ était bon à prendre. Chaque sou sauvé tintait désormais du doux son de la liberté.

— J'ai eu une infection, mentit-elle avec une grimace gênée. J'ai dû payer le médecin et les herbes qu'il m'a prescrites. Et crois-moi, les branches de thym et les graines de fenouil, en cette saison, ce n'est pas donné.

— Une infection ? s'étrangla Sandro.

Finement trouvé, se félicita-t-elle intérieurement. Car rien n'effrayait plus les matrones que de savoir l'une de leurs filles impropre à la consommation masculine. Il suffisait que le bruit d'une chaude-pisse se propage pour que tout leur commerce en pâtisse durant des semaines, quand bien même une seule de leurs gagneuses était affectée. En pleine période de festivités et d'afflux de clients, cela représenterait pour Lucia une perte insupportable. Une vraie catastrophe.

— De la tête au cul ! À me brûler le boyau !

— Mais maintenant… c'est réglé, non ? l'interrogea-t-il d'un air plus inquiet que compatissant.

— Oui, oui, je crois.

Sandro n'insista pas. Elle était restée assez évasive pour entretenir le doute, et forcer à présent l'entrée du bouge sans enseigne.

Malgré l'heure matinale, la gargote débordait déjà de buveurs de vin. Afin de préserver la clandestinité de son débit, des panneaux de bois obscurcissaient les fenêtres et coupaient le peu de lumière venant de la ruelle étroite. Autant dire qu'on n'y voyait goutte. Chiara laissa passer quelques secondes pour s'habituer à la pénombre, avant de reconnaître Gina dans cette forme attablée au fond de la salle. Son amie était assise entre un ouvrier de l'Arsenal et un *pozzeri,* artisan poseur de puits, qui tous deux avaient leurs habitudes auprès de ces demoiselles du Rialto. Bien que pour des raisons fort différentes, les hommes appréciaient au moins autant Gina que Chiara. La seconde incarnait sans doute à leurs yeux un idéal physique, mais ils trouvaient auprès de la première une camaraderie joyeuse, délurée, sans interdits, qu'ils ne connaissaient d'ordinaire qu'entre hommes. Chiara était peut-être un ange descendu sur terre, mais Gina, elle, était leur amie.

— Messieurs, vous nous laisseriez entre dames une minute ?

— Ah ! ça dépend ce que tu entends par « entre dames », ma belle. Ça pourrait devenir intéressant, justement ! lança l'ouvrier naval sur un ton égrillard.

Forçant son hilarité, Gina rua les côtes de son client ventripotent de coups de poing simulés.

— Fous-nous la paix, Scarabello ! Tu me paies pour ouvrir les cuisses, pas pour que j'ouvre mes oreilles à tes cochonneries toute la journée. À ton tour d'aller travailler un peu, gros feignant !

— Jolies oreilles, mais plus jolies cuisses encore, flagorna l'homme en se levant.

Quand enfin elles furent seules, protégées par le demi-jour et le brouhaha ambiant, Chiara sortit de son corsage le carré de batiste glané au passage de la troupe.

— Dis donc ! s'exclama aussitôt Gina. C'est splendide. Qui t'a donné ça ?

Chiara esquissa un sourire.

— On ne me l'a pas réellement *donné*.

— Ne me dis pas que tu l'as volé à un client ?

— Non, je ne suis pas idiote…

Éludant les détails inutiles, elle lui résuma alors la scène étrange à laquelle elle venait d'assister, et au terme de laquelle ce mouchoir avait atterri entre ses mains.

— Tu ne peux pas garder ça, affirma Gina avec un soudain sérieux.

— Qu'est-ce que tu veux que j'en fasse, que je le jette, un mouchoir de cette finesse ?

— Rapporte-le.

— Que je le rapporte ? Mais à qui ? Tu sais qui c'est, toi, NC, à l'évêché de Castello ?

— Non, mais si un prélat de l'évêché apprend qu'une prostituée du Rialto a en sa possession un mouchoir, il t'accusera au minimum de vol.

— Mais pourquoi ? Il a vu comme moi que c'est le *bora* qui l'a emporté !

— Crois-moi, si vous êtes confrontés, il se fichera pas mal de la réalité des faits. Tout ce qui lui importera, c'est sa réputation.

— Sa réputation ?

— Tu fais exprès, ou quoi ? Ne me dis pas que tu ne comprends pas ce qu'un gage d'intimité avec une fille comme toi peut avoir de compromettant pour un ecclésiastique de son rang !

Les dernières années avaient marqué en effet un durcissement notable de la position de l'Église vénitienne à l'égard des professionnelles du plaisir. D'une tolérance bonhomme, on était passé à une condamnation officieuse et que les plus acharnés des prélats souhaitaient voir officialiser. Peu importait que certains de leurs confrères aux mœurs relâchées continuassent à fréquenter lesdites femmes, il était temps selon eux de rompre avec ce mythe selon lequel la prostitution était certes un mal, mais un mal nécessaire. La doctrine de saint Thomas d'Aquin en vertu de laquelle le commerce de la chair permettait d'éviter des perversions pires encore, telles que la sodomie ou l'adultère, avait fait son temps.

À Venise, le besoin d'un redressement moral se faisait d'autant plus sentir que la ville était en proie à des dérèglements et un affaiblissement général de son pouvoir. Si le duché avait été frappé par la peste treize ans plus tôt, s'il avait connu la sédition sous le dogat de Marino Fallier et la défaite en Dalmatie sous celui de Giovanni Dolfin, les partisans de cette politique intransigeante n'en doutaient pas, Venise le devait avant tout au relâchement des mœurs dans la cité, que les prostituées incarnaient d'une manière aussi voyante qu'indécente. Une lèpre qui défigurait leur ville bien-aimée.

La blonde considéra son amie rousse en silence, le temps de digérer cette perspective, puis rétorqua :

— Si je m'en débarrasse, il ne saura jamais que celle qui a ramassé son précieux mouchoir était une prostituée, et l'affaire sera close. Ce sera juste un mouchoir perdu, comme il doit en avoir des dizaines dans les armoires de son palais. En revanche, si je me rends à l'évêché, là il n'aura plus aucun doute sur ma qualité.

— Tu le prends pour un idiot ? Tu m'as dit toi-même qu'il portait son tissu au nez pour ne pas être contaminé par l'impureté du quartier. À mon avis, il n'a aucun doute sur ce que tu es.

« Tu crois vraiment ? » implorèrent les yeux de Chiara.

— Cela dit, poursuivit la rousse, tu n'es pas obligée d'y aller en personne. Tu peux le faire porter par Rolando.

L'un des innombrables enfants des rues faisant office de messager.

— Hum…, souffla Chiara. De toute façon…

— « De toute façon » quoi ?

— Eh bien... même en supposant que ce prêtre ait la réaction que tu dis, je ne serai plus là pour subir ses foudres.

— Plus là ? Mais tu seras où ?

— Je..., bredouilla-t-elle à voix basse. Je vais partir, Gina. Je vais quitter Venise, le Rialto, les clients...

Gina avala d'un trait le fond de son *ombra*, son verre de vin frais, balaya d'un regard suspicieux les soiffards avachis et reprit enfin, son timbre altéré par la surprise et le dépit :

— Parce que toi tu t'imagines que Lucia va te laisser filer comme ça ? « Au revoir, tout le monde, j'ai été ravie de vendre mes charmes, mais maintenant je vais y aller »... Tu es complètement folle, ma pauvre !

— Je ne vais pas non plus pendre une annonce publique au Gobbo. Je te le dis à toi.

— Quand elle le saura – parce que, fais-lui confiance, elle le saura avant que tu ne disparaisses –, elle ne se contentera pas d'une réprimande et d'une claque sur les fesses, Chiara. Elle te fera battre à mort ! Comme ses esclaves !

Elle désigna du regard un géant noir qui petit-déjeunait d'un plat de crevettes grises, seul, absorbé par son festin.

— Basile n'est plus son esclave, elle l'a affranchi il y a des années, argua Chiara.

— Peut-être, mais après combien de brimades ? Après combien de coups de fouet ! Tu as déjà jeté un œil à son dos, au moins ?

Ce détail indiquait qu'elle l'avait déjà vu sans ses habits, et Chiara nia pour sa part l'avoir eu pour client d'un mouvement de tête explicite.

— Je suis prête à prendre le risque.

Gina haussa les épaules. « La princesse », voilà comment les filles qui jalousaient Chiara la surnommaient. À qui voulait-elle faire croire qu'elle résisterait à la morsure du cuir sur sa peau ? À qui ferait-elle gober qu'elle serait de taille à affronter un tel ennemi ?

— Et quand bien même, où vas-tu aller ? Et avec quel argent ? Tu sais seulement combien demandent les passeurs qui déposent les fugitifs sur le continent ?

Les éphélides de la jeune femme s'étaient embrasées. Sa réaction vive n'exprimait pas que ses craintes, mais aussi la déception, cette colère si profonde que l'on ressent à se découvrir trahie.

— Oui, je le sais très exactement. Et j'ai quasiment réuni la somme.

— Eh bien, tant mieux pour toi ! s'écria Gina. Profite de ta liberté. Et surtout ne t'inquiète pas pour nous, tout ira bien : on fera juste deux fois plus de passes pour compenser ton départ.

Le reproche était cruel, mais il n'était pas infondé. En privant Lucia de son atout majeur, brebis blonde et perle de son troupeau, Chiara pénaliserait à n'en pas douter ses consœurs, tenues de combler le manque à gagner.

Au-delà, c'est son absence manifeste de gratitude que Gina blâmait. Elle qu'on surnommait la « fille des filles » ; elle l'orpheline que les prostituées du Rialto avaient élevée comme leur propre enfant ; elle qui devait tout à ces femmes de petite vertu mais d'une générosité immense… C'est ainsi qu'elle les remerciait ?

— J'ai eu mon compte aussi, tu sais. Et je n'en veux plus.

— Parce que tu crois que j'ai envie de mes clients, peut-être ?

— Je ne te parle pas de leur sexe, je te parle de leur douleur ! De leur misère. De leurs peurs. Je n'en peux plus de récolter cette mort qu'il y a en eux. Tu peux comprendre ça, non ?

— Je comprends juste que ce qui est assez bien pour nous ne l'est visiblement plus pour toi.

À ces mots, la rousse diaphane repoussa son tabouret branlant et se leva, un pied en direction de la porte, prête à partir. Chiara parvint à saisir son poignet *in extremis.*

— Gina, attends… Tu me rejoindras. On sera à nouveau ensemble, mais loin de tout ça, c'est tout. J'y ai droit, mais toi aussi. On y a *toutes* droit.

— Si tu m'en avais parlé avant, peut-être. Mais là…

Elle dégagea son bras et tituba entre les tables, jusqu'à la minuscule porte basse qui protégeait la *furatole* des regards inquisiteurs. Quand Chiara sortit de son hébétude, Basile l'affranchi se tenait debout devant elle ; il paraissait plus haut que les murs environnants. À aucun moment, il ne s'était montré hostile, mais elle n'avait jamais vraiment réussi à le cerner.

— Querelle d'amoureuses ? lui lança-t-il d'une voix d'outre-tombe.

Comment se faisait-il qu'après avoir été humilié par Lucia et ses ruffians durant près d'une décennie, il ait choisi de rester à son service ? C'est donc qu'elle était vraie, cette théorie qui prêtait à l'animal maltraité de l'amour pour son bourreau. Que faisait-il à présent pour la matrone ? Rien de très précis, si ce n'est espionner tel ou telle, et rendre compte à sa maîtresse des mille rumeurs qui circulaient dans le quartier, et dont une bonne partie transitait par ces petits établissements illégaux.

Chiara quitta à son tour la table et lui lança, un sourcil levé sur le visage d'ébène, grêlé par la vérole et où luisaient de larges traces de sauce huileuse :

— Excès de crevettes ?

Il sourit à sa repartie et la laissa filer.

*

Dehors, les rues un moment désertées sous l'effet de la panique s'étaient de nouveau emplies. On y croisait pêle-mêle des commerçants qui rabattaient la clientèle vers leur échoppe, des *smerdarioli*, ces porteurs de seaux d'aisance à louer, et bien entendu une nuée de catins de tous âges et de tous physiques. Aux yeux des filles et des clients, Chiara était peut-être la princesse du royaume des plaisirs, mais elle-même avait toujours été frappée de la diversité des goûts qu'exprimaient les clients. Comme ce petit homme qui négociait âprement le tarif avec une énorme mamma à la poitrine aussi imposante que ses cuisses. Ou cet autre, encore jeune et avenant, et que la laideur épicée d'une grande bringue aux cheveux gris et drus comme du foin paraissait déjà combler de délices. Tous les bonheurs, tous les fantasmes, toutes les fantaisies se vendaient et s'achetaient ici, justifiant la renommée des putains vénitiennes dans la péninsule entière, et au-delà. Et ce n'était pas tant leur éclat supposé qui faisait leur prix, mais plutôt cette prodigieuse variété.

Si Chiara conservait en toutes occasions une tenue décente, la plupart de ses consœurs appliquaient à la lettre la consigne qu'avaient un temps imposée les autorités, et qui visait à combattre le crime pédéraste. Ces seigneurs du Grand Conseil s'étaient en effet imaginés qu'en exposant les attributs des femmes publiques comme la viande sur l'étal, les tentations impies se reporteraient d'elles-mêmes sur ces dames, délaissant ces pièces sans attrait véritable que sont les hommes. C'est pourquoi, depuis lors, une majorité d'entre elles retroussaient robes et jupons, déballaient poitrines, dévoilaient ventres et cuisses. Certaines allaient même jusqu'à s'afficher à leur balcon, leurs seins posés sur la rambarde tels deux jambons de choix. Leur commerce s'en était plutôt bien porté, et la coutume était restée.

Parvenue chez elle, Chiara grimpa directement sur l'*altana* au sommet du petit bâtiment. La terrasse de bois n'était pas haut perchée, mais assez bien située dans le quartier pour offrir une vue plongeante sur les alentours. D'où elle se trouvait, elle pouvait voir les clochers de San Matteo et San Aponal alignés comme deux astres. Elle s'allongea sur une chaise, son large *solana* de paille coiffant ses cheveux enduits de citron et d'alun, et ne tarda pas à s'assoupir, enveloppée d'un doux soleil hivernal. Décidément, son cochon de la nuit précédente l'avait épuisée. Elle avait besoin de repos. Et tant pis pour les clients qu'elle délaisserait ce matin-là, et dont Lucia ne manquerait pas de lui reprocher la perte sèche. Elle ne voulait plus penser ni à Lucia, ni aux hommes, ni même à Gina et leur fâcherie. Ne plus penser à rien d'autre que cette langueur qui la portait dès à présent loin d'ici.

Même aussi timides, les rayons activeraient le précieux cataplasme et entretiendraient sa blondeur. Les hommes ne s'imaginaient pas : être belle, mon Dieu, quel labeur !

*

Les échos aigrelets d'une cloche déchirèrent son sommeil. Déjà midi. Entre deux battements de cils, elle perçut un mouvement de foule à mi-chemin des campaniles voisins, houle caractéristique d'une presse fendue en deux par une colonne montée.

« Les soldats de tout à l'heure… » songea-t-elle. Mais cette fois la troupe refluait hors du quartier. « C'est bizarre… Pourquoi diable sont-ils restés ici aussi longtemps ? » Il était déjà peu habituel de voir une pareille délégation dans les environs, et plus encore qu'elle s'y éternise. Mais le plus surprenant, c'était la présence aux côtés des émissaires déjà dénombrés à San Giacomo de deux médecins, reconnaissables d'aussi loin à la sacoche qu'ils portaient sur le flanc. Ce serait bien la première fois que le Grand Conseil se soucierait des questions d'hygiène dans le quartier. L'épidémie de 1348 n'avait hélas rien changé, et les mesures prophylactiques y étaient aussi pauvres que ceux qui y vivaient. Quand avait-on ausculté son entrejambe pour la dernière fois ? Elle-même ne s'en souvenait plus.

Sans se l'avouer, elle inspecta pour finir la foule à la recherche d'un cavalier vêtu de noir, décoré d'une croix et coiffé d'une calotte. De nouveau, elle sentit l'œil de l'homme la percer de part en part, et le souvenir du parfum hespéridé flatta son nez. Mais son regard ne rencontra que l'éclat indistinct des robes alezanes et des armes lustrées.

# 3

*Midi, le même jour*

Midi, rappela depuis San Marco le tintement diffus de la *marangana.* « Midi ! » s'exclama Chiara. Cette fois-ci, elle avait à cœur d'honorer son rendez-vous. Car dans sa vie de femme publique, il y avait les hommes qui traversaient son corps sans effleurer ni son cœur ni son âme ; et puis il y avait à l'opposé ceux qui la touchaient à peine et remuaient en elle tout ce qu'il y avait de plus sensible.

Le *capisestiere* Alvaro Mosca était de ceux-là. Mieux, il *était* celui-là.

— Eh, toi ! Où tu vas comme ça ?

Chiara tenta d'ignorer la voix d'homme qui la hélait à l'autre bout de la ruelle, concentrée sur ses pas posés entre les flaques suspectes, mais celui-ci insista :

— Arrête-toi ! Tu m'entends ?

Elle se figea enfin.

Et dire qu'elle n'était plus qu'à quelques enjambées du *traghetto,* le bac qui l'emmènerait en quelques coups de rame sur la rive opposée. Son embarcadère étant le plus proche de San Matteo, et par ce fait le plus emprunté par les catins voisines, on le surnommait le « *traghetto* du trou », délicate image.

Pour l'occasion, Chiara avait revêtu l'une de ses plus jolies robes, longue et ajustée, d'un bleu clair que seules les jeunes patriciennes s'autorisaient d'ordinaire. Elle se retourna et considéra le garde en armes qui remontait l'étroit boyau à sa rencontre. Il n'allait quand même pas l'arrêter pour si peu ?

— Je te reconnais, tu es une des filles de Lucia.

— Oui…, admit-elle du bout des lèvres.

— Où est-ce que tu cours comme ça ?

— J'ai rendez-vous à Cannaregio.

De l'autre côté du Grand canal.

— Dans quelle paroisse ?

— San Felice.

— Beau quartier, dis-moi ! Qui vas-tu voir là-bas ? Pas ta famille, tout de même ?

La remarque était perfide, tant il était de notoriété publique que les plus beaux palais du canal se concentraient là, notamment le sublime Cà d'Oro. L'homme qui lui faisait face arborait un faciès plus quelconque que repoussant, mais une malice peu engageante filtrait de son regard, dont il détaillait les atours de la jeune beauté.

— Non… Non, bien sûr ! Je vais voir un ami.

— Un « ami », tu dis ? Et tu lui fais payer combien l'heure de présence, à ton *ami* ?

« Plus cher que ta solde d'un mois entier », se retint-elle de l'humilier. C'était presque vrai, car Alvaro Mosca s'était toujours montré avec elle d'une prodigalité confondante, et elle lui devait d'ailleurs une bonne part de son présent pécule. Mais prendre un tel personnage à rebours, imbu de son minuscule pouvoir, ne lui serait d'aucun secours. Elle le savait. Elle choisit plutôt d'élargir son sourire, une main sur sa hanche déportée d'un quart de tour vers l'avant, afin qu'il puisse apprécier la rondeur de ses fesses.

Une odeur d'ail et de cuisine rance lui parvint du soldat qui s'était approché d'un pas supplémentaire. Elle retint une grimace de dégoût.

— Un prix raisonnable, minauda-t-elle plutôt. Tu ne penses pas que ça les vaut ?

— Ma foi, si ! Si ! Et à moi, combien me donnes-tu ?

La question la laissa sans voix. Elle hésita à comprendre. Était-il nouveau à Venise ? Sinon, il n'ignorait pas que les gardes qui se rendaient coupables d'extorsion sur les filles des rues encouraient les plus sévères sanctions.

— À toi ? poursuivit-elle son jeu de séduction d'un peu plus près encore, réprimant un haut-le-cœur. Je ne sais pas. Au moins plusieurs ducats.

L'homme partit d'un rire sonore.

— Ah, ah ! Tu es vraiment une fieffée catin ! Je ne te parle pas de louer mes services. Je te demande juste combien tu comptes me donner pour que je te laisse exercer les tiens en dehors de ton maudit quartier.

De nouveau, elle peinait à interpréter ses paroles.

— Que veux-tu dire ?

— Tu n'es pas au courant ?

— Non...

— Tu m'étonnes. D'habitude, les filles comme toi savent que le rat va sortir de son trou avant même qu'il en ait l'idée.

— Vraiment, je ne vois pas du tout ce que...

— Le confinement, la coupa-t-il.

— Pardon ?

— Je dis que tes amies et toi allez être bientôt confinées autour de San Matteo.

Elle reprit une attitude normale, et un peu de sa superbe.

— Le temps des fêtes mariales et du carnaval, tu veux dire ?

Soudain, avant qu'il n'ait répondu, le batelier impatient surgit à l'extrémité de la *ruga*, et interpella la jolie blonde d'une voix de stentor :

— Alors Chiara ? Tu le passes, ce Canal, ou tu ne le passes pas ? J'ai deux passagers qui attendent, moi.

— J'arrive, Paolo, lança-t-elle par-dessus son épaule. J'arrive tout de suite.

Effarouché par l'irruption du témoin, le garde refluait déjà vers l'intérieur du quartier, là d'où il était sorti comme un crabe d'entre les rochers, quelques instants plus tôt.

— Tu parlais de mesures temporaires, n'est-ce pas ? insista Chiara.

— Tu verras bien, ma belle. Tu verras bien !

— Attends !

— Mais à ta place, j'éviterais de traîner loin de chez moi dans les jours à venir.

Et le temps d'un vent coulis le long des façades noirâtres, il avait disparu, comme avalé par le bois des maisons et la boue de la ruelle.

*

Alvaro Mosca avait été nommé *capisestiere* par intérim un an plus tôt, à la mort de son prédécesseur, et veillait depuis sur la destinée de l'un des plus vastes quartiers de Venise, San Polo. Si comme il l'espérait la prochaine élection des membres du Grand Conseil lui était favorable, et qu'il intégrait enfin la noble assemblée, alors il serait confirmé dans cette fonction de chef de quartier qu'il n'exerçait pour l'heure qu'à titre provisoire. Au bénéfice de son âge et de son entreprise prospère prétendaient les mauvaises langues.

Les auberges que choisissait Mosca pour ses rencontres clandestines avec Chiara se voulaient certes discrètes, mais le vieil homme les sélectionnait surtout en fonction de leur confort et de la vue qu'elles offraient sur la ville. Il sacralisait tant les moments qu'il passait en compagnie de sa protégée, qu'il n'aurait pas envisagé de les affadir par la médiocrité du lieu retenu. La beauté de Chiara ne méritait à ses yeux rien d'autre qu'un parfait écrin. Celui du jour, l'*osteria* dite du Melon, ne dérogeait pas à cette règle implicite. L'unique fenêtre de la chambre ouvrait sur un large balcon, lequel offrait un panorama tronqué sur le Canal, mais néanmoins magnifique. En d'autres circonstances, Chiara se serait repue d'un tel paysage, en particulier de l'agitation des ouvriers sur les berges, affairés au remplacement des quais de bois par des quais de pierres.

Mais ce jour-là…

— Tu étais donc au courant ?

Le ton de la jeune femme était sec, son timbre tendu.

— Depuis très peu de temps, je t'assure…

— Ils ne sont quand même pas venus te chercher par surprise, ce matin ? Tu étais bien informé de cette inspection ?

— Oui, admit-il la tête lourde.

Même contrarié, Alvaro Mosca affichait une mine avenante, le plus souvent fendue d'un sourire, qui jamais ne trahissait ses tourments intérieurs.

Il esquissa un geste tendre, essaya de poser ses mains parcheminées sur les deux épaules tendres, mais elle se déroba d'un spasme de la nuque sans appel. Chiara contracta ses poings sur la rambarde.

— Alors, je t'écoute… Ce garde disait vrai, n'est-ce pas ?

— Rien n'est encore acté, Chiara, plaida-t-il d'une voix caressante. Le Grand Conseil attend le rapport des médecins pour procéder au vote. Tout peut encore être abandonné d'un jour à l'autre.

— Mais c'est bien de ça qu'il s'agit : nous enfermer dans notre propre quartier ?

— Ce n'est pas un enfermement, c'est une protection.

— Appelle cela comme tu veux, le résultat sera le même, si nous n'avons plus le droit de sortir de San Matteo.

Dans les faits, la liberté de mouvement dont ses consœurs et elle jouissaient dans la cité était plus que relative. Outre l'accueil houleux qu'elle recevait dans de nombreux quartiers, en particulier les paroisses à l'est de la ville, proches de San Marco et du palais des doges, des restrictions pesaient déjà sur elles, comme cet absurde code prohibant certaines tenues ou certaines couleurs. Mais de telles choses n'étaient rien, au regard de la prison annoncée…

— Je te le répète, reprit-il, rien n'est encore fixé. Les négociations entre les diverses parties impliquées n'ont même pas commencé.

Pour preuve de sa bonne foi, il lui tendit le panier de *galani* qu'il avait apporté à son intention, ces petits beignets plats, glacés de sucre, qu'elle affectionnait plus que tout. Elle répondit à son offre d'un sourire aussitôt effacé, négligeant les délices. Mosca pouvait bien la couvrir de sucreries et de menus cadeaux, son pouvoir était limité, et il le savait.

— Et les fils Venier et Morosini, qu'est-ce qu'ils fichaient là ?

Mosca plissa les yeux puis poursuivit avec prudence, d'une voix grêle :

— Ce sont leurs immeubles qui sont envisagés.

— Envisagés pour quoi ?

— Pour… pour votre transfert, finit-il par lâcher.

Cette fois, le projet était clair. Il était ni plus ni moins question que de les parquer !

Le regard furieux de la blonde se planta dans les yeux épuisés du chef de quartier, puis elle eut aussitôt honte de son attitude à l'égard du vieil homme et posa sur la joue de ce dernier une main aussi caressante qu'un papillon. Mosca n'était peut-être pas en mesure de la protéger autant qu'il le souhaitait, mais il n'était pour rien dans son infortune.

Depuis qu'ils se fréquentaient, il avait au contraire déployé tous les efforts possibles en sa faveur, et cela pour le prix ô combien modique de chastes effusions. Elle le soupçonnait même de pousser sa propre ambition, à un âge où la plupart des hommes y renoncent, dans le seul but de la mieux servir. Si Chiara s'était trouvé en lui un protecteur, Mosca avait gagné pour sa part avec elle la fille aimante que la vie lui avait jusque-là refusée.

— Il y avait aussi un prêtre, avec vous…

— C'est exact.

— Qui est-ce ?

— Le confesseur de notre doge bien-aimé et de sa famille. Nicola Chiutto.

N. C, Nicola Chiutto, résolut-elle pour elle-même l'énigme.

— En quoi l'Église est-elle concernée par l'enfermement d'une poignée de catins ? Elle devrait plutôt s'en réjouir de loin, non ?

— S'en réjouir, je suppose, en effet. Mais de loin, non, tu te trompes. L'évêque Vaselli se dit prêt à tolérer votre commerce, mais pas à le cautionner. L'homme que tu as aperçu ce matin, ce Chiutto, il était là pour s'assurer que les bâtiments réquisitionnés ne sont pas trop proches de leurs saintes églises.

D'où le mouchoir sur son nez, songea-t-elle avec colère, comme si le dégoût affiché par le prêtre la visait personnellement.

D'un geste affectueux, Mosca l'arracha à la contemplation des deux embarcations jumelles chargées d'ordures qui descendaient le Canal, et la tira à lui, jusqu'au lit plutôt douillet. Là, il se contenta de la coucher sur le côté, et s'allongea à son tour, face à la belle alanguie. C'est ainsi qu'ils passaient le plus clair de leurs entrevues, parfois assoupies, parfois bouillonnantes de confidences et de rires. Mais ce jour-là, le regard bienveillant du barbon ne suffit pas à dissiper la morosité qui écrasait la belle.

— Je suppose que tout cela ne s'est pas décidé hier ?

— En effet… Il y a d'abord eu des rumeurs. Puis, plus ou moins avant Noël, le Grand Conseil a évoqué le sujet en séance publique.

Elle lui épargna la question que cet aveu appelait pourtant : « Et toi, depuis quand le sais-tu ? »

— Avant la délégation d'aujourd'hui, enchaîna-t-il, des conseillers sont venus effectuer des repérages. Évaluer la faisabilité de la chose. Seuls, ou en petits groupes.

S'étaient-ils octroyé une petite récréation auprès des créatures dont ils s'apprêtaient à sceller le sort ? Chiara se demanda si elle avait reçu l'un d'entre eux. Elle aurait voulu leur couper les oreilles et le reste, à ces chiens !

— Et qui a décidé de passer de l'observation à l'action ? Dolfin en personne ?

— Pour ce que j'en sais, c'est le Conseil des Dix dans son ensemble qui soutient le projet. Pas plus le doge qu'un autre.

Le Conseil des Dix, la plus haute instance exécutive de la république de Venise, celle qui contrôlait la justice et la police, celle dont dépendaient les si redoutés Seigneurs de la nuit.

Un frisson parcourut l'échine blonde à leur seule évocation.

D'un doigt tremblant, Mosca dessina des sillons imaginaires sur la peau parfaite de sa pupille. D'abord sur son visage, puis dans les replis de son cou et la naissance vertigineuse de sa poitrine. Il n'y avait rien d'érotique dans ses gestes. Ils n'étaient que des hommages incrédules à sa splendeur. Quelques heures par semaine, Alvaro Mosca, entrepreneur en assèchement et *capisestiere* par intérim, partageait la couche d'une déesse, et il ne revenait toujours pas de la chance qui lui était donnée de la contempler d'aussi près. Lui, le simple mortel ; lui qui se sentait si proche de l'échéance fatale.

Chiara distillait pour lui un avant-goût de Paradis… si toutefois il y avait droit.

— Tu sais…, je ne pourrai sans doute pas te soustraire à ce… cet établissement. Mais je pourrai faire en sorte que tu obtiennes les meilleures conditions d'entre toutes.

— C'est gentil…, soupira-t-elle.

À son tour, elle caressa la joue ravinée.

— Et si je ne me laisse pas cloîtrer avec les autres, tu m'aideras quand même ?

— Que veux-tu dire ?

— Eh bien, par exemple, que les Seigneurs de la nuit ne pourront pas enfermer celles qui ne seront plus là le moment venu.

Il la dévisagea, les yeux écarquillés de stupeur. L'ange avait subitement laissé la place à une folle.

— Tu n'es pas sérieuse ?

— J'en ai l'air ? gazouilla-t-elle sur un ton léger.

Le vieillard se redressa d'un coup, avec une vivacité étonnante pour son âge.

— Tu sais ce qu'il advient aux p… aux filles qui s'enfuient sans l'assentiment de leur matrone ?

Pour toute réponse, elle balaya les mains noueuses de son protecteur de ses cheveux couleur blé, comme on bat les épis pour en extraire le grain.

— On les fouette, c'est ça ? s'esclaffa-t-elle.

— Ça n'a rien de drôle !

Mais Chiara ne voulait plus de leurs funestes présages. De ses proches, elle attendait qu'ils rêvent avec elle. Qu'ils imaginent pour elle un avenir possible. Pas qu'ils la rabrouent comme une enfant.

— On les fouette ! On les fouette ! On les fouette ! rit-elle de plus belle.

— Chiara !

Saisissant les poignets de sa maîtresse, il avait hurlé son nom. Jamais il n'avait manifesté une telle brutalité.

— Eh, tu me fais mal !

Il relâcha brusquement son emprise, aussi surpris qu'elle par son propre accès. Puis il reprit, luttant pour museler sa fébrilité palpable :

— Ne fais pas l'enfant… Si tu prives Lucia de son gagne-pain, elle sera prête à tout pour te récupérer. Vraiment à tout. Y compris à te tuer si elle sent qu'elle risque de te perdre définitivement. Tu penses peut-être que tu seras à l'abri parce que tu partiras loin ? Mais il y a des Lucia Nigra sur tout le continent. Partout où tu iras, il y aura une autre matrone pour te repérer et te dénoncer.

— Je le sais, répondit Chiara avec une moue chiffonnée.

— Si tu veux vraiment quitter Venise, chevrota-t-il, il y a d'autres moyens. Et surtout, il y aura des moments bien plus propices que celui-ci.

— Ah oui, quand j'aurai l'âge d'Angela et le visage balafré comme le sien ?

Il dut se représenter le tableau, abject, car un voile d'effroi traversa ses yeux délavés.

— Non… Tu te souviens de ces îlots dont je t'ai parlé au-delà de Murano, ceux que j'ai achetés l'an dernier ?

— Oui. Quel rapport ?

— J'attends que le tribunal du Piovego m'accorde le droit de bonifier leur pourtour.

— Heureuse pour toi !

— Attends. Cela te concerne aussi. L'un de ces îlots sera à toi.

Prise au dépourvu, elle cilla malgré elle.

— À moi ?

— Je l'ai fait mettre à ton nom sur l'acte d'acquisition. Et j'ai graissé la patte du notaire pour qu'il l'antidate. Officiellement, tu en es la propriétaire depuis le décès de ta maman. Je ne figure nulle part sur les papiers.

Elle se releva à son tour et passa un œil par la fenêtre, comme s'il lui était possible d'apercevoir le lopin promis par-delà des toits et des clochers.

— C'est très généreux de ta part, Alvaro. Mais que veux-tu que j'aille faire sur un banc de sable désert, à des brasses et des brasses de tout ? Que je m'y cache ?

— Je ne te parle pas d'une planque. Je te parle d'un bien représentant près d'un millier de ducats.

— Un millier… ?! bredouilla-t-elle.

— Une fois asséché, oui, un seul de ces îlots vaut au moins ça. Quelque chose comme vingt années de ta pratique. Je serais bien surpris que Lucia ne soit pas capable elle aussi d'un calcul aussi élémentaire : une terre qui vaut de l'or, et qui vaudra plus encore d'ici quelque temps, contre une fille dont les revenus peuvent s'effondrer au moindre aléa.

Par égard pour elle, il avait choisi à dessein un terme neutre, mais Chiara était assez fine pour entendre le message. Un aléa que transmettaient les puces et qui ravageait tout sur son passage. Un aléa qui avait emporté sa mère, et qui pouvait repartir à tout instant à l'assaut de la cité.

Si elle optait pour sa solution, en revanche, elle partirait sans crainte de se voir jamais rattrapée. Lucia et elle seraient quittes, et Chiara d'Aragon partirait de Venise en femme libre.

— Dans ce cas… Pourquoi ne me le donnes-tu pas dès maintenant ?

— Je te l'ai dit : sans l'aval du Piovego, ce n'est qu'un bout de terre sans réelle valeur. C'est ce que je vais en faire qui lui donnera son prix.

— Et quand cela sera-t-il ?

Souvent, il lui avait raconté les infinies difficultés de son négoce, la patience qu'il lui fallait pour obtenir le droit de bonifier les terres acquises, puis l'âpre travail des ouvriers qui réalisaient en son nom le miracle dont Venise était née : arracher la terre à la mer. C'était une tâche bien ingrate. Mais les Mosca étaient *cavacanali* de père en fils depuis plusieurs générations, et c'est à cette opiniâtreté qu'ils devaient leur fortune, eux qui n'avaient d'autres titres que leur mérite.

— Difficile à dire…

— Alvaro… Quand ? le pressa-t-elle.

— Le tribunal ne siégera pas avant la fin du mois prochain. Et en supposant que la décision rendue me soit favorable, il me faudra six bons mois après cela pour faire quelque chose de ton lot.

Six mois, peut-être sept ou plus encore. D'ici là, elle serait bouclée dans ce gigantesque bordel à ciel ouvert que serait devenu San Matteo. Et fuir la cité des doges serait plus ardu encore qu'aujourd'hui. Qui sait, peut-être même impossible !

Certaines filles venues du nord, de France ou de Germanie, lui avaient parlé de gigantesques étuves s'étendant sur des pâtés de maisons entiers, où les putains résidaient et travaillaient comme autant d'ouvrières dans une ruche. Mais, à sa connaissance, nulle part il n'était question d'une maison de plaisirs organisée conjointement par l'État et l'Église, telle que Mosca la lui dépeignait alors. Cette citadelle du vice serait une première, et hélas il avait fallu qu'une telle innovation s'abatte sur elles, les catins de Venise…

— Tout ce que je peux espérer, spécula-t-il en outre, c'est que ma candidature au Grand Conseil soit retenue d'ici là. Ça ne hâtera pas vraiment les délibérations du Piovego, mais ça m'offrira quelques passe-droits. Ça facilitera un peu les travaux, si tu préfères.

Elle lui annonçait son souhait de le quitter, et il trouvait encore le moyen de mettre le projet de toute une vie à son service. Elle pourrait aimer des hommes plus jeunes, plus beaux ou plus fougueux, songea-t-elle, mais jamais elle ne croiserait dans sa vie d'hommes aussi bons avec elle qu'Alvaro Mosca.

Elle prit les mains hors d'âge dans les siennes et les embrassa avec gratitude, prolongeant bientôt ses baisers par des mots.

— Je te promets d'y réfléchir. Merci.

*

Soudain, trois coups sourds ébranlèrent la porte et les firent sursauter de concert. Les pourboires généreux que distribuait Mosca devaient en principe les prémunir contre les importuns.

— Chiara ! Chiara, tu es là ? ahanait-on sur le palier.

— Rolando ?

— Chiara ! Ouvre !

La voix de l'enfant perça le silence qui régnait sur tout l'étage de la modeste pension. Il paraissait essoufflé, et même un peu effrayé. Elle ouvrit l'épais vantail sur l'ombre fluette du gamin, qui se saisit aussitôt de sa main.

Fils de catin morte en couches, le petit Rolando n'avait pas échoué comme la plupart de ses congénères dans l'un des hospices situés en périphérie de la lagune, l'Hôpital des incurables ou l'Institut des converties, ni même à la roue d'un couvent, comme cela se pratiquait en dernier ressort. Tout petit, Rolando était un bébé si gracieux que les filles du quartier s'étaient entichées de lui et l'avaient nourri et entretenu à tour de rôle, jusqu'à ce qu'il devienne le garçonnet des rues qu'il était aujourd'hui. Contre de menus services, au premier rang desquels le port de messages, il recevait chaque jour de quoi manger et une paillasse pour dormir, et paraissait ainsi le plus épanoui des enfants, bienheureux angelot de ce honteux gynécée.

— Hé, calme-toi, *pulcin'* ! Qu'est-ce qu'il y a ?

Le *poussin* en question était si agité qu'elle ne pensa même pas à lui demander comment il était parvenu à la retrouver. C'était ainsi, Rolando n'était pas qu'un messager, il était aussi le plus discret et le plus doué des petits mouchards du Rialto. Si doué qu'il valait mieux se payer ses services que le voir rallier le camp adverse.

— Ta chambre !

— Quoi, ma chambre ?

Il tirait de plus belle sur le bras de la jeune femme pour l'attirer à l'extérieur.

— Elle a été retournée ! Ils ont tout pris !

Était-ce un jeu ? L'une de ses stratégies d'amant jaloux pour la subtiliser à son client ? Ce ne serait pas la première fois qu'il lui faisait le coup. Les premières fois, elle avait été touchée par la passion sincère qu'elle inspirait à ce gosse dont l'enfance lui rappelait la sienne. Mais cette fois-ci, rien dans son attitude ne trahissait la facétie. Elle connaissait assez Rolando pour le savoir incapable de simuler un pareil émoi.

— Hein ? Mais je…

— Viens ! Je te dis qu'ils t'ont tout volé !

# 4

*Le même jour, en début d'après-midi*

Son grabat sens dessus dessous.

Les draps arrachés.

L'unique meuble éventré, et son contenu répandu sur le sol carrelé de la pièce.

Et là, parmi les vêtements éparpillés, le petit vase de terre cuite dont l'ouverture étroite permettait d'y introduire les pièces, mais pas de les en sortir. Brisé en deux ! Un client français le lui avait rapporté de Lyon, il appelait cet objet une « tirelire », et le mot chantant comme un ruisseau avait plu à Chiara, qui lui avait confié ses économies.

Mais à présent il n'en restait que deux débris irréconciliables et un résidu poussiéreux entre eux. Vide, bien entendu. Toute sa fortune avait disparu. On l'avait dépouillée jusqu'au dernier sou. Sur un minuscule parchemin qu'elle conservait à part, dissimulé dans son oreiller, un marchand lettré de ses amis avait consigné le montant exact, qu'il actualisait pour elle à chaque nouveau dépôt : cent trente-huit ducats et quarante-trois livres très exactement. À moins de douze ducats du montant exigé par le passeur. À douze ducats de la liberté…

À sa grande surprise, la blonde ne pleura pas. Elle s'effondra seulement parmi ses effets dispersés et demeura ainsi un long moment, le regard perdu dans ce désastre. Rolando n'osait pas se manifester. Il errait parmi les robes et les bonnets comme un chat tourne en rond, sans savoir où se poser. Il finit par s'agenouiller auprès de la belle éplorée et lui susurra, d'un ton étonnamment affirmé pour son âge :

— Je trouverai ton voleur. Je lui ferai avaler sa bourse et je récupérerai ton argent. Je te le promets, *Bella.* Tu m'entends ? Je te le promets !

Mais elle ne lui opposa qu'un sourire las, comme engluée dans son malheur, l'humeur et les gestes appesantis par ces chaînes invisibles qui venaient de se refermer sur elle.

*

La petite bourse de cuir, gonflée par son nouveau contenu, faisait pour l'heure la joie de son propriétaire. Depuis qu'il était sorti de chez cette damnée catin, Sandro ne cessait de jongler avec elle. C'était imprudent, bien sûr, mais qui se risquerait à dépouiller le ruffian de Lucia Nigra dans son propre fief ?

À sa manière, Sandro Lombardo était un sceptique. Il n'avait foi, en ce monde, qu'en des choses qui comblaient ses sens et son appétit : la nourriture, les femmes, et par-dessus tout l'argent, sans lequel aucun de ces bienfaits terrestres n'était accessible. En cela, Lucia et lui s'étaient bien trouvés. Il lui garantissait la sécurité de son commerce, et en retour elle satisfaisait la plupart de ses besoins immédiats. La femme de sa vie, c'était Lucia. C'est elle qui l'avait sorti de sa misère. Elle qui avait fait de lui un homme respecté et craint. Elle n'était peut-être pas la plus belle femme de Venise, mais sa force et son pouvoir l'éblouissaient.

Vue de l'extérieur, la masure de Lucia, bicoque de trois étages sise rue du Paradis, ne paraissait guère plus luxueuse que celle des filles qu'elle administrait. « La modestie est notre meilleur rempart », aimait à répéter Lucia à ceux qui s'étonnaient de cette apparente frugalité. Il fallait gravir l'étroit escalier de bois jusqu'au sommet de l'édifice, pour apprécier le confort du lieu et la richesse de son ornementation : tapisseries de Florence, coffres d'acajou et de palissandre, chaises damassées, et en plein centre de la pièce principale une table en bois peint, sur laquelle une vaisselle argentée trônait en permanence, tel un trophée.

À peine son sbire était-il apparu, qu'elle se rua sur lui, comme si sa vie elle-même en dépendait.

— Alors ?

— Tout est là. À vue de nez, un peu plus de cent trente ducats.

Il lui tendit l'escarcelle alourdie par son précieux contenu, qu'elle entrouvrit aussitôt :

— Voyez donc ça ! Et cette traînée n'avait pas de quoi me payer son loyer !

— Je t'avais bien dit que c'était des salades.

— C'est vrai, mais elle a réussi à me truander plus encore que je ne l'imaginais.

— Il faut dire que cette coquine a ses adeptes, sourit-il.

Corsetée dans son éternelle robe noire boutonnée du col aux pieds, elle le foudroya du regard :

— Ces choses-là passent, crois-moi. Elle se sera défraîchie avant que toi et moi ne soyons vieux.

— C'est évident, se reprit-il avec un air entendu.

— En attendant, tu porteras mes compliments à Basile.

Ce disant, elle piocha dans la bourse une pièce d'or, frappée du profil ducal, et la lui colla dans la paume.

— L'ouïe de ce garçon m'épatera toujours ! s'exclama-t-elle avec joie. Qu'il puisse capter une conversation dans un bouge surpeuplé… c'est vraiment un talent unique. Je m'étonne qu'il n'ait pas fait plus fortune depuis qu'il a recouvré sa liberté.

Sandro s'abstint de lui rappeler que c'est justement à ce talent que Basile l'Africain devait son affranchissement. Près d'une année auparavant, en pleine liesse du carnaval, il avait surpris le conciliabule de Lucia et d'Anna de Verona qui prétendaient alors évincer du quartier l'une de leurs homologues, la matrone Elvira Cossima, se partageant par avance son cheptel de filles. Basile avait gardé l'information par-devers lui, mais s'en était servi pour faire chanter sa maîtresse, qui n'avait eu d'autre choix que de le relâcher. Elle aurait pu aussi bien le faire battre, ou suriner, mais Basile était trop connu à San Matteo, et sa disparition l'aurait à coup sûr désignée, elle, Lucia, comme l'auteur de ce forfait. Elle s'était donc résolue à lui rendre sa liberté, s'attachant ponctuellement ses irremplaçables services.

Ce que Sandro et elle ignoraient, c'est que l'ouïe de Basile n'était pas plus fine que la leur. Son seul don, c'était cette faculté plus exceptionnelle encore qui consistait à décrypter ce que chacun disait au seul mouvement de ses lèvres. Il l'avait développé durant ses années de captivité au service d'un marchand arabe, chez qui le moindre mot proféré à voix haute valait à ses esclaves privation de nourriture ou coups de bâton.

— Et Chiara ? l'interrogea son ruffian. Tu n'as pas peur qu'elle cherche à se rebeller d'une autre manière ?

— Ne t'inquiète pas. J'ai d'autres projets la concernant.

— Je pourrais la rosser, proposa-t-il. Juste assez pour rabattre ses envies de voir du pays, bien sûr.

— Surtout pas ! Pour des raisons qui m'échappent, cette petite pimbêche plaît aux hommes, je dois te donner raison sur ce point. Et ce que j'ai en tête pour elle suppose que son visage et son corps soient dans un état irréprochable. Tu m'entends ?

— D'accord, d'accord, je n'y toucherai pas.

Lombardo acquiesça servilement, piochant un grain de raisin dans la coupe qui trônait sur la table, luxe extravagant en cette saison.

— À qui veux-tu refourguer ton « joyau » ?

Il avait mis assez de dédain dans ce dernier mot pour ne pas exciter la jalousie de sa maîtresse.

— Ah ! Sandro, soupira-t-elle, flattant la nuque de son factotum d'une main caressante. Tu me connais si bien. C'en est presque agaçant !

— Je me doute que tu ne tolères pas cette effrontée et cette voleuse par plaisir.

— Tout juste.

Elle ménageait le suspense à dessein, perpétuant un jeu du chat et de la souris qui entretenait entre eux une tension presque érotique.

— Alors ? Que comptes-tu faire de l'Aragonaise ? Tu pourrais louer ses services à un juif.

Les filles des rues avaient pour interdiction de s'offrir aux représentants de cette confession. Coucher avec un juif frappait celles qui s'y risquaient d'une telle ignominie qu'elles devenaient alors impropres à la consommation par d'honnêtes chrétiens. En les amputant de leur source de revenus, cette faute était le plus souvent synonyme de misère et de mort sociale.

— Ou alors, tu pourrais faire courir le bruit d'une maladie. Après ça, c'en serait bien fini de ses airs de princesse.

Lucia réserva sa réponse et se contenta d'une œillade enjôleuse.

« L'Aragonaise… » murmurait-elle juste pour elle-même.

Chiara devait son surnom à sa mère, Luiza d'Aragon, mais personne n'avait jamais authentifié l'identité de cette dernière. Comme chez la plupart des prostituées du Rialto, ce nom était une fiction, qui mêlait son prénom et un patronyme inspiré par son origine supposée. Ainsi pullulaient les

Catarina de Parme, les Lisa de Germanie ou autres Sofia de Milan. Mais qui savait d'où venaient réellement toutes ces pauvresses, émigrées sans le sou, anciennes esclaves ou domestiques, ou elles-mêmes filles de catins ?

Agitant une petite sébile métallique emplie de pois secs en guise de cloche, la matrone convoqua l'une de ses domestiques. En quelques mots secs, elle exigea qu'on lui serve un repas à son goût.

— Ce matin, reprit-elle après cet intermède, tu m'as vue prendre à part le jeune seigneur Morosini, n'est-ce pas ?

— Oui…

— Eh bien, figure-toi qu'il m'a en quelque sorte passé une commande.

— Une commande ? De filles ?

Il avait dit cela avec des yeux large ouverts, incrédules, presque ravis.

— De filles, oui, mais surtout de *la* fille. Pietro, le fils cadet du doge, fête son anniversaire dans deux jours.

— Le jour de la saint Marc ?

— C'est ça. Je suppose qu'il n'a pas choisi le jour de sa naissance. Et le petit Morosini doit chercher à gagner ses faveurs, car il compte lui apporter la perle du Rialto sur un plateau.

— Et nous, s'enthousiasma Sandro, on la lui fournit !

— La perle, mais aussi l'huître, le plateau… Tout ! C'est une chance inespérée de mettre un pied au palais ducal, Sandro ! Il ne faut pas croire que ces gens-là consomment moins de chair fraîche ; ils sont juste plus exigeants que les autres hommes. Et surtout, beaucoup plus riches !

L'occasion méritait d'autant plus d'être saisie que jamais des nobles de si haut lignage ne se risquaient à fréquenter les simples putains de San Matteo dans leur jus, ici, au Rialto. Mais voilà qu'on réclamait sa marchandise dans le Saint des Saints. Voilà qu'on lui ouvrait les portes d'un marché aussi prestigieux que lucratif, celui des courtisanes, ces beautés éduquées que certains patriciens prenaient désormais pour maîtresses officielles. La mode en était encore balbutiante, mais les perspectives étaient si alléchantes que Lucia en béait déjà, ses yeux accrochés au lustre de verroterie multicolore qui surplombait la table.

— Tu crois… Tu crois qu'un de ces seigneurs pourrait nous la racheter ?

Tout à son rêve, Lucia ne tiqua pas sur l'emploi de ce « nous » qui faisait du ruffian son partenaire en affaires.

— Tout est possible. Et à choisir, je préfère encore la vendre dès à présent, et à bon prix, que d'attendre sa prochaine escapade. D'autant…

— D'autant ?

— … Que ce projet de quartier fermé risque fort de rogner sur nos recettes. Au moins au début.

— Tu penses que cela pourrait dissuader la clientèle ?

— Ça, oui, bien sûr. Mais à ton avis, pourquoi Dolfin et l'Église se piquent tout à coup d'administrer notre petit commerce ?

— Hum… Je ne sais pas. La peur des épidémies ?

— Enfin, Sandro ! Les taxes ! Je ne leur donne pas une semaine après l'ouverture de leur satané bordel pour nous assommer de nouvelles taxes. Les filles, ils s'en fichent comme de leur premier reliquaire. Elles pourraient toutes tomber comme des mouches qu'ils ne lèveraient pas le petit doigt.

Sans prendre la peine de s'annoncer, une servante à peine plus âgée qu'une enfant leur apporta divers mets posés sur un grand plateau. La fille était si frêle qu'elle menaçait de faire choir le tout à chaque pas. Parvenue néanmoins sans dommage jusqu'à la table, elle y déposa une farandole de plats fumants, soupe zanzarelle d'œufs et de parmesan, beignets d'anguilles à la moutarde, risotto de coquillages aux petits pois et bien d'autres délices encore.

Sandro attendit que sa patronne lui en donne l'autorisation, et sur un petit signe de sa main il se jeta sur les couverts de service. Ses méfaits du jour lui avaient ouvert grand l'appétit.

— Quand même..., spécula-t-il, la bouche déjà pleine d'un poisson savoureux à souhait. Et si cette Chiara se retourne contre nous ? Et si...

— Et si, et si et si ! s'exclama Lucia avec véhémence. Et si Venise ne valait pas mieux que Rome !

— Tu ne crois pas qu'on devrait au moins l'effrayer un peu, histoire de lui faire comprendre qui sont et resteront ses seuls maîtres ?

— Fais-moi confiance, elle le sait. Et elle le saura. Si l'affaire se conclut, je serai très claire avec ces messieurs du Palais ducal.

— Que veux-tu dire ?

— Disons qu'il ne s'agira pas réellement d'une vente. Mais plutôt... d'un prêt de longue durée.

Ainsi, si son Seigneur se lasse, il n'aura qu'à demander pour qu'on lui fournisse une nouvelle fille en échange.

— Parfait ! approuva-t-il avec admiration pour le génie subversif de sa maîtresse.

— Elle l'ignorera, mais, officiellement, Chiara d'Aragon m'appartiendra toujours.

Pour célébrer cette réjouissante perspective, Sandro leur servit à chacun un verre de vin du Frioul, qui surclassait allégrement le vinaigre qu'on débitait dans les *furatole* du quartier.

Après quelques gorgées avalées du bout des lèvres, Lucia conjectura à son tour :

— Et si… Et si cette petite idiote cherchait à nous échapper une nouvelle fois, alors là oui, je préférerais encore qu'elle soit morte.

Sandro la dévisagea, engloutit une pleine bouchée de risotto et conclut avec sérieux :

— Ça, ça peut s'arranger.

— Mais j'y compte bien, répliqua-t-elle aussitôt avec un sourire infernal. J'y compte bien.

# 5

*Le soir du même jour*

La joie stridente des flûtes, des trompettes et des rebecs qui montait de la rue contrastait de manière cruelle avec son état. Il avait fallu que les *scuole* organisatrices choisissent justement cet instant pour lancer leurs festivités. Depuis quelques années, la part profane des célébrations mariales avait pris de l'importance, et désormais on dansait et festoyait au moins autant que l'on priait au cours des trois ou quatre jours consacrés. Ainsi en avait décidé le doge Giovanni Dolfin : la fête des Douze Marie, la plus ancienne et solennelle de toutes les fêtes vénitiennes, ne constituait plus qu'un préambule au carnaval et à ses débordements, autrement plus lucratifs.

L'air qui lui parvenait jusqu'à sa chambrette dévastée, une ballade entraînante qui laissait la part belle aux instruments, était pourtant aussi gai qu'une musique peut l'être. Mais quelque chose empêchait Chiara de se laisser bercer à son tour. Elle était comme sourde aux accords qui emplissaient désormais tout l'espace, rythmés par le pas des danseurs et leur clameur enthousiaste. Enfermée en elle-même, avant d'être claquemurée pour de bon.

Rolando s'était astreint à la veiller une bonne partie de l'après-midi puis, incapable de sortir la jeune femme de sa prostration et de son mutisme, il était allé chercher le renfort approprié.

— Chiara *Bella*..., souffla Angela en découvrant la scène.

Elle s'assit auprès du corps inerte et l'enveloppa de tout son poids et de tout son long, ses énormes bras passés autour du buste étroit de sa protégée. Ses deux balafres collées à la joue encore humide, Angela congédia Rolando d'un geste discret de la main, et elles demeurèrent ainsi un temps assez long pour permettre aux échos sautillants de la musique de se dissiper par les rues pleines d'une presse enfiévrée. Bientôt, le calme était revenu, et on n'entendait plus par instants que la cavalcade ou les appels de quelques drilles retardataires.

Quand Chiara lui eut raconté les détails de son infortune, sa première réaction fut :

— Si ton Mosca n'était pas la bonté même, je le soupçonnerais presque d'avoir monté ce stratagème.

— Tu veux dire... pour me retenir ?

— Tu vois bien : c'était encore le meilleur moyen de te clouer au Rialto.

Elle resserra alors son étreinte, comme pour mieux illustrer son propos. Mais les bras d'Angela n'avaient jamais été pour Chiara une quelconque camisole. Ils étaient son havre ultime, le port où mouiller ses larmes. De toutes les mamans qu'elle avait connues et qui avaient suppléé la sienne, Angela était la seule à vivre encore à San Matteo. Les autres étaient mortes de longue date, emportées par telle ou telle épidémie, où elles s'étaient reconverties dans ces rares métiers où l'on acceptait les anciennes filles des rues, logeuses, lavandières ou simples filles de cuisine dans d'infâmes auberges voisines de l'Arsenal.

— Alvaro ne ferait jamais ça, objecta Chiara.

— Je le sais… De même que tu sais aussi bien que moi qui peut se rendre coupable de telles bassesses.

Il n'était pas même nécessaire de prononcer son nom pour la désigner, tant la matrone était omniprésente. Cette chambre, ce lit, ces vêtements, la vie tout entière de la jeune prostituée lui appartenaient. Et, chacun le savait à San Matteo, on ne dépouillait pas impunément Lucia Nigra de ses avoirs, fussent-ils les plus modestes.

— Évidemment, déplora-t-elle d'une voix étreinte. Tu vois un moyen de le prouver ?

— Non, aucun. Ce que je vois, en revanche, c'est que Mosca te manifeste une très grande générosité.

— C'est vrai, mais…

— Mais quoi ? Tu es donc si impatiente de nous quitter ? demanda-t-elle dans un sourire.

— Pas toi, bien sûr. Pas lui.

— Alors que risques-tu à accepter son plan ? Grâce à lui, dans six mois tu seras riche, en tout cas assez pour racheter ta dette à Lucia.

Entre catins et matrones, rien n'était écrit, rien ne se contractualisait ni ne se signait. Mais un accord tacite rendait la première débitrice de la seconde, à concurrence des sommes engagées pour sa protection et son entretien. Quand une fille aspirait à prendre son indépendance, il lui fallait en outre dédommager sa souteneuse pour les quelques années d'activité à venir, dont son départ amputerait les comptes. L'addition de la liberté grimpait ainsi très vite jusqu'à des sommets, que seules de vieilles gagneuses ayant constitué une pelote pouvaient parfois s'offrir.

Qu'une catin aussi jeune et belle que Chiara puisse s'émanciper serait non seulement un fait rarissime, mais aussi un précédent dommageable aux yeux de sa matrone. Qui sait ce que les autres filles lui réclameraient, après ça ?

— Encore faut-il qu'elle accepte la transaction.

— Elle l'acceptera, tu verras. Elle est plus vénale encore que calculatrice.

Six mois, peut-être sept ou plus... Cela lui paraissait une telle éternité. Tant de choses pouvaient encore survenir dans l'intervalle. Comme ce nuage qui les menaçait toutes, et dont elle n'osait pour l'instant confier l'ampleur à sa tutrice.

— Et puis..., reprit Angela après un silence et une caresse, Mosca agit peut-être comme un père pour toi, mais il ne l'est pas.

— Je le sais bien. Pourquoi me dis-tu ça ?

— Eh bien...

— Eh bien quoi ? Qu'est-ce que tu insinues ?

— Rien. Je me dis juste qu'une fois Venise derrière toi, que tu sois en Aragon ou ailleurs, il y a certaines choses que tu ne pourras plus élucider.

Chiara se redressa enfin. Ses yeux verts laissèrent filer une seconde d'incompréhension, puis elle dévisagea sa vieille amie avec une vivacité retrouvée :

— Je ne comprends pas pourquoi tu insistes tellement... J'ignore qui est mon père, et alors ? Je t'assure que je le vis très bien.

Elles en avaient parlé ensemble des dizaines de fois. À intervalles réguliers, Angela exhortait sa pupille à partir en quête de ses origines. Elle prétendait qu'on ne peut être totalement soi-même que si l'on sait d'où et plus encore *de qui* l'on vient. Mais Chiara lui opposait à chaque fois la même indifférence. Qu'avait-elle besoin d'un père, quand elle avait Mosca et elle, Angela, les meilleurs tuteurs qu'elle eût pu imaginer ?

— Aujourd'hui, peut-être... Mais crois-moi, quand cette question commencera à te brûler, elle te brûlera si fort qu'elle te consumera tout entière.

Comme Angela avant elle, elle avait perdu sa joie et ses espoirs, réduits en cendres par ce grand feu d'ignorance et de douleur.

Malgré des recherches constantes et d'innombrables pistes avortées, la vieille prostituée, abandonnée dès la naissance, n'avait jamais retrouvé la moindre trace de ses parents. Elle s'y était résignée, bien sûr, mais la blessure demeurait bien présente, toujours aussi vive.

— Si tu le dis... En attendant, si tu permets, il y a d'autres urgences que je n'ai pas résolues.

Elle défourailla le carré de batiste qui n'avait pas quitté son corsage depuis les événements de la matinée. L'arracher ainsi à son sein lui procura un étrange sentiment de privation ; elle s'était faite à la présence soyeuse contre sa poitrine.

— Tu l'as toujours avec toi ? Je croyais que tu voulais le rendre…, s'étonna Angela.

La remarque innocente renvoya la jeune femme à son *broglio* avec Gina, ces chamailleries que l'on n'a qu'en famille. À nouveau, elle en fit le récit à sa protectrice, qui tempéra son ressentiment.

— Ne vous brouillez pas pour de telles bêtises. Tu sais, sans les autres filles pour l'épauler, aucune d'entre nous n'est rien. Tu crois que je serais encore de ce monde aujourd'hui, si je m'étais fâchée avec mes camarades à tout bout de champ ?

— Mais c'est elle ! chicana-t-elle comme une enfant. Et ça n'a rien à voir avec ce satané mouchoir.

— Avec quoi, alors ?

— Elle ne supporte pas de me voir changer de condition. Elle préfère me reprocher mon départ que de se donner les moyens de me suivre.

— Eh bien, dans ce cas, tu as une bonne nouvelle à lui annoncer : tu ne pars plus tout de suite.

— Hum…, grommela Chiara.

— Tu sais, ta maman non plus n'était pas un cadeau tous les jours. Mais c'était la sœur que je m'étais choisie, et moi j'étais la sienne. On n'avait simplement pas le droit de gâcher ça. Soit on s'entraidait envers et contre tous, soit on mourait. C'était aussi simple que ça. Et au cas où cela t'aurait échappé, les choses n'ont pas tellement changé dans les parages.

Chiara l'avait écoutée parler de sa mère, visiblement émue. Le plus souvent, Angela évitait de ressasser les épisodes tragiques de leur passé commun, mais, cette fois-ci, elle lui en était presque reconnaissante. Son visage se détendit, un sourire affleura, et elle se mit soudain à crier :

— Rolando ? Rolando ! *Pulcin'*, viens voir par ici !

Le garçonnet aux longues boucles brunes ne tarda pas à apparaître ; il ne s'éloignait jamais bien loin de sa déesse, juste au cas où. Elle lui confia alors le mouchoir, qu'elle assortit de quelques consignes qu'elle lui demanda de répéter à voix haute :

— Je ne suis pas un bébé ! se vexa le gamin.

— Répète quand même.

— « Je dois demander le sieur Nicola Chiutto en personne, et lui remettre son bien en main propre. S'il n'est pas là, je repars avec et je repasse plus tard. S'il demande qui lui fait renvoyer son mouchoir égaré, je réponds que c'est un homme qui m'a donné trois deniers pour ma peine, et que je ne connais pas son nom. »

— Parfait ! Un vrai petit perroquet, mon poussin !

Rolando s'éclipsa dans la foulée, partagé entre cette contrariété et la fierté de se voir confier pareille mission.

Restées seules, les deux femmes reprirent le cours de leur échange. Gina était sa meilleure amie, mais personne d'autre qu'Angela ne savait écouter Chiara comme cela. Elle devait sans doute son surnom de *faro*, le phare, à sa corpulence, mais pour Chiara c'était bien sa sagesse qui justifiait une telle image.

Après quelques minutes, la blonde se sentit assez en confiance pour répéter à sa confidente ce que lui avait révélé le vieux *capisestiere.*

— C'était donc bien ça..., conclut Angela, le regard brusquement assombri. Ils vont toutes nous boucler.

— Mosca n'avait pas encore les détails, pondéra Chiara. Il dit que rien n'est décidé.

— Moi, je les connais, les détails. Entre les *volte* des Venier et des Morosini, il y a bien trente bâtiments, peut-être même trente-cinq. Mais vu notre nombre, ce sera à peine assez vaste pour nous toutes.

— Tu crois vraiment ?

— J'en suis sûre. Ils vont nous entasser comme des poules dans un poulailler. Ce n'est pas un palais, qu'ils sont en train de nous préparer, Chiara... c'est une prison !

Depuis près d'un siècle, les conditions de leur exercice n'avaient cessé de se détériorer. Dès 1266, la loi interdisant aux auberges et autres débits de boisson de louer leurs chambres aux prostituées pour leurs passes avait directement entravé leur activité. Les amendes pour entorse à cette nouvelle règle s'étaient multipliées, et rares étaient encore les établissements à prendre le risque d'abriter leur commerce illicite. La prostitution en tant que telle n'était pas prohibée, mais avec cette belle hypocrisie dont les autorités ducales avaient le secret, elles entendaient recouvrir d'un voile pudique ce qu'elles s'empressaient de taxer par ailleurs. Pas directement bien sûr, mais à travers ces pichets de vin que leurs clients et elles buvaient, ces articles que leurs amants de passage ne manquaient pas d'acheter... Aucun responsable ne l'aurait admis publiquement, et pourtant la prostitution était aussi vitale à l'économie de Venise que le commerce de la soie, des épices ou du savon.

Ce qu'Angela entendait de la bouche de sa protégée dépassait en ignominie tout ce que ses consœurs et elles n'avaient jamais enduré.

— Il faut en parler aux autres, affirma-t-elle avec autorité.

— Vraiment ? Tu ne crois pas que c'est un peu tôt ?

— Non. On ne peut pas garder ça pour nous.

— Ça changera quoi ?

— Probablement rien. Ce n'est pas parce que la sardine échappe une fois au filet qu'elle ne finira pas en friture. Mais personnellement, je préfère toujours savoir à quelle sauce je vais être mangée. Et je crois que nos camarades aussi.

— Tu veux procéder comment ?

— Toi, commence par aller voir Gina. Moi, je me charge de propager la *bonne* nouvelle.

Ces résolutions prises, chacune partit de son côté, le cœur battant.

*

De la rue de l'Ange à celle du Four, il fallait traverser la moitié du *sestier* de San Polo, succession de venelles, de ponts provisoires et de chicanes biscornues. Les joies du labyrinthe vénitien. En temps normal, ce parcours n'aurait pas pris à Chiara plus de quelques minutes, mais lorsqu'elle parvint au *campo* San Aponal, elle se heurta d'un coup à une véritable marée humaine. Des centaines, peut-être des milliers de visiteurs, habitants du quartier et membres des *scuole* organisatrices reconnaissables à leurs robes d'apparat.

La musique s'était tue, et à la danse avait succédé le pas lourd d'une procession. Brandies à bout de bras sur autant de civières, les douze statues de Marie flottaient au-dessus de la foule, portées par la grâce. Comme la tradition le voulait, on les déplaçait d'une église à l'autre des paroisses choisies, afin que chacun pût jouir de leur protection. Parmi la multitude anonyme, elle reconnut quelques visages familiers, en particulier des filles du Rialto qui croyaient peut-être s'acheter un pardon, ou à tout le moins l'indulgence de la police pour les jours à venir.

Se faufiler ne fut pas chose facile, mais bientôt elle s'extirpa de la presse et reprit son chemin vers le sud. Par chance, les rues suivantes étaient plus dégagées, et elle ne tarda pas à atteindre la courette sombre où résidait Gina.

Chiara sentit l'impact avant de voir le projectile qui l'avait heurtée.

L'homme avait surgi comme une flèche de l'escalier, et son épaule dure comme le roc avait frappé la sienne. Il ne s'était ni excusé, ni même arrêté, et au lieu de cela il avait repris sa course, ventre à terre.

— Eh ! Dis donc… !

Dans ces quartiers populaires, les passages étaient exigus, et il n'était pas rare de s'y cogner aux autres passants. Mais un *scus'* bredouillé, pardon amputé de son *i* final, suffisait d'ordinaire à clore l'incident.

C'est alors que le détail la frappa, hélas à retardement : l'insolent portait un masque de carnaval, plus de trois jours avant la date autorisée. Saisie par une intuition funeste, elle gravit les marches du minuscule escalier à toutes jambes et poussa la porte entrouverte au dernier étage. La chambre, guère plus coquette que la sienne, se trouvait dans un état comparable. Meubles renversés, linge lardé par une lame, objets répandus sur le sol… Et là, parmi les débris, recroquevillée comme un animal blessé, le nez et la bouche en sang…

— Gina ! Gina, parle-moi !

Mais son amie en était incapable. Vivante, certes, mais encore sous le choc. Chiara essuya les traces écarlates du visage diaphane, vérifia que le regard de la rousse lui renvoyait un éclat rassurant, puis se mit soudain à hurler.

— Au secours ! À l'aide !

L'alerte donnée, et sans attendre les secours, elle dévala l'escalier en sens inverse et se lança à la poursuite de l'assaillant. Elle n'avait peut-être pas ses jambes, ni son souffle, il la devançait probablement de plusieurs secondes, mais elle connaissait chaque pierre de ce quartier. À gauche en sortant, c'est là qu'elle avait vu fuir l'homme. Ensuite ? Ce passage voûté sur la droite, à n'en pas douter, chemin le plus court vers l'embarcadère et le *traghetto* voisin. Une fois le ladre grimpé sur la gondole, elle ne pourrait plus rien pour le rattraper.

Encore un passage étroit, un pont branlant, une trappe minuscule entre deux maisons qui lui ferait gagner de précieuses coudées, et voilà qu'elle touchait au but. Elle en était certaine, elle avait comblé pour partie son retard. Déjà, elle aurait juré entendre la trépidation du fugitif quelques pas devant elle.

Pourtant, quand elle déboucha sur le quai, hors d'haleine, quelle ne fut pas sa surprise de voir trois grosses marchandes de légumes prendre place dans l'unique barque appontée.

— *Pezzo !* aboya-t-elle son juron.

Où l'individu avait-il bien pu filer ? Il n'avait tout de même pas sauté à l'eau ?

Puis soudain, plus loin sur la *fondamenta,* là où d'autres grappes de maraîchères refluaient depuis le Rialto dans l'embrasement du soleil couchant, elle devina les remous provoqués par la course du fuyard parmi ces dames. Malgré sa gorge qui la brûlait, malgré ces pointes qui piquaient ses côtes, elle repartit aussitôt en trombe. Mais plutôt que de choisir le pavé encombré, elle sauta d'une enjambée sur les échafaudages en gradin qui longeaient le Canal. Il fallait bondir par-dessus les sacs et les caisses pleines de denrées, mais à cette heure-ci, qui correspondait aux derniers instants du marché, la présence humaine y était assez rare. De fait, elle ne tarda pas à gagner du terrain. L'agresseur de Gina avait tombé son masque, sans doute pour respirer plus librement. À cette distance, elle pouvait presque apercevoir son visage.

Ce démon avait une foulée si leste, si régulière, qui prouvait son endurance. À mesure que les obstacles à sa course s'évanouiraient, il finirait forcément par la semer.

— Sainte Marie, mère de Dieu, priez pour nous ! La procession !

Ils se dressaient à nouveau sur sa route, innombrables, agglutinés par la ferveur. La lumière déclinante, d'or et de sang mêlés, leur conférait une aura presque surnaturelle. Ils occupaient à présent toute la largeur du passage, ainsi que les ruelles environnantes. Il en venait de partout. Impossibles à éviter.

Comme aspiré par un courant mystérieux, l'homme s'était fondu dans la foule. Chiara s'y plongea à son tour, pressée de toutes parts, malaxée comme une pâte. Elle détestait être livrée ainsi aux caprices d'un attroupement, mais, contrairement au carnaval, les fêtes mariales n'avaient pas la réputation de dégénérer. Elles ne vibraient en principe que du recueillement et de la dévotion des pèlerins qui y affluaient de toute la péninsule. Les incidents y étaient rares.

Elle s'enfonça le plus loin qu'elle put dans la houle piétinante, l'œil aux aguets. Par instants, elle discernait l'ombre recherchée entre deux masses de fidèles, mais ses contours étaient aussitôt gommés par un autre groupe plus compact, qui obscurcissait tout son horizon. Bientôt, il eut totalement disparu.

La cause était perdue.

Les Douze Marie avaient eu raison de sa poursuite. Jamais elle ne retrouverait ce forcené dans une telle affluence. Sans doute était-il déjà loin. Les poumons en feu, des larmes d'impuissance coulant de ses yeux, elle se laissa porter par le roulement inexorable de la cohue et les incantations que la multitude psalmodiait en boucle.

— Je vous salue Marie, pleine de grâce…, bourdonnaient les milliers de bouches.

Parvenus au *campo* San Giacomo, les premiers rangs, ceux qui charriaient les effigies mariales, commencèrent à marquer le pas. Sur le parvis de l'église, plusieurs gardes à cheval étaient postés là pour assurer la sécurité du cortège. Dans un premier temps, afin d'éviter la bousculade, seuls les porteurs de statues seraient invités à pénétrer dans l'édifice. Les hommes en armes étaient là pour y veiller.

Chiara se frayait un chemin vers l'avant pour jouir du spectacle, quand parmi les cavaliers elle reconnut de sinistre mémoire l'homme qui avait arraché le rat du Gobbo. Filippo Dona. Juché sur un cheval aussi noir que sa barbe et son plastron, il couvrait la foule de son regard méprisant.

Émergeant de la masse, une silhouette s'avança vers lui. Étrangement, aucun soldat ne s'interposait. L'inconnu se planta devant l'officier qui, après quelques paroles expéditives, lui jeta dans les mains ce qui ressemblait à une petite bourse. L'homme remercia Dona d'un salut rapide et disparut sans demander son reste.

Ce profil, cette chevelure trempée de sueur, ce masque qui pendait à sa main… Cet homme était celui qu'elle venait de traquer.

Un homme payé pour corriger de simples prostituées, comme elle…

# 6

*30 janvier*

— Tu es certaine de ce que tu as vu, *Chiarina* ? Ou pour être exacte, de *qui* tu as vu devant San Giacomo ?

Il n'y avait bien qu'Angela pour l'affubler d'un tel diminutif, familiarité qu'elle n'acceptait en retour que de sa seule tutrice.

— Je ne vois pas comment je pourrais me tromper. C'est toi-même qui me l'as présenté hier matin.

Filippo Dona. Le Seigneur de la nuit de San Polo.

L'étuve embrumée débordait de corps détrempés. Elles étaient au moins une cinquantaine, prostituées de tous âges et d'attraits divers, à s'agglutiner dans la pièce prévue pour tout au plus une vingtaine de baigneurs. Une partie d'entre elles étaient contraintes de barboter dans le bassin d'eau fumante, tant elles étaient nombreuses. Et c'est à peine si, d'un bout à l'autre de la pièce, on apercevait les visages nimbés de vapeur.

Rien n'avait été concerté. La réunion s'était improvisée au cours de la matinée, à mesure que les filles du Rialto se pressaient dans l'établissement de bain. Les quelques jours à venir seraient pour elles les plus denses de toute l'année, et il convenait pour chacune d'entre elles de se faire propre et belle pour la clientèle qui ne manquerait pas d'affluer dans le quartier.

Certaines, étrangement pudiques, s'étaient parées d'un drap, mais la plupart ne portaient que des braies courtes, arrêtées à mi-cuisses, ou évoluaient même dans le plus simple appareil. Toutes, même celles qui se couvraient, affichaient une aisance vis-à-vis de leur corps dont aucune femme ordinaire n'aurait pu se targuer.

Une grosse femme au seuil de la quarantaine, sa poitrine énorme tutoyant son ventre rebondi, interpella la beauté blonde :

— Si je te comprends bien, tu prétends donc que ce sont les Seigneurs de la nuit, ceux-là mêmes qui devraient assurer notre sécurité, qui maltraitent nos camarades ?

— Je ne prétends pas, je l'affirme. Je n'ai inventé ni cette brute qui a rossé Gina, ni la bourse que lui a remise Dona pour prix de sa besogne.

Sa réponse relança une onde d'indignation et de clapotis outrés dans la petite piscine d'eau chaude. La porte s'ouvrit, et deux nouvelles catins firent leur entrée, par chance assez menues pour se trouver une place parmi leurs consœurs déjà compressées.

Un homme, sans doute un client, tenta à son tour une incursion, attiré par cette inhabituelle concentration de nudité féminine, mais il se fit aussitôt rabrouer et éjecter sans ménagement de leur conciliabule.

— Remarque, approuva la plantureuse interlocutrice, Filippo Dona n'a jamais été un fervent défenseur de notre corporation. Et il n'en est pas à son premier coup tordu contre nous autres.

Angela lui décocha une réplique pleine d'autorité.

— Infliger des amendes à tort et à travers comme il l'a toujours fait est une chose, Sorina. Nous faire battre jusqu'au sang en est une autre. Convaincs-toi que rien n'a changé, si ça te rassure. Mais tu ne me feras pas croire que de telles pratiques sont normales. Il y a clairement un changement étrange dans son attitude vis-à-vis de nous.

— Eh bien, explique-nous ce que cela cache, puisque tu sais tout mieux que tout le monde !

Le ton montait, et progressivement la petite assemblée se divisait en deux camps. Unifier le combat des prostituées du Rialto avait de tout temps été une cause impossible, même pour Angela la doyenne, la sage, et malheureusement une telle situation de crise n'arrangeait rien à l'affaire.

Chiara vola au secours de sa maman de substitution.

— Ce qu'Angela veut dire, c'est que Dona rend lui aussi des comptes à quelqu'un. Qu'il n'a certainement pas pris seul la décision de nous terroriser.

— Tu n'imagines tout de même pas que le Conseil des Dix… ? s'indigna la putain aux cheveux gris qu'elle avait croisée la veille.

— C'est n'importe quoi ! s'écria encore une autre, rendue invisible par le brouillard brûlant. Les Dix sont là pour veiller au bien-être de tous les Vénitiens. Pas pour les battre !

— Au bien-être des *citoyens* vénitiens, la reprit Angela. Et comme tu le sais, nous ne sommes à leurs yeux que des résidents de seconde classe. La majorité d'entre nous n'est même pas née ici.

— De troisième classe, tu veux dire ! beugla la dénommée Sophia.

Un brouhaha indistinct s'empara de la pièce et couvrit bientôt l'échange principal. Que le plus haut organe exécutif puisse s'en prendre à elles dépassait l'entendement de la majorité. On leur eût annoncé que la Vierge Marie en personne était un démon venu sur terre pour les éliminer qu'elles n'auraient pas manifesté plus d'incrédulité.

— Mes sœurs ! finit par s'imposer Angela de sa voix caverneuse. Mes sœurs ! S'il vous plaît, je vous demande un peu de calme.

Drôle de congrégation. Mais dans les moments de péril ou d'urgence, c'est ainsi qu'elle les considérait.

Quatre des « sœurs » en question quittèrent brusquement la réunion, visiblement fâchées. Sans doute les spéculations de Chiara et d'Angela allaient-elles trop loin pour leurs convictions étriquées. Ou alors devaient-elles leur rougeur à l'atmosphère suffocante de l'étuve.

Angela reprit enfin, les deux mains levées pour capter l'attention de son auditoire.

— Il va sans dire que pour l'instant nous n'avons aucune preuve de ce que nous avançons. Mais je vous demande de réfléchir un instant avec moi.

— Si c'est qu'un instant, ça devrait peut-être le faire pour Sorina ! railla une voix anonyme, qui provoqua l'hilarité de tout le groupe.

— Vous avez entendu comme moi le récit de Chiara à propos de ce projet de confinement. Un récit qu'elle tient du *capisestiere* Mosca en personne.

— Y a pas à dire, faut lui reconnaître au moins ça, la Princesse couche utile, persifla une fille au nez immense à l'oreille de sa voisine.

— Pour être effectif, ce processus réclame encore sa validation par un vote du Grand Conseil. Et je vous le demande : quel meilleur moyen pour forcer la main des conseillers, que de prétendre que la sécurité n'est plus assurée au Rialto ?

— Ils veulent leur faire croire qu'ils vont nous enfermer pour notre bien, ajouta Chiara pour enfoncer le clou. Pour nous protéger. En réalité, ce ne sera ni plus ni moins qu'une prison !

Des cris et des noms d'oiseaux partirent des quatre coins de la pièce embuée. La prison, certaines d'entre elles y avaient fait des séjours plus ou moins prolongés. D'autres encore n'étaient plus là pour en parler. Toutes l'envisageaient comme l'enfer incarné en ce bas monde. Quant à celles qui résistaient à ce traitement, elles mouraient simplement de faim, ou sous les coups de fouet de leurs geôliers. Bien sûr, le confinement à San Matteo n'aurait rien de comparable à cela, mais cela leur apparaissait comme l'antichambre d'un sort plus funeste encore, un cercle avant l'enfer promis.

Une fois l'émoi initial retombé, les questions et les suggestions fusèrent, toutes dictées par la peur et l'impuissance :

— Qu'est-ce qu'on peut y faire ?

— On ne va quand même pas toutes fuir !

— De toute façon, jamais nos matrones ne nous laisseront leur échapper.

— Et si on brûlait nos chambres ? Ils seraient bien obligés d'abandonner leur projet dans le quartier, s'ils n'ont plus d'immeubles où nous caser !

— Et alors, ils déplaceraient leur bordel ailleurs, voilà tout !

— On pourrait refuser de recevoir nos clients. Sans clients, pas de bordel.

Angela choisit de ne réagir qu'à cette dernière proposition :

— Surtout pas. Si nous nous rebellons de manière frontale, ils disposeront d'un argument de plus pour nous boucler.

— Ben quoi ! lança Sophia. On n'a qu'à faire croire qu'on est toutes malades en même temps. Ce ne serait pas la première épidémie de chaude-pisse dans le coin. Et je vous promets qu'on va les voir détaler comme des lapins, nos jolis clients vérolés !

La balafrée affala la serviette qu'elle portait sur ses épaules, nouée sur le devant, et dégagea ainsi sa plantureuse poitrine et son ventre. Sa joue n'était pas la seule région de son corps à être zébrée. Là, du sillon mammaire jusqu'à son nombril, de longues cicatrices boursouflées marquaient sa peau de leurs stries écarlates.

— Voilà… Voilà le genre de chaude-pisse qu'on attrape à simuler une maladie, par ici.

Et comme si cela ne suffisait pas, elle se tourna et leur présenta son dos, où les marques gravées par les lanières de cuir paraissaient plus saillantes encore.

— Vous voulez le même genre de décoration, c'est ça ? les défia-t-elle, le regard noir. Hein, dites-moi : c'est assez élégant pour vous, comme déguisement de carnaval ?!

Les plus jeunes, celles qui n'avaient jamais partagé l'intimité du bain avec elle, roulèrent des yeux effarés, puis piquèrent du nez, soudain penaudes. Aucune n'osa plus lui opposer la moindre contradiction. On ne parlemente pas avec la souffrance d'une congénère. On s'incline.

Seule Sorina osa briser le silence.

— Dans ce cas, tu proposes quoi ? Qu'on attende sagement de se faire parquer, comme des chèvres ? Et que d'ici là on tende l'autre joue à ceux qui nous persécutent ?

— Pas exactement. Mais s'agiter dans tous les sens ne servira à rien non plus. Ce qu'il faut, c'est faire en sorte que ce projet capote avant même d'être appliqué.

— D'accord, et comment tu comptes t'y prendre ?

— En parasitant l'influence du Conseil des Dix sur le Grand Conseil.

— Rien que ça !

Sorina contint un rire aigre.

— Et comment crois-tu qu'une poignée de prostituées va réaliser un pareil miracle ? poursuivit-elle.

En faisant des ristournes sur les passes à tous ces messieurs du Conseil ?

— Pas besoin de coucher avec tous, répondit Angela avec le plus grand sérieux. Quelques-uns suffiront, s'ils sont bien choisis. Comme vous le savez, Chiara ici présente a pour visiteur régulier Alvaro Mosca.

— Mosca ne siège même pas au Grand Conseil !

— Pas encore, mais ça ne saurait tarder. Et d'ici là, c'est à lui que le Conseil des Dix a confié l'étude du projet. C'est de son avis, favorable ou non, que dépendra en priorité le résultat du vote. À nous de le faire pencher du bon côté.

L'information cloua le bec de Sorina et parut impressionner favorablement les autres filles. Si Chiara parvenait à circonvenir Mosca, alors peut-être leur restait-il une chance d'échapper au sort funeste que le Conseil des Dix leur promettait. Tout reposait sur le pouvoir ensorcelant de l'Aragonaise. Son ascendant sur les hommes était connu ; mais cela suffirait-il ? Que valaient ses prouesses horizontales face à la volonté d'un État ?

Protégée par le voile de brume, l'intéressée blêmit. Angela les leurrait, car elle savait aussi bien qu'elle-même ce que Mosca lui avait confessé : son impuissance à infléchir ce qui avait déjà été décidé en haut lieu. Le vieil homme ne pourrait rien pour elles, en tout cas pas directement. Au mieux adoucirait-il leurs conditions de détention, comme il l'avait proposé à Chiara.

Tout ce que voulait Angela, sa blonde protégée le comprit alors, c'était gagner du temps. Apaiser les esprits pour ne pas envenimer une situation déjà plus que compromise. Elle s'y employait avec talent, à voir les visages en partie rassérénés de leurs consœurs.

— Évidemment, ajouta Angela, tout contact que l'une d'entre nous parviendrait à établir, en parallèle, avec l'un des patriciens impliqués dans cette décision, tout contact de ce type sera bon à prendre. Ce n'est pas à vous que je vais expliquer ce que l'on peut obtenir comme revirement de ces messieurs, une fois leur tête reposée sur l'oreiller. Bref, vous savez toutes ce qu'il vous reste à faire !

L'allusion graveleuse acheva de convaincre l'assistance, qui ne tarda pas à se disperser sur une promesse de prochaines retrouvailles. Certaines allèrent se tremper dans un bac d'eau glacée dans la salle adjacente, d'autres filèrent aussitôt vers le vestiaire. Avant de quitter à son tour la pièce tapissée de mosaïques, Sorina frôla Angela, et lui glissa à l'oreille :

— Mosca n'a aucun pouvoir. C'est un pion, et tu le sais pertinemment.

— Pas du t…

— Tu les as peut-être abusées aujourd'hui, *ma sœur*, mais tu ne les abuseras pas longtemps. Crois-moi. Attends un peu que les gardes de Dona débarquent à San Matteo et les chassent de chez elles !

*

La Sensa, noces du Doge et de la mer, était probablement la plus chargée de symboles de toutes les fêtes vénitiennes. Mais aucune ne dépassait en exaltation et en ferveur la célébration des Douze Marie qui ouvrait la période du carnaval. Dès la veille de la Translation des cendres de saint Marc, toute la ville était gagnée par une effervescence sans commune mesure avec ce qui pouvait s'observer le reste de l'année. Assez naturellement, c'est dans les deux paroisses organisatrices que l'on trouvait le plus d'animations en tous genres. Hormis les deux grandes processions rituelles, celle du 31 janvier et celle du jour de la Purification de la Vierge, le 2 février, nombre de réjouissances profanes s'y déroulaient. Sur le *campo* San Silvestro, et dans les rues environnantes, on pouvait par exemple voir ce jour-là une spectaculaire chasse à l'ours, laquelle ne s'achevait jamais sans laisser un ou deux blessés sur le carreau. Le *campo* Meloni accueillait pour sa part un tournoi de lutte à mains nues, où les plus vaillants jeunes hommes des deux paroisses voisines, San Matteo et San Giacomo, étaient invités à s'affronter. Quant au *campo* Battisti, à deux pas à peine du pont du Rialto, il fut cette année-là le théâtre de la plus extravagante bataille de fruits et légumes avariés qu'on ait jamais vue. On y jetait choux contre poireaux, oignons contre artichauts, privilégiant les plus blets des projectiles, afin d'en maculer ses adversaires. L'odeur qui y régnait était fétide, mais la bonne humeur totale.

Passant là, Rolando hésita un instant à se mêler à la cohue, la main déjà posée sur une demi-courge pourrie, sa cible bien en vue. Mais son devoir fut le plus fort. Il n'était pas là pour ça. Il n'avait pas laissé

Chiara à ses essayages de robe pour la procession du lendemain, affriolant spectacle, pour s'adonner à un jeu aussi puéril. Déjà qu'on lui donnait plusieurs années de moins que son âge, s'il voulait conquérir un jour le cœur de sa belle, il était temps pour lui de grandir. Et grandir, il le savait, c'était avant tout tenir ses engagements. Ses propres mots résonnaient encore à ses oreilles : « Je trouverai ton voleur. Je te le promets, *Bella.* Tu m'entends ? » La course que lui avait confiée sa dulcinée, rapporter ce maudit mouchoir à ce prêtre, n'était rien au regard de ce qu'il rêvait d'accomplir pour elle.

Il déclina l'invitation d'un garçon du quartier à faire les poches des visiteurs étrangers, poussa l'héroïsme jusqu'à ne pas faire non plus halte à l'étal des *mascareri*, ces marchands de costumes qui ne tenaient pourtant boutique qu'à cette période de l'année, et poursuivit sa route jusqu'à la rue du Paradis. La poitrine gonflée par l'importance de sa mission.

Imperturbable.

Vraiment, la maison de Lucia ne payait pas de mine. Pas plus que le reste des environs. Mais l'avantage des *calle* aussi modestes que cette misérable venelle, c'est que les recoins pour s'y cacher étaient plus nombreux que dans les rues bourgeoises. À l'ombre d'un portique de petite taille, il se posta à distance respectable de la porte sur rue, jouissant ainsi d'un point de vue imprenable sur les entrées et les sorties.

Quand enfin Sandro jaillit de la masure, Rolando se recroquevilla d'un coup dans son trou sombre.

Puis, quand il eut la conviction que le ruffian ne l'avait pas vu, le gamin entreprit de le filer. Cette traque était plus drôle que la poursuite des clients de catin qu'il détroussait d'ordinaire. Il suffisait de suivre la silhouette sèche et barbue, sans trop l'approcher ni laisser une trop grande distance s'installer entre eux. La partie était simple, il maîtrisait le moindre boyau du quartier. Mais après cinq minutes de cette déambulation, Rolando s'étonna : « Mais cette échoppe de savons... je l'ai déjà vue ! » Il ne s'en formalisa pas plus que ça, quand dès l'angle suivant :

— Alors mon garçon ! On s'amuse bien ?

Sandro Lombardo l'avait piégé. Après le tour complet d'une volte de bâtiments, il s'était soudain rencogné entre deux maisons, pour fondre sur son poursuivant. Il le tenait à présent par une oreille qui déjà rougissait autant qu'un piment.

— Aïe ! Aïe ! Lâchez-moi !

— Je te lâcherai si tu me donnes ton nom.

— Aïe ! Rolando ! Je suis Rolando !

— Ah ! mais oui, je te reconnais. Tu es le petit soupirant de l'Aragonaise.

— Je ne suis pas son soupirant ! hurla le garçon, tout en se débattant. Je vais l'épouser !

Le ruffian s'esclaffa sans retenue.

— Ah, ah, ah ! Eh bien, j'espère pour toi que tu ne cherches ni une femme d'intérieur ni la Sainte Vierge.

Il esquiva de peu le coup de pied que le garnement à la tignasse folle tentait de lui décocher.

— Eh ! Mais c'est qu'il est prêt à tout pour défendre l'honneur de sa damoiselle !

— Fils de pute ! jura Rolando.

— Ah non ! mon garçon, ça, ce serait plutôt toi. Allez… calme-toi un peu, si tu ne veux pas perdre cette oreille.

Sandro lâcha le pavillon cramoisi et le saisit plutôt au bras. La colère du garçonnet semblait en partie retombée, mais il n'en décochait pas moins à son tourmenteur des regards assassins.

— Voilà… et maintenant, dis-moi pourquoi tu me suivais dans tout San Polo plutôt que de faire la fête dans ta paroisse.

— Vous avez volé tout l'argent de Chiara ! s'enflamma-t-il. Je le sais !

— Alors déjà, ce n'est pas très gentil de m'accuser de vol. Et ensuite, pourquoi aurais-je fait ça, selon toi ?

L'enfant parut déstabilisé par la question.

— Regarde un peu mes vêtements, poursuivit Lombardo. Et mes chausses. Et mon épée ! Lucia me donne tout ce que je peux espérer. Quel intérêt aurais-je à dépouiller une vulgaire catin de San Matteo ? Hein, tu peux me le dire ?

— Je… je ne sais pas. Mais c'est vous qui l'avez fait !

— Peut-être bien, en effet. Mais toi, sais-tu ce que ton *amoureuse* comptait faire de tout cet argent ?

— Non ! Et ça ne vous regarde pas plus que moi !

— C'est là que tu commets une erreur, petit. Ça nous regarde tous les deux.

— … ?

— Ta douce Chiara était en train de planifier sa fuite, si tu veux tout savoir. Et cet argent, c'était son billet pour le continent.

— Vous mentez.

— Je mens ? Alors, explique-moi pourquoi cela l'a mise dans un état pareil ?

— Parce que c'est tout ce qu'elle possédait…

— … Et qu'elle n'a plus le moindre denier pour payer son passeur, ajouta le ruffian avec aplomb. Voilà, la vérité !

Enfin, il relâcha son étreinte autour du bras à peine plus gros qu'une anguille. Rolando le dévisageait de ses grands yeux perdus, interdit.

— Va demander à Basile, si tu ne me crois pas. Il a des informations de première main, à ce sujet.

Le gamin des rues n'en revenait pas. Celle qu'il adulait par-dessus tout allait donc les abandonner ?

Il n'était pas idiot. Il savait bien qu'il n'épouserait jamais Chiara d'Aragon. Mais tant qu'elle était là, tant qu'il la voyait tous les jours, tant qu'il se brûlait au soleil de son imcomparable blondeur, alors sa minuscule existence lui semblait avoir un sens. Sans une Chiara dans les rues du Rialto, que deviendrait-il ?

— C'est pour ça que j'ai pris son pécule, poursuivit Sandro d'un ton presque caressant. Pour qu'elle reste ici, avec nous.

— « Avec nous », répéta Rolando d'une voix blanche.

— Tu comprends, maintenant ? Je l'ai fait pour les gens qui l'aiment. Comme toi et moi.

Le petit avait du mal à concevoir qu'une pareille brute puisse chérir la jeune prostituée autant que lui. Mais à défaut d'être tout à fait sincère, le plaidoyer du ruffian lui semblait tenir debout.

Sans argent, pas de fugue.

L'air de rien, l'homme au bouc noir s'était accroupi à sa hauteur. Ses yeux crépusculaires plantés dans les siens.

— Tu sais ce qu'on va faire toi et moi ? reprit Sandro avec une ardeur complice.

— Non.

— On va s'entraider.

— Comment ça ?

— Ni toi ni moi n'avons envie de voir notre bel oiseau s'envoler, n'est-ce pas ?

— Non…

— Alors dès que l'un de nous deux la soupçonnera de vouloir quitter Venise, ou de faire quoi que ce soit qui le laisse supposer, il préviendra l'autre. Qu'en dis-tu ?

Rolando laissa échapper son regard dans la *ruga* étroite qui s'étirait dans le dos du souteneur. Au bout, on apercevait une troupe joyeuse qui, les mains encore chargées de légumes gâtés, s'amusait à les jeter sur les passants. L'adulte le secoua légèrement pour accrocher son attention.

— On est bien d'accord, Rolando ? Et celui de nous deux qui se dédira verra l'heure qu'il est.

Le gosse tressaillit à l'évocation des colonnes de la *piazzetta* Saint-Marc, entre lesquelles avaient lieu les exécutions publiques et depuis lesquelles on pouvait lire l'heure sur la grosse horloge du campanile. D'où l'expression menaçante dont usaient rituellement les Vénitiens exaspérés : « Je vais te faire voir l'heure qu'il est, moi ! »

— D'acc… D'accord, bredouilla-t-il enfin, tremblant comme une feuille.

# 7

*30 janvier, plus tard dans la journée…*

— Padre Chiutto !

L'énorme double porte de bois ouvragé s'était brusquement ouverte, sur un homme au visage avenant et à la stature étonnamment athlétique pour une figure de son âge et de son rang. Son menton était fendu d'un sillon horizontal d'un demi-pouce de long, et Nicola se demanda une nouvelle fois s'il s'agissait d'une marque de naissance, ou d'une preuve de son ardeur au combat. Mais sans doute n'aurait-il jamais la réponse ; ce n'était pas le genre de question qu'on pose à un tel personnage.

Effaçant les quelques pas qui les séparaient, le doge en simarre cousue d'or lui saisit d'emblée les deux mains, et les secoua avec chaleur.

— Merci d'avoir attendu aussi longtemps. Vous savez comme ces séances sont interminables !

— Je l'imagine, approuva le prêtre avec humilité.

Depuis une bonne heure déjà, Nicola Chiutto patientait à l'entrée de la salle du Grand Conseil. Les Dix s'y étaient réunis à titre exceptionnel, les travaux entrepris par les architectes dans leur propre fief ne permettant toujours pas qu'on y siège.

De la coursive où il se tenait, à travers les hautes ouvertures en ogive du premier étage, le prélat jouissait d'une vue presque parfaite sur la *piazzetta* Saint-Marc. Sans égaler la foule des jours de carnaval, l'agitation y était déjà très supérieure à la normale. Les différents corps de métier impliqués dans les préparatifs couraient en tous sens : ouvriers prêtés par l'arsenal, religieux et prêtres organisateurs, jeunes patriciens volontaires, soldats de corps divers, marchands ambulants et fabricants de costumes ou de douceurs, servantes et gondoliers, ainsi qu'une nuée de curieux plus ou moins gênants ou utiles. Outre les taureaux écumant d'impatience dans leur enclos provisoire, le plus divertissant de ces spectacles était offert par les représentants des différentes paroisses, tous de jeunes et impressionnants gaillards, qui sous peu s'affronteraient ici même, au cours de joutes terrestres et maritimes. Ils s'entraînaient avec une fougue étonnante, comme s'ils ne craignaient pas de dilapider par avance toute l'énergie requise par le combat. À les observer ainsi, Chiutto se dit qu'il avait vraiment passé l'âge de telles bêtises. Qu'il était loin, désormais, le temps où il occupait leur place. Plus à gauche, le long du quai principal ouvrant sur la lagune, il avisa l'énorme *bucintoro,* le bateau d'apparat du doge floqué de ses armoiries, qui recevait les ultimes coups de peinture en prévision de la procession du lendemain.

Le temps était superbe, à peine maquillé d'un léger voile de brume aux heures matinales, qui dans l'après-midi s'était totalement dissipé. Les festivités voulues par Giovanni Dolfin s'annonçaient comme une franche réussite.

Le doge aborda le prêtre sans détour :

— Si je ne m'abuse, vous faisiez partie de cette petite tournée d'inspection, hier, à San Matteo ?

— Tout à fait, Votre Grâce. Monseigneur Vaselli m'a demandé de me joindre au *capisestiere* Mosca et au Seigneur Filippo Dona, afin de m'assurer que le projet immobilier qui les occupe n'empiète pas trop sur les terres de l'Église.

Tandis que les autres membres des Dix sortaient à leur tour, Dolfin prit l'homme en noir par le bras et le tira à sa suite vers l'autre bout de la galerie. Là où aucune oreille fâcheuse ne serait susceptible de les entendre.

Malgré son statut de confesseur du doge et de la famille ducale, Nicola Chiutto avait fort peu l'occasion de croiser Sa Seigneurie en privé. Toujours absorbé par une urgence, qu'elle fût à Venise même ou ailleurs, le doge expiait plus ses fautes sur le terrain sans concession de la politique que dans l'intimité du confessionnal.

— Alors, quel est votre sentiment ?

Nicola revit cette cohue improbable.

Les harpies qui fuyaient devant la troupe comme des rats. Ou ces autres qui les invectivaient sur leur passage, mus par une hostilité manifeste. Ce qu'il ne pouvait dire à Giovanni Dolfin, c'est que depuis ses défaites militaires en Hongrie et en Dalmatie, le prestige du doge s'était effondré dans la population locale. Ceux qui ne souhaitaient pas simplement sa destitution le vouaient aux pires avanies. Et ce n'est pas quelques jours de carnaval qui suffiraient à retourner les mécontents.

— À quel propos ?

— Eh bien, sur notre projet de quartier fermé, pardi ! le secoua Dolfin avec son franc-parler habituel. Pas sur les charmes des cocottes du quartier.

L'image de cette sublime inconnue, cet ange blond qui avait ramassé son mouchoir, le traversa aussi. Qu'une fille de sa condition prenne la peine de lui faire rapporter son bien l'avait pris de court. Mal à l'aise avec les femmes, Nicola Chiutto l'était plus encore avec celles qui faisaient commerce de leurs charmes.

Il avait hésité à questionner à son sujet le gamin qu'elle avait chargé de la course, puis l'avait laissé repartir à sa misère, sans oser le cuisiner.

Qu'avait-il à espérer d'une catin, même aussi belle ? Il regrettait de n'avoir pas même demandé son nom.

— Le projet me paraît excellent, Votre Seigneurie, se ressaisit Nicola. L'idée de séparer les âmes corrompues de celles qui ne demandent qu'à s'élever est non seulement brillante, mais je dirais même qu'elle est indispensable au salut de notre cité. En un sens, je me demande presque pourquoi vos prédécesseurs n'y ont pas pensé plus tôt.

— Voilà ! Nous sommes bien d'accord !

Le compliment ne dupait ni l'un ni l'autre, car chacun connaissait par le menu les politiques hésitantes du dogat, depuis près d'un siècle, à l'égard des prostituées vénitiennes. Un jour répression, le lendemain laxisme, sans qu'aucun plan d'ensemble soit jamais esquissé. À ce titre, Dolfin n'avait jusque-là guère fait plus ou mieux que ses devanciers. Mais avec ce bordel administré depuis le palais ducal, il s'apprêtait à frapper un grand coup. Et l'approbation de tous, y compris celle du plus modeste des confesseurs, lui importait grandement.

Le doge agrippa de nouveau la robe de Nicola, et le traîna à sa suite à l'extrémité de la galerie. Il ne reprit la parole, à voix basse, que lorsqu'il se fut assuré que tous les conseillers avaient quitté la promenade couverte. Les éclats des ouvriers et des lutteurs qui montaient de la *piazzetta* couvraient en partie son filet assourdi, et le prélat dut pencher son oreille vers la bouche du duc, pour capter l'essentiel :

— Est-ce qu'un rôle plus « actif » dans cette affaire vous intéresserait, Chiutto ?

— Plus actif ? s'étonna-t-il.

— Mosca est un vieillard indolent et Dona, je dois le reconnaître, est une brute sans le moindre discernement. Or, ce que nous nous apprêtons à établir à San Matteo demande de la fermeté, bien sûr, mais aussi une certaine souplesse. Je dirais même un vrai sens politique. Il faudra convaincre, circonvenir, amadouer… Et, si nous ne voulons pas créer plus de trouble que d'ordre, tout cela au nom de Dieu.

— Votre Seigneurie me pardonnera. Mais je ne suis pas sûr de comprendre…

— C'est pourtant simple : je vous propose de superviser l'installation de notre citadelle du vice.

Nicola manqua de s'étrangler. Exprimé ainsi, le « projet immobilier » empestait le soufre. Citadelle du vice ? Et pourquoi pas « Château Catin », tant qu'on y était ?

De simple consultant, voilà qu'on voulait faire de lui le grand ordonnateur de la dépravation institutionnalisée ! Le pape des putains vénitiennes ! Sa foi était peut-être erratique ; ses mœurs pas toujours dénuées de taches. Mais de là à promouvoir le commerce des corps et la corruption des âmes ?

Il scruta un instant le visage du duc, où la rouerie du diplomate le disputait à la fougue du militaire et n'y décela pas la moindre trace de duplicité. Rien qui n'indiquait que Dolfin cherchait à le piéger. Il paraissait non seulement croire sincèrement à son scandaleux projet, mais fonder sur celui-ci de grands espoirs. Comme si sa survie, mais aussi celle de la cité tout entière, en dépendait.

— Eh bien… C'est évidemment un honneur que Votre Grâce me fait. Mais qu'en dira Monseigneur Vaselli ? Je veux dire : est-ce bien le rôle d'un homme d'Église que d'organiser le commerce de la chair, même si cela a pour but de l'encadrer ?

— Pour Vaselli, rassurez-vous, c'est lui qui m'a soufflé votre nom.

Depuis qu'il avait été affecté à son service en qualité de secrétaire particulier, les rapports de Nicola avec Fortunato Vaselli avaient toujours été d'une prudente cordialité. Mais il voyait bien que l'évêque ne lui confiait que les tâches les plus ordinaires, réservant à d'autres prêtres de son entourage, sa garde rapprochée, les missions les plus délicates.

Alors pourquoi cette soudaine marque de confiance ? Son supérieur ecclésiastique cherchait-il à se débarrasser de lui ?

— Quant à vos autres scrupules, reprit le duc, je les entends. Je n'aurais d'ailleurs pas accepté un homme qui s'en serait exonéré d'un revers de main. Cette mission exige de toute évidence la plus grande rigueur morale. Mais à présent, considérez la situation d'un autre point de vue : quelle meilleure occasion aurait l'Église de contrôler ce qui se passe entre ces pauvresses et leurs clients ? Quand le regard de Dieu a-t-il déjà réussi à s'immiscer dans leurs alcôves ? N'est-il pas préférable de prévenir les perversions, plutôt que de guérir les âmes qui s'y adonnent ?

— On ne va tout de même pas poster un prêtre dans chacune de leurs chambres ! s'offusqua Nicola.

Le doge répondit à son indignation par un changement d'attitude physique. Il lâcha enfin le jute rugueux de la manche noire et enlaça son confesseur par les épaules, dans un mouvement qui se voulait de toute évidence cordial.

— Mon ami ! Mon ami… Je vous parle philosophie et vous me répondez intendance. Votre esprit pratique vous honore, mais voyez plus grand !

— Je ne…, marmonna le prêtre, tancé comme un enfant.

— Il est évident que les représentants de l'Église ont mieux à faire que de jouer la police dans un lupanar. En revanche, rien ne leur interdit d'édicter les règles qui y seront appliquées.

— Quel genre de règles ?

— Rien d'autre que ce que nos Saintes Écritures prônent depuis la nuit des temps ! Et Dieu sait si les interdits ne manquent pas. Vous connaissez cela infiniment mieux que moi.

Il était évident que Giovanni Dolfin avait plus d'une idée derrière la tête. Mais en fin tacticien qu'il était, il cherchait toujours à ce que celle qui lui importait le plus sorte d'abord de la bouche de son interlocuteur. Ainsi ne pouvait-on lui reprocher aucune initiative malheureuse, ni aucun échec. Et il était toujours temps de s'attribuer le mérite après coup, en cas de succès.

— Vous voulez juguler la sodomie, c'est ça ? se risqua Nicola.

— La sodomie, oui, pourquoi pas..., écarquilla-t-il les yeux, comme si la suggestion le surprenait. Avouez qu'à lui seul ce combat mériterait qu'on y mette les moyens. Mais je vous laisse juge de tous les autres progrès que notre projet permettra d'accomplir, ne serait-ce que d'un point de vue fiscal ou sanitaire.

On y était. Enfin le souverain sortait du bois. Depuis le début de leur échange, il le berçait de considérations religieuses, mais voilà à quoi il songeait en son for intérieur : combattre les épidémies et remplir les caisses du trésor ducal.

— Puis-je demander à Votre Seigneurie pourquoi c'est elle qui m'entretient de ce mandat, et non pas Monseigneur Vaselli ?

— Disons que contrairement à moi, Monseigneur Vaselli a des supérieurs. Et qu'en attendant que ces messieurs d'Avignon soient dûment informés de notre petite association, il serait préférable que la plus haute instance religieuse de la République ne s'y implique pas directement.

En d'autres termes, Vaselli voulait bien percevoir les bénéfices du projet, mais souhaitait que son rôle ne s'ébruite pas auprès de sa hiérarchie. C'est-à-dire jusqu'aux oreilles du pape Innocent VI en personne. Quant à Nicola Chiutto, il jouerait à la fois le rôle d'exécuteur des basses œuvres, mais aussi celui de bouc émissaire en cas d'échec ou de scandale. À lui les mains sales, à Vaselli la gloire, si toutefois l'entreprise virait au succès. Il comprenait mieux pourquoi on l'avait choisi lui, plutôt que n'importe lequel des mignons de l'évêché.

Au regard contrarié du doge, Nicola comprit que celui-ci avait perçu son propre embarras. Mais le prêtre se garda d'exprimer ses réserves. En cela, il était bien à la hauteur de la mission qu'on prétendait lui confier : intelligent, vif même, mais néanmoins docile.

Chiutto avait-il seulement le choix ? Dès la veille, des centaines de Vénitiens l'avaient identifié comme le référent religieux de ce projet. La preuve, cette divine putain n'avait eu aucune peine à trouver son nom, puis l'adresse de son logis. Pour tous, et dans les milliers de *ciacole* qui avaient dû circuler depuis lors de bouche à oreille, il était devenu le prêtre des catins.

Sous couvert d'un service anodin, une vulgaire balade à cheval à San Matteo, Vaselli l'avait bel et bien piégé.

— Je comprends, conclut-il avec fatalisme.

— Je peux donc prendre ça pour un oui ?

— Vous le pouvez, Votre Grâce.

— Magnifique !

Dans un élan inattendu, le doge le prit dans ses bras et l'embrassa comme on porte l'accolade à un frère d'armes à la fin du combat.

— Vous allez voir ! Nous allons faire de grandes choses, ensemble ! Des choses dont Venise tout entière nous remerciera bientôt.

Nicola préféra ne pas commenter cette éventualité et accrocha plutôt ses yeux assombris aux circonvolutions de vendeurs de fruits à la sauvette, qui tournaient autour des deux colonnes de la *piazzetta* comme autant de mouches. Une nouvelle fois, Dolfin capta le regard pensif de son subordonné et lança sur un ton guilleret :

— Pietro m'a dit que vous serez des nôtres pour les fêtes mariales. N'est-ce pas ?

— En effet, Votre Seigneurie. Et je vous remercie de ce privilège.

— Allons, allons ! L'homme qui entend nos péchés peut bien partager nos petits plaisirs innocents.

Nicola approuva d'une courbette. Il s'apprêtait à prendre congé du doge, quand celui-ci le retint d'un mot :

— Oh ! à ce propos, j'allais oublier. Mon fils vous attend dans son appartement.

— Dans ce cas, j'y vais de ce pas.

— N'oubliez pas non plus de vous rendre à l'Arsenal, aujourd'hui. Vers la cinquième heure de l'après-midi.

— À l'Arsenal ? s'étonna Nicola.

— La commission qui pilote notre projet doit s'y réunir. L'Arsenal regorge de salles aussi vastes que discrètes. Mosca, Dona et les autres, tous ceux qui sont concernés y seront. Et vous, vous aurez l'occasion d'y faire entendre la voix de l'Église.

— Très bien, grinça-t-il.

— Vous voyez que je n'attends pas pour tenir mes promesses ! s'esclaffa le duc.

Ni pour refermer le traquenard sur sa proie, songea Chiutto avec colère. Tout avait donc été prévu à l'avance, y compris sa réponse.

*

Dix minutes au moins lui furent nécessaires pour rallier l'aile privative du *palazzo*, à l'opposé de la galerie, là où résidait la seule famille ducale. Chacune des pièces aurait pu contenir tout son immeuble, et il y avait plus de richesse accrochée à chaque pan de mur que dans tous les palais de son quartier. La lumière qui provenait de l'étroit *rio* jouxtant ce corps de bâtiment y était peu intense, et les sons qui parvenaient de l'extérieur y étaient comme étouffés. C'est tout juste si l'on devinait les cris de gondoliers qui s'apostrophaient dans un patois peu châtié.

Lorsqu'il parvint à la longue Salle des boucliers, qui traversait le premier étage du pavillon de part en part, deux gardes l'arrêtèrent et s'enquirent de son identité, ainsi que de l'objet de sa visite. Il avait beau venir ici chaque semaine ou presque, la même routine se répétait inlassablement. L'un des deux hommes d'armes s'éclipsa quelques instants, puis, vérification faite, lui ouvrit l'accès au vaste appartement de Pietro Dolfin.

— Nicola ! Entre, mon ami, entre !

Un colosse blond et souriant, au visage en tous points semblable à celui de son père, cloué sur place par les aiguilles d'un tailleur virevoltant, tendait les bras dans sa direction.

— Que dis-tu de mon *bauta* ? Ça change, non ?

Son costume de carnaval en cours de confection rompait en effet avec l'austère tradition des habits noirs en vogue depuis plus d'un siècle. On aurait dit une sorte d'oiseau exotique, paré de longues plumes multicolores, chacune liée aux autres par d'épais fils d'or.

— C'est… lumineux ! flagorna le prêtre, un sourire goguenard au coin des lèvres.

— Au moins comme ça, je suis sûr que mes amis ne me perdront pas dans la foule comme l'an passé.

— Là, tu as ma parole : il n'y a aucun risque !

Aux premiers temps de son office, l'attitude cavalière du jeune patricien, cadet du doge, lui avait déplu. Elle ne s'inscrivait ni dans le protocole du dogat, ni dans les égards dus par un aristocrate catholique à son confesseur, représentant de Dieu sur terre. Mais peu à peu, aussi inconséquent et fantasque que fût le jeune homme, il s'était entiché de lui, de même que Pietro Dolfin avait jeté son dévolu sur le sévère adjoint de l'évêque Vaselli. Depuis plusieurs années déjà, leur séance de confession hebdomadaire rassemblait plutôt à des retrouvailles entre deux complices, où leur différence d'âge s'estompait dans les rires et les cancans, qu'à un moment de contrition et de prière.

Les seuls sujets qu'ils abordaient étaient si futiles, et souvent même si scabreux, que le prêtre s'en repentait dès le soir venu, à vêpres ou à complies.

— Tu n'oublies pas ma fête, demain soir ? Cette fois, tu n'auras aucune excuse.

Chaque année, le 31 janvier, jour du Transfert des cendres de saint Marc, Pietro Dolfin le conviait à célébrer son anniversaire, étrange coutume qu'il tenait d'on ne sait où, et qu'il était bien le seul à pratiquer dans tout Venise. Qui d'autre se serait réjoui de s'approcher un peu plus de la mort ?

Mais ce n'était pas l'aspect profane de l'événement qui poussait son confesseur à esquiver l'invitation d'année en année.

— Je verrai si je peux me libérer.

— Promis ?

— C'est promis. Enfin... Si la charge que vient de me confier ton père m'en laisse le loisir.

— Oublie mon père ! s'exclama-t-il en congédiant l'homme aux aiguilles d'un geste. C'est un vieux grincheux qui ne sait pas vivre.

Fier de son habit, il paradait dans la pièce à pas lents et amples, tel un paon.

— Il dirige l'une des plus grandes et des plus puissantes villes du monde, plaida Nicola. Ça laisse assez peu de temps pour le reste.

— Et alors ? Ça justifie de renoncer aux merveilles de notre nourriture, à notre musique, à nos danses... et surtout à nos femmes ?

Chiutto se contenta d'un sourire amusé et bienveillant.

— Surtout les femmes, Nicola ! Les femmes ! Je sais que je parle à un homme qui en a fait son deuil, mais comment peut-on renoncer aux femmes ?! À Venise, elles sont si nombreuses, si disponibles… si belles !

— D'abord on les veut toutes, et puis on en rencontre une. Celle qu'on épousera devant Dieu.

— Eh bien, moi, je veux en rencontrer une, puis une, puis une… et une encore ! partit-il d'un rire sonore. Et tant pis pour lui si Dieu est dans la chambre avec nous tous !

Le prélat ne se formalisa pas du blasphème, mais la remarque anodine du jeune homme le renvoya à ses nouvelles fonctions, ce qui eut pour effet de le rembrunir d'un coup.

— Eh bien quoi, je t'ai vexé, mon ami ?

Pietro s'était rapproché de lui, dans sa tenue grotesque, et il empoignait l'épaule de son confesseur d'une main ferme.

— Non… Non pas du tout.

— Fais-moi plaisir, insista-t-il. Viens demain soir. Je ne te demande pas de rompre tes vœux. Je te demande juste de venir admirer avec moi les splendeurs que Dieu a mises sur cette terre. Juste pour que tu comprennes ce que je ressens.

— Il les y a mises, certes, mais pas pour ton plaisir exclusif, le morigéna Nicola avec bonhomie.

— Allez ! Luca Morosini m'a promis les plus somptueuses créatures du Rialto. Il y aura même cette fille dont parle tout Venise. L'Aragonaise.

D'Aragon ou d'ailleurs, il n'avait aucune envie de rencontrer ces femmes, celles qu'il s'apprêtait à boucler dans leur future forteresse, pas plus qu'il ne souhaitait cautionner cet étalage de vices au sein même du palais ducal.

Il n'opposa qu'une moue indistincte, le genre de grimace qu'on fait quand on ne sait plus quoi répondre.

Pietro Dolfin lui porta alors l'ultime estocade :

— On dit que c'est un ange ! Tu as déjà vu un ange, Nicola ? Tu n'as pas envie d'en croiser un pour de vrai ?

# 8

*Plus tard le même jour*

— Vous êtes l'abbé Chiutto ?

Le garde qui appréhenda Nicola portait tous les attributs des Seigneurs de la nuit. Notamment ce plastron noir, et cette dague pendue à sa ceinture, du côté opposé à l'épée, qu'il destinait sans doute aux corps à corps. Trois autres hommes d'armes protégeaient l'entrée majestueuse de l'Arsenal, encadrée de chaque côté par deux énormes lions de pierre. La lumière du couchant conférait à l'ensemble une dimension presque religieuse qui n'échappa pas au prêtre. Ce temple était celui de la puissance de Venise. Et, à l'évidence, on y fabriquait chaque jour plus de bateaux qu'on ne sauvait d'âmes dans les églises de la cité.

— C'est bien moi.

— Suivez-moi, je vous prie.

Il était plus sage en effet de le suivre, tant la topographie du gigantesque chantier naval semblait labyrinthique. À perte de vue, de vastes *fondaco,* ces grands entrepôts aux allures de granges, s'alignaient autour des multiples bassins. Certains ne contenaient que des réserves de matériaux ou de pièces diverses, tous utiles à la confection des quelque cinq à six cents navires qui étaient chaque année mis à l'eau. Mais la plupart étaient occupés, pour l'essentiel, par les ateliers spécialisés des divers corps de métiers des *arsenalotti* : charpentiers, forgerons, accastilleurs, drapiers de marine, cordeurs, et tant d'autres encore.

Après plusieurs minutes de marche, ils passèrent devant les chantiers proprement dits, ces immenses hangars où l'on assemblait les galères aux dimensions herculéennes. Celle que Nicola aperçut lui fit l'effet d'une gigantesque carcasse de baleine. Le bruit des marteaux qui cognaient en tous sens, les flammes qui s'élevaient ici ou là, les cris qui s'entrechoquaient en permanence et luttaient avec le brouhaha ambiant, tout cela contribuait à donner au lieu l'aspect d'une forge infernale.

Enfin, lorsqu'ils eurent contourné ce spectacle dantesque, ils débouchèrent sur un corps de bâtiment de plain-pied, enfilade de simples bicoques dévolues à l'administration du site. Le soldat poussa une porte, s'effaça pour laisser se glisser le prêtre à l'intérieur, et repartit aussitôt d'où il était venu.

— Padre Chiutto ! Nous n'attendions plus que vous.

L'homme qui lui souriait de manière affable était Alvaro Mosca. Ils n'avaient eu l'occasion de se croiser qu'une poignée de fois, mais Nicola avait pu apprécier la bonhomie et la pondération du vieil homme.

À sa gauche, l'air furieux et le regard noir, Filippo Dona paraissait ronger son frein depuis déjà de longues minutes. Il tapotait du pommeau de sa dague l'épais plateau de la table où ils siégeaient.

Hormis les fils Venier et Morosini, ainsi que les deux médecins venus expertiser leurs locaux, les autres participants à la réunion étaient inconnus de Nicola. Mais à leurs robes luxueuses et à leur air suffisant, il devina qu'il s'agissait des différents conseillers du doge impliqués dans le projet. Aucun ne paraissait satisfait de se trouver là. L'heure était plutôt aux agapes, ou aux premières réjouissances des fêtes mariales. Une commission aussi tard dans la journée ? Et pourquoi pas travailler le dimanche, tant qu'on y était !

— Prenez place à ma droite, le pria Mosca avec déférence.

Avec son phrasé habituel, aussi lent qu'une gondole sans rameur, le *capisestiere* par intérim rappela brièvement l'objet de leur rendez-vous, ainsi que les diverses conclusions remises par les observateurs missionnés la veille à San Matteo. À peine eut-il fini son discours, que Luca Morosini prit la parole sans y avoir été invité :

— Les tarifs proposés pour la location de nos *volte* sont tout bonnement inacceptables. Jamais ma famille ne tolérera qu'un tel commerce y soit abrité à ce prix-là.

Sous-entendu : si vous voulez qu'on ferme les yeux sur la nature de l'activité concernée, il va falloir allonger les ducats.

Le fils Venier approuva bruyamment la position de son pair et ami.

— Je propose que les familles Venier et Morosini établissent un loyer qui leur semble juste, répondit Mosca avec calme, et nous le soumettrons à Sa Seigneurie pour validation.

Les deux jeunes hommes approuvèrent l'idée par des sourires imbus.

Nicola l'avait compris, à présent : Giovanni Dolfin était prêt à tout pour que son projet de « Château du vice » voie le jour. Il était donc probable qu'il accepte sans discuter le montant exigé par les bailleurs, quel qu'il fût.

— Bien, reprit Mosca. Venons-en au cœur de notre projet. Le Seigneur Dona, ici présent, a établi une première liste de règles et d'usages pour le quartier fermé que nous envisageons. Étant entendu, bien sûr, que rien de ce que nous évoquons ici aujourd'hui ne sera effectif avant d'être avalisé par un vote du Grand Conseil.

— Quand celui-ci aura-t-il lieu ? s'enquit Nicola.

— Sa Seigneurie ne nous a pas encore communiqué de date. Mais cela ne devrait plus être qu'une question de jours.

Il se tourna alors vers son voisin de gauche pour lui donner la parole, et Filippo Dona se leva, grave et solennel. Nicola considéra la « brute sans discernement » décrite par le doge, et se demanda s'il incombait vraiment à un tel homme de définir le cadre légal du projet.

Il hésitait surtout sur l'attitude à adopter. Ces messieurs savaient-ils que le duc en personne l'avait chargé de superviser leurs travaux communs ? Était-il investi d'une quelconque autorité, ou devait-il agir en sous-main ? Prudent, il choisit d'écouter d'abord ce que le soudard avait à dire.

— Hum, bon..., Dona se racla bruyamment la gorge. Ceux ici qui me connaissent déjà savent que je suis plus un homme d'action que de grandes déclarations. Mais voici néanmoins les quelques points que je souhaitais vous soumettre.

Il déroula à cet effet le parchemin qu'un scribe avait manifestement écrit pour lui. Nicola s'étonna presque que le Seigneur de la nuit sache lire.

— Pour commencer, puisqu'il s'agit de constituer un bordel fermé et placé sous notre autorité, je propose que six à dix gardes surveillent en permanence le périmètre défini par les *volte* des sieurs Venier et Morosini. Nuit, dimanches et fêtes compris. Ils seront remplacés toutes les quatre heures, et auront tous pouvoirs sur les entrées et les sorties.

— Pouvez-vous nous spécifier ce périmètre, Seigneur Dona ? intervint Nicola pour la première fois.

— Oui, oui...

Tandis qu'il fouillait du regard ses notes, une jeune servante vint ranimer le feu dans le *fogher*, la haute cheminée qui chauffait le petit édifice, puis servit à chaque participant un grand verre de vin aux épices, ainsi que plusieurs grands plateaux de fruits secs et autres douceurs.

— Pour faire simple, il s'étendrait du *campo* Beccarie au nord, à la *ruga* San Giovanni à l'est, au *campo* San Cassiono à l'ouest, et pour finir jusqu'au *campo* San Aponal au sud.

— Très bien, approuva Mosca de sa grimace rieuse, mais auriez-vous par hasard établi un plan plus précis, rue par rue ?

— Non…, grommela Dona, visiblement furieux d'être pris en défaut. Non, mais je peux vous faire ça en trois coups de fusain sur une carte.

— S'il vous plaît. Mais pardonnez mon interruption…

L'officier ne se fit pas plus prier, cette fois bien décidé à ne plus se laisser voler la parole. Il posa alors sa dague en travers du parchemin pour maintenir celui-ci ouvert, mais chacun put entrevoir la menace muette que contenait ce geste.

— Les filles œuvrant dans ce… dans ce quartier particulier…

L'euphémisme fit sourire toute l'assistance. Une telle précaution oratoire, venant d'un homme qui fréquentait les catins plus souvent que les églises, cela avait de quoi réjouir.

— … Ces filles n'auront pas l'autorisation d'en sortir en journée, dans le cadre de leur exercice. Elles pourront racoler dans les rues du périmètre défini, mais uniquement à l'intérieur de celui-ci. Elles ne pourront franchir la limite du quartier qu'à la nuit tombée, pour suivre leur clientèle, mais devront impérativement être revenues chez elles avant la *marangona* de minuit. Si elles reçoivent leurs clients dans leur chambre, ceux-ci devront repartir au plus tard à la deuxième heure de la nuit. Il ne sera permis à aucun d'entre eux d'y rester à dormir.

Il n'y avait là que des mesures de bon sens, et aucun des participants ne trouva rien à redire à cet exposé. Seul le *capisestiere* Mosca semblait chagriné par ce qu'il entendait, ou bien devait-il sa grimace, cette fois plus douloureuse que réjouie, aux tourments que lui infligeait ce ventre qu'il tenait à pleines mains.

— Afin de réaliser leurs diverses courses ou déplacements, elles ne seront autorisées à sortir en ville et en journée que le samedi. Afin que chacun puisse savoir à quoi s'en tenir, elles porteront sur elles, à chacune de leur promenade hors du périmètre, un foulard ou un voile de couleur jaune. Cette pièce de vêtement devra être visible à au moins vingt pas de distance, afin que chacun puisse les éviter s'il le souhaite.

Le jaune, couleur des soldats vénitiens, le détail n'échappa pas à Nicola.

— Vous voulez les marquer comme des pestiférées ? s'indigna l'un des conseillers de Dolfin.

— Ces demoiselles sont la lèpre de notre société, mon Seigneur. Il me semble que chaque honnête citoyen que croise l'une de ces créatures doit savoir à quoi s'en tenir. Ce n'est pas notre ami le père Chiutto qui me contredira.

Pris à partie, Nicola acquiesça d'un mouvement de tête respectueux, mais n'y ajouta goutte. Ce Dona était plus malin qu'il n'y paraissait de prime abord. Il faudra s'en méfier, songea le prêtre.

— Puisque nous en sommes à parler de leur tenue, reprit Filippo Dona avec assurance, je suggère de maintenir la règle déjà en vigueur : habits sombres, pas de couleurs vives ou claires, pas de bijoux ou de colifichets, pas de pierreries ou de matières nobles : argent, or, soie, etc. Leurs seuls attraits naturels doivent suffire.

L'image de l'ange blond hanta de nouveau Nicola, mais il la chassa aussitôt, le regard concentré sur le visage patibulaire du locuteur.

— Elles ne pourront recevoir leur clientèle, et de fait le quartier sera alors intégralement bouclé, aux fêtes suivantes : toute la durée de la Semaine sainte, à Pâques, à Noël, et au cours des diverses fêtes de la Vierge, Purification, Assomption, etc.

— Et à la Sensa ? s'enquit un conseiller au visage bouffi.

— Ouvert.

— Au premier jour de l'an ?

— Ouvert aussi.

— Et quid du jour du Transfert de saint Marc ? s'interrogea l'un des deux médecins à voix haute.

La question se posait d'autant plus qu'il s'agissait du lendemain, le 31 janvier. L'une des plus ferventes journées de dévotion de l'année. Mais aussi l'une des journées préférées des Vénitiens, qui y voyaient l'heureux mariage du religieux et du profane, de la première procession des Douze Marie et des soubresauts naissants du carnaval.

Dona demeura interdit. Selon toute évidence, il n'avait pas statué sur le sujet. Se remémorant son échange du jour avec le doge, Nicola lui souffla alors la parole :

— Je crois pour ma part qu'il faut laisser ce lieu ouvert le 31 janvier.

— Vous ne voyez pas une incompatibilité de fait avec le caractère sacré de ce jour ? se scandalisa pour la forme le conseiller obèse.

— Je vois surtout que, depuis déjà longtemps, le Transfert de saint Marc marque le véritable coup d'envoi de la période du carnaval. Vous le voyez tous comme moi : les visiteurs étrangers affluent à Venise dès cette date. Par milliers. Et ils sont par chance de plus en plus nombreux. Or, à quoi bon recevoir le monde entier dans notre cité, si c'est pour lui refuser les divers services qu'il vient y chercher ?

Le message était clair, et exprimé avec toute la subtilité requise. Le « quartier » en question se voulait un appât économique, plutôt qu'une simple mesure coercitive. Si l'on y enfermait de la sorte les prostituées, c'était plus pour contrôler l'argent qui entrerait dans la poche de leurs souteneurs, que pour réprimer les innombrables péchés dont ce lieu serait le théâtre.

Mais que cette conception vienne de la bouche même du représentant de l'Église laissa sans voix les autres intervenants. Durant quelques secondes, chacun lapa son vin ou grignota sa sucrerie en silence.

Le Seigneur de la nuit dut sentir qu'il avait malgré tout une carte à jouer, car il finit par ajouter :

— Des services dont nous encadrerons évidemment la nature et la moralité, mon père. J'imagine que vous ne me contredirez pas sur ce point.

— En effet…, s'inclina à regret Nicola.

— Seront prohibées en particulier les effusions sodomites, ainsi que toute pratique que notre Sainte Mère l'Église juge ou jugerait à l'avenir contre nature. Quant au…

— Seigneur Dona, l'interrompit à dessein Chiutto.

— Oui ?

— Vous pourriez être plus spécifique sur ces « pratiques » que réprouve l'Église ?

— Je pense que vous les connaissez aussi bien que moi, le provoqua-t-il avec morgue. En tout cas, je l'espère.

— Moi, oui. Mais si nous voulons nous engager tous ensemble dans un projet aussi sensible, il me semble utile que chacun dispose des mêmes informations. Et de préférence d'informations les plus précises possible.

— Soit… Eh bien, poursuivit l'officier avec un embarras palpable, j'imagine qu'on peut y inclure la fellation, de même que l'irrumation, le cunnilingus, ainsi que les postures de coït par trop bestiales.

— Bestiales, dites-vous ?

— Hum, cela me semble assez explicite…

— Pas pour moi, glissa un vieux conseiller gagné par la tremblote.

— Toutes celles où la femme ne repose pas sur le dos, stipula Dona.

« Ça va pour vous comme ça, c'était assez détaillé à votre goût ? » clamait son regard plein de défi.

Mais Nicola ne se laissa pas déstabiliser par l'odieuse litanie de perversions. Il surprit même toute l'assemblée en répliquant sans hésiter :

— Cela est fort bien décrit, Seigneur Dona, et me paraît tout à fait complet. Mais permettez-moi malgré tout une petite question : quel homme à Venise ira voir ces dames du Rialto, si vous ne leur laissez pour pratiques licites que ce qu'ils peuvent trouver dans le lit conjugal ?

La saillie provoqua l'hilarité des deux jeunes patriciens, et les autres invités s'employèrent à dissimuler la leur, qui dans sa manche, qui dans un mouchoir.

— La sodomie, je pense que tous ici nous sommes d'accord pour combattre ce fléau, poursuivit Nicola. S'agissant du reste… Si nous prétendons encadrer un commerce, de grâce n'amputons pas nos produits de leur saveur avant même de les poser sur l'étal. Qui irait acheter une pomme d'apparence succulente, si en vérité elle a le goût du navet ? On peut s'y laisser prendre une fois, mais certainement pas deux.

On gloussa encore sous cape un instant, selon les cas réjoui ou choqué des libertés morales et langagières prises par cet ecclésiastique. Qui plus est, un proche de l'évêque Vaselli.

Mais l'émoi passé, chacun sut à quoi s'en tenir. Cette fois, la prise de pouvoir était effective. Il était évident que ce Chiutto ne parlait pas en son seul nom, et que l'autorité dont il était investi venait du sommet de la République. L'un des conseillers au moins devait être au parfum, parmi ceux présents, car il lui adressa à cet instant un clin d'œil approbateur, presque complice.

— Très bien, reprit Dona sur un ton glacial. Ne mentionnons donc que la fornication sodomite.

De la pointe de sa dague, il biffa rageusement la ligne correspondante sur sa liste.

— Vous en avez fini ? le pressa Nicola.

— J'en ai fini, oui.

— Et s'agissant des filles qui transgresseraient ces règles ? s'interposa Mosca.

Filippo Dona reprit un peu de sa superbe et énonça, le verbe haut :

— J'ai prévu plusieurs degrés d'amendes pécuniaires, selon la gravité de la faute commise.

— Tout le monde sait que ces amendes ne sont jamais payées ! s'exclama le conseiller rubicond. Quand elles ne sont pas purement et simplement annulées. Il n'y a qu'à voir les *osterie* condamnées : on n'y a jamais vu frétiller autant de catins !

L'intéressé dut se rendre compte qu'il s'était trahi quant à ses pratiques, car il se renfonça aussitôt dans son fauteuil, l'air chafouin, et coupa là son argumentaire.

— Eh bien, nous y mettrons un terme. Et nous nous ferons fort d'appliquer les sanctions prévues. Ce sera beaucoup plus facile avec des gardes à demeure, et des filles mises sous clé.

— À ce propos, que prévoyez-vous pour celles qui chercheraient à fuir ? insista le bon *capisestiere* de San Polo. Qu'on le veuille ou non, il est question de placer ces femmes en captivité. Je serais très surpris qu'aucune d'entre elles ne cherche à se rebeller, ou à s'échapper de cette… de cette…

« Prison », pensèrent-ils tous en chœur sans oser prononcer le mot.

— Comment l'appelez-vous, d'ailleurs ? intervint Nicola. Nous ne parlons que de ça depuis des jours, et nous n'avons même pas mis un nom sur cette nouvelle institution.

— Vues de l'extérieur, ces *volte* ressemblent à un petit château fortifié, lança Luca Morosini.

— « Le château des plaisirs », suggéra Giacomo Venier sur un ton badin.

— Pardonnez-moi, jeune homme, mais..., s'échauffa Mosca. Seigneur Dona, vous n'avez pas répondu à ma question. Que ferons-nous aux fugueuses ?

Il avait quitté son obligeance habituelle, et levait sur l'officier des sourcils ô combien soucieux. Il était évident que le sujet lui paraissait de la plus haute importance.

Le Seigneur de la nuit semblait pris de court. Tous les regards convergeaient vers lui, et il était évident qu'on attendait qu'il prît une mesure des plus fermes. C'était l'occasion ou jamais de réaffirmer son emprise sur San Polo. Mosca en était peut-être le chef administratif. Ce petit abbé Chiutto était peut-être mandaté par le doge pour en gérer les aspects économiques du projet. Mais c'est à lui qu'incombaient les deux seules choses qui comptaient vraiment en ce bas monde : l'ordre et la sécurité.

— Seigneur Dona ? le pria de nouveau Nicola.

— J'avoue que je n'y ai pas encore réfléchi, admit-il avec une feinte humilité. Cela étant dit, puisque vous me posez la question, je ne vois qu'un seul châtiment possible.

— Lequel, je vous prie ?

— L'emprisonnement à vie.

— L'emp... mais vous n'y pensez pas ! blêmit Mosca. C'est totalement disproportionné !

— Ou la mort, renchérit le soldat. J'hésite encore. Je me demande lequel des deux sera le plus susceptible de dissuader les autres.

# 9

*31 janvier au matin,*
*jour du Transfert des cendres de saint Marc*

La robe que lui avait prêtée Angela était irréelle. Jamais Chiara n'avait vu un assemblage d'étoffes à la fois aussi savant et aussi léger. Aérienne enveloppe de soie et de gaze qui épousait son corps à la perfection. Le bleu tendre piqué d'or lui donnait des airs de princesse de sang. Pour une fois, elle n'usurperait pas son surnom.

Elle n'osa demander à sa tutrice à quelle époque celle-ci avait pu entrer dans un pareil vêtement, et se mira plutôt dans le petit miroir à main qu'elle lui tendait.

— Elle est somptueuse ! s'exclama la jeune femme.

— Non, c'est toi qui es somptueuse.

Le compliment la fit rosir, et elle s'attacha à parfaire sa coiffure, plutôt que d'avoir à y répondre.

Quand Lucia Nigra était venue la voir en personne, tard dans la soirée précédente, elle savait à quoi s'attendre. Toute la communauté des putains de San Matteo bruissait déjà de la nouvelle : certaines d'entre elles allaient être conviées au palais ducal ! À l'excitation qu'avait suscitée une telle annonce s'était mêlé pour beaucoup un soulagement sincère. « Tu vois bien qu'ils ne vont pas nous boucler. Ils ne nous inviteraient pas dans leur palais, si c'était le cas. » D'autres encore voyaient dans ce fait inédit l'occasion rêvée d'influer sur la décision des édiles. « Tout contact que l'une d'entre nous parviendrait à établir avec l'un des patriciens impliqués dans cette décision sera bon à prendre », avait dit Angela. Eh bien, des contacts, on peut dire qu'il y en aurait à la fête donnée par le fils du doge en personne !

Lorsque toutes furent apprêtées à leur goût, et dans la limite de leurs moyens, les dix filles choisies par Lucia se retrouvèrent sur le *campo* Beccarie, à distance respectable des étals sanguinolents. Leurs caquètements exaltés couvraient presque les cris des bouchers qui hélaient la clientèle, encore rare à une heure aussi matutinale.

Outre Chiara, et si l'on faisait abstraction de Gina, souffrante et peu présentable, il y avait là la fine fleur des beautés gérées par l'inflexible matrone : Gemma de Padoue, Aphrodite des Abruzzes, Ophélie l'Helvète, Pénélope la Romaine, Imelda la Dalmate, Rita la Florentine, Ondine la Sicilienne, Lisa de Milan et enfin l'exotique Vénus noire d'Égypte. Chacune rivalisait d'œillades et de postures outrancières, éprouvant sur les quelques quidams qui passaient là l'efficacité de leurs charmes. Seule Chiara affichait ce calme et cette résignation. Elle avait bien été tentée de se soustraire à ce pensum, mais Angela l'avait dissuadée d'éveiller plus les soupçons de leur souteneuse. Tant qu'elle demeurait au Rialto, il lui fallait jouer le jeu. Et qui sait en effet quelle précieuse relation elle pourrait nouer au palais ducal.

— Je ne vous ferai pas l'affront de vous expliquer l'importance de cette mission, mesdemoiselles, imposa Lucia de sa voix sèche comme un buvard. Soyez belles, soyez disponibles, soyez lascives… Bref, soyez tout ce que l'on attend de vous !

À ces mots, le petit groupe frétilla un peu plus encore. Aucune d'entre elles n'avait jamais été confrontée à d'aussi prestigieux clients, et un soupçon de crainte le disputait à la joie d'avoir été choisie.

Sandro sortit de l'ombre de sa maîtresse et claqua un ordre sans appel :

— Allez, on se met en route ! Vous aurez tout le temps de bavasser en chemin.

Tel que Lucia leur avait présenté les choses, son ruffian leur servirait d'escorte, afin que nul ne les importune durant leur trajet à travers la ville. Mais Chiara ne se faisait aucune illusion : Sandro était plus leur geôlier que leur protecteur, et sa présence dissuaderait avant toute chose les tentations de fuite.

À son commandement, épée levée vers le ciel, la petite troupe se mit en branle, sous le regard mi-outré mi-envieux des badauds.

*

Aux premières heures de la matinée, les ruelles de Venise étaient chroniquement encombrées de charrettes et de marchands, de servantes missionnées par leur maîtresse ou de simples manutentionnaires, mais il était rare de les voir à ce point engorgées. Car à la population habituelle s'ajoutait ce jour-là la foule des visiteurs et des curieux attirés par les fêtes mariales.

Quand ils franchirent le pont de bois du Rialto, écrasé de petites échoppes, Chiara aperçut de fait les longues barques décorées qui remontaient le Grand canal. Elle n'ignorait pas la tradition : celles-ci venaient chercher les douze statues de la Vierge et, dès l'embarquement effectué, repartiraient vers San Pietro di Castello, le siège de l'évêché de Venise. Après une rapide bénédiction dispensée par Vaselli, la procession navale repartirait en sens inverse jusqu'au palais ducal, où le doge se joindrait à elle pour remonter de nouveau le canal jusqu'au *rio* des Saints Apôtres. De là, elle glisserait jusqu'à sa destination finale, l'église Santa Maria di Formosa, la toute première des églises vénitiennes consacrées à la Vierge, où une messe serait célébrée.

Et dire qu'elles allaient manquer cela ! Du plus loin que Chiara puisse s'en souvenir, elle avait toujours assisté à cette procession. Ce serait bien la première fois qu'elle y ferait défaut.

*

Plus Sandro et ses catins s'enfonçaient dans les *Mercerie*, la longue succession de rues commerçantes reliant Saint-Marc au Rialto, plus la presse devenait dense et bigarrée. On y devinait des têtes et des costumes de toutes origines. Et le spectacle que constituait leur affriolant attelage s'y diluait de telle sorte que, en dépit de leurs tenues insolites ou provocantes, elles passaient presque inaperçues.

Après une heure ou presque de cette épuisante traversée, ils débouchèrent enfin sur la grande place Saint-Marc. Toutes connaissaient Venise comme leur poche, mais toutes étaient saisies d'émotion à chaque fois qu'elles atteignaient cette incroyable perspective. Certes, le palais ducal était encore un peu neuf au goût des esprits éclairés, et les échafaudages qui le piquaient de toute part, comme autant d'arbres dans cette forêt de pierres, gâchaient en partie l'harmonie de l'ensemble. Mais que dire de l'éblouissante basilique Saint-Marc qui, après plusieurs siècles de reconstruction, venait tout juste d'être achevée ? Que dire de ce campanile, de ces colonnes, de cette place tout entière que d'aucuns décrivaient comme la plus fastueuse de la chrétienté ?

Il leur fallut passer plusieurs postes de contrôle et que Sandro montre patte blanche à autant de gardes pour pénétrer enfin dans la vaste cour centrale du palais. Là, sans rien pour les désaltérer ou les distraire, on les fit attendre deux bonnes heures, et la matinée s'achevait déjà quand un valet aux manières précieuses se décida à les prendre en charge.

— Allez, allez, allez, on me suit, on me suit ! piaillait-il d'une voix suraiguë.

La suite d'escaliers et de coursives qu'ils empruntèrent donnait le tournis. À force de monter et de descendre, Chiara n'aurait su dire s'ils avaient atteint les étages supérieurs du palais, ou au contraire ses tréfonds. Bientôt, ils parvinrent dans ce qui ressemblait à une buanderie, où d'immenses coffres de vêtements divers étaient ouverts, débordant d'étoffes rares et colorées.

— Bien ! Vous allez commencer par me retirer vos nippes, et vous choisir quelque chose qui vous convienne là-dedans.

Il avait désigné la montagne de robes mises à disposition. Toutes se regardèrent, interdites. Elles avaient donc fait tant d'efforts vestimentaires pour rien ?

— S'il vous plaît ! Chiara apostropha le valet vibrionnant.

— Oui ?

— Je... Moi aussi, je dois changer de robe ?

— Évidemment ! Pour qui te prends-tu ?

Elle ne se croyait pas au-dessus de ses consœurs, bien sûr que non, mais sa robe lui paraissait si belle...

Sans plus argumenter, elle piocha à son tour la tenue qui lui paraissait la plus adaptée. Il n'échappa à aucune d'entre elles que les habits disponibles étaient tous taillés pour un office bien spécifique. Leurs décolletés étaient vertigineux, leur longueur bien en deçà des règles de la bienséance, et les nombreuses ouvertures pratiquées çà et là on ne peut plus explicites quant à l'usage qui en serait fait.

Quand toutes furent habillées, on les transféra dans la cuisine voisine, où on leur servit une collation de bouillies diverses, à peine agrémentée de pain et de lard. Le reste de l'après-midi fut d'un ennui effroyable. On les cantonna dans une petite pièce sans fenêtres, jonchée de paillasses à la propreté douteuse. Certaines s'abîmèrent dans le sommeil ; d'autres s'occupaient à de petits jeux, chansons ou anecdotes mille fois racontées.

Le peu de lumière qui filtrait du dehors s'était complètement éteint, quand le valet efféminé vint enfin les chercher.

— Allez mesdemoiselles ! On secoue ses fesses ! Vous allez en avoir besoin.

Il fut le seul à rire de sa propre plaisanterie.

Appliquant une mesure de précaution dont Chiara ne comprit guère l'utilité, on leur banda alors les yeux, avant que des mains anonymes ne les guident à nouveau à travers le dédale du palais. Tout y était noir, froid, hostile. Ils gravissaient sans cesse de nouvelles marches, et pourtant elle avait le sentiment de plonger dans d'infinis abysses.

*

Il est le premier qu'elle aperçoit lorsqu'on libère son regard. Il se tient devant elle, la dominant au moins d'une tête, presque aussi blond qu'elle. Ses yeux sont d'un bleu délavé qui évoque l'eau qui baigne certaines plages du Lido. Il est beau, sans discussion possible. Beau et jeune, avec dans son sourire l'énergie carnassière d'un chien fou.

— Tu es Chiara l'Aragonaise, n'est-ce pas ? lui demande-t-il sur un ton enjoué.

Elle acquiesce avec modestie, petite révérence dont il semble apprécier la grâce. Autour d'eux, dans une salle plus grande que toutes celles qu'elle ait jamais connues, éclairé par de grands candélabres, un parterre d'hommes tous aussi jeunes et vigoureux. Certains sont déjà à demi nus. La plupart ont fait leur choix, fondant sur l'une des neuf autres proies, parfois même à plusieurs. Sans qu'aucun donne le signal, ils les attirent jusqu'aux lits répartis aux quatre coins de la salle, tous garnis d'épaisses couvertures damassées. Avides, ils dévêtent les catins avec impatience. Personne n'a encore touché au fastueux buffet qui occupe tout un angle. Il y a plus tentant ; il y a plus urgent.

— Pour une fois, la rumeur n'a pas menti. Tu es aussi fascinante qu'elle le dit.

Joignant le geste à la parole, il glisse une main sous la fine tunique qu'elle a revêtue. Il effleure son ventre doux, plein, au rebond léger. Il plonge plus loin sous l'étoffe et agrippe ses hanches, assez généreuses à son goût, si l'on en juge par son sourire béat. Puis voilà qu'il fond sur la poitrine de la blonde, qu'il soupèse et empoigne comme un affamé. La résistance et la fermeté des deux globes, qu'il apprécie l'un après l'autre, paraissent l'enchanter. Il semble satisfait. Il l'a éprouvée comme on choisit un bestiau au marché.

Voilà qu'il se colle à elle, agrippant les fesses parfaites qu'il découvre d'un revers de main pressé. Il cherche ses lèvres. Et comme elle esquive son baiser, il réaffirme son autorité de chasseur qui sait le gibier déjà acquis :

— Un peu de résistance ne me déplaît pas... Mais tu sais que ça ne sert à rien, n'est-ce pas ?

— Oui, susurre-t-elle les yeux mi-clos.

— Tu sais aussi qui je suis ?

— Vous êtes… Pietro Dolfin. Le fils de Sa Seigneurie le doge.

— C'est ça… Répète-le un peu, lui intime-t-il, une main à présent plaquée sur la toison de la belle. Mais sur un ton plus doux. Plus sensuel.

— Pietro Dolfin, feule-t-elle, réprimant le haut-le-cœur que provoque cet attentat sur son intimité. Le fils du doge.

Alors il se jette sur elle sans ménagement. Il la pousse sur le dernier lit vacant. Il est le seul à ne pas partager sa prise. Tout autour, des souffles et des râles s'élèvent. On a certes laissé le morceau de choix au roi de la fête, mais on ne l'a pas attendu pour se bâfrer.

Sans doute attirés par la rareté de la marchandise, trois hommes se disputent par exemple les faveurs de Vénus, la beauté égyptienne à la peau d'ébène. Elle est tombée à leurs genoux, à quatre pattes, et sa poitrine triomphante pend comme celle de la louve romaine. Tandis que deux d'entre eux pénètrent tour à tour sa bouche vermillon, le troisième s'est jeté entre ses jambes, et lape à présent son sexe à la toison abondante. Elle ondule. Elle gémit. Elle connaît son rôle à la perfection. Son interprétation est si convaincante que l'un des hommes s'accroupit derrière elle, et se plaque contre ses fesses, le bras arrimé à sa taille. Il la pénètre sans crier gare. Son hurlement rebondit contre les murs tendus de tapisseries équivoques, puis se mêle à ceux des autres filles.

De telles saynètes se multiplient, échauffant les sens du jeune Dolfin. Il n'en peut plus. Il veut sa part. Il déchire le tissu qui couvre encore Chiara, et la contemple un instant, ainsi livrée sur la couche. Il n'a encore rien bu mais il paraît ivre. Il n'en revient pas de l'avoir enfin à sa merci.

Mais elle aussi connaît son métier de putain. Elle sait qu'elle ne gagnera rien à lui échapper. Ce genre de brutes, il faut caresser leurs penchants dans le sens du poil, si l'on veut les entraîner là où l'on veut. Plus elle feindra le plaisir, et plus il se soumettra à ses directives.

— Viens ! l'encourage-t-elle dans un sourire céleste.

Il se rue entre ses jambes. La pénètre tout à trac. La pilonne avec la force et la régularité d'un tailleur de pierres. Elle mord ses lèvres pour supporter la douleur du premier assaut. Cet homme n'est pas un amant, c'est l'ouvrier de son propre contentement. Brutal et besogneux.

Fidèle à sa méthode, Chiara recherche néanmoins dans cet hercule ce qui pourrait la toucher. Pas la grimace qui distend son visage, non. Ni ses insupportables braiments de mule. Il est beau, certes, mais rien en lui ne lui semble réellement aimable.

Quand soudain, alors que le plaisir le guette déjà, apparaît sur ses lèvres un infime sourire. Celui de l'enfant qu'il était il y a peu encore. Celui d'un être doux, rêveur, incapable de la moindre cruauté. Elle s'accroche à ce souvenir qui n'est pas le sien, et étreint les fesses musculeuses qui s'échappent des chausses cousues d'or. Il n'a même pas pris le soin de se dévêtir entièrement. Elle le presse, le propulse au plus profond d'elle, accompagne ses embardées d'encouragements furieux :

— C'est ça ! Fous-moi bien !

Il ne note ni l'ironie ni l'hypocrisie des exhortations. Il est tout entier concentré sur ce mouvement implacable. Sur la rigidité de son sexe. Il ne sait pas faire l'amour, il ne sait que prendre son plaisir en elles, interchangeables splendeurs qu'il martèle puis troque contre la suivante.

Elle écartèle son sexe autant qu'elle le peut. Elle l'invite dans ses profondeurs. Elle abandonne ce qui lui reste de chair et de dignité. N'est-ce pas ce qu'il cherche à lui ravir ?

— Allez, mon beau prince ! Mon fils de doge ! Fous-moi plus fort !

— Ah, mon Dieu ! brame-t-il.

Elle a l'habitude de ces instants critiques. Elle sait qu'un peu d'emphase et de ridicule ne gâche rien, au contraire, la plupart apprécient d'être ainsi galvanisés. Appropriés ou non, les mots qu'elles improvisent importent peu, au fond. Car ce qu'ils veulent, c'est se sentir désirés. Comme tout le monde.

— C'est ça ! Encore plus fort ! Baise-moi tout entière ! Baise Venise !

Elle serait presque fière de cette dernière trouvaille.

Le poids du jeune homme lorsqu'il s'affale enfin sur elle est celui d'un gisant. C'est une telle masse ! Chiara croit étouffer un instant. Mais, par chance, il roule presque aussitôt sur le côté et la dévisage entre deux soupirs, son regard traversé d'un éclat reconnaissant.

— Foutredieu ! grogne-t-il. Je savais que tu serais une déesse de l'amour… Je le savais.

— Je suis là pour toi, Mon Seigneur.

— Tu ne me croiras peut-être pas, part-il d'un rire sonore, mais je l'avais même prédit à mon confesseur !

Puis, se redressant sur un coude, il se tourne vers ses amis et interpelle un gringalet qui besogne la Florentine, aussi rousse et diaphane que lui.

— Luigi ! Luigi ! Lâche un peu ta citrouille. Viens donc goûter de ce morceau-là. Tu m'en diras des nouvelles !

*

Lorsque Chiara parvint enfin à quitter le lupanar improvisé, elle comprit au silence qui avait gagné le palais que la nuit était déjà bien avancée. La consigne du valet avait été claire : « Quand ces messieurs vous signifieront votre congé, passez par la porte principale, et attendez-moi dans l'antichambre. Votre ruffian viendra vous rechercher quand vous serez toutes réunies. »

Elle était la dernière. Et pourtant, aucune de ses camarades ne se trouvait là. Elle frappa aux autres portes attenantes et, n'obtenant pas de réponse, hésita à revenir dans la salle où se déroulait l'orgie. Mais il était probable qu'on y réclamerait à nouveau ses services, et cette seule perspective suffit à la dissuader.

Que faire, dans ce cas ? Appeler une aide quelconque ? Il ne fallait pas y songer. Elle devinait d'ici le sort qu'on réserverait à une prostituée créant du tapage en un tel lieu. Alors elle résolut d'attendre que le valet réapparaisse et s'écroula sur l'unique chaise à disposition dans le vestibule. Les minutes s'écoulèrent, et bientôt plus aucun écho ne lui parvint de la débauche voisine. Tous semblaient avoir quitté cette aile du palais. Le sommeil s'empara d'elle comme le voleur ravit la bourse à la ceinture du bourgeois : sans un souffle.

— Mademoiselle…

La voix la tira brusquement de sa torpeur. Ses yeux papillonnèrent quelques secondes, et alors seulement elle se souvint d'où elle se trouvait.

— Mademoiselle, vous vous sentez bien ?

Celui qui l'avait réveillée n'était pas l'imbuvable valet à voix de fausset. Le visage qui s'approchait du sien distillait une étrange familiarité, et pourtant il n'était pas celui d'un ami, elle aurait pu le jurer. Ce nez busqué, ces yeux perçants, ces cheveux longs et sombres…

— Oui ! se redressa-t-elle d'un bond.

— Vous vous êtes assoupie.

— Je sais, je… je suis désolée. J'allais partir.

Elle cherchait déjà à s'échapper, apeurée, sans savoir au juste dans quelle direction fuir.

Cet homme, bien sûr qu'elle le reconnaissait !

De son côté, il détailla la jeune femme de la tête aux pieds, et nota le négligé de sa tenue. Mais son trouble paraissait d'une autre nature. À lui non plus, elle n'était pas inconnue.

— Attendez ! s'exclama Nicola Chiutto, une main sur le bras de l'effarouchée. Pardonnez ma question, mais… Que faisiez-vous ici ?

— Je participais à la fête du Seigneur Pietro Dolfin.

Le prêtre se raidit, son sourire envolé, d'un coup plus sombre.

— Vous participiez ? Je ne vous demande pas à quel titre…

— Non, répondit-elle sans détour. Et quand bien même, il serait inutile que je vous réponde, puisque de toute évidence vous avez déjà votre avis sur la question. Maintenant, si vous le permettez…

Elle tenta de se dégager, mais il referma l'étreinte de sa main autour du membre gracile.

— Comment vous appelle-t-on ?

— Chiara, lâcha-t-elle après un temps.

Après tout, elle aurait pu donner n'importe quel nom. Mais hors du lit, elle était si peu rompue à l'art du mensonge.

— L'Aragonaise ? s'écria-t-il comme si on l'avait giflé.

— Elle-même…

Voilà qu'elle était devant lui, le joyau du Rialto, la perle parmi les simples coquillages, la prostituée majuscule. Le trophée dont son ami Pietro Dolfin avait dû user et abuser toute la soirée.

L'ange du *campo* San Giacomo. Son inconnue au mouchoir. Lui qui redoutait cette confrontation, à présent qu'elle se tenait devant lui, il ressentait pour elle une étrange familiarité.

— C'est vous qui m'avez fait rendre mon carré de batiste…

— Peut-être.

— C'était… c'était un geste très élégant. Merci.

— Vous paraissez surpris… Mais vous savez, l'élégance n'a ni sexe ni condition.

— Je n'ai jamais dit le contraire. Disons que je suis juste étonné qu'une femme telle que vous prenne autant d'égards.

— Parce que vous en fréquentez souvent, des femmes telles que moi ?

— Non… Non, bien sûr.

— Eh bien, ne changeons rien à vos saines habitudes, mon père. Cela vaudra mieux pour tout le monde.

Et sur cette ultime effronterie, elle se dégagea pour de bon et trotta jusqu'à l'issue qui lui parut la plus logique.

— Ce sont les latrines, s'amusa Nicola.

Piquée au vif, Chiara pesta contre elle-même, tourna les talons et, les yeux rivés au sol, se dirigea vers la porte opposée.

Mais l'homme à la croix lui barrait cette fois le chemin de toute sa stature.

— Une seconde !

— Quoi encore ?

« Vous n'avez pas assez ri à mes dépens ? » se retint-elle de lui crier.

— Je ne suis pas votre ennemi.

— Voyez-vous ça ! Vous n'êtes pas mon ennemi ? se récria-t-elle avec fougue.

— Tout à fait…

— Suis-je bête ! C'est pour ça que vous supervisez l'enfermement des prostituées à San Matteo pour le compte de l'évêché. Parce que vous êtes notre ami, bien sûr. Vous qui nous connaissez si bien !

Comment savait-elle ça ? Ou plutôt, que savait-elle exactement de leur projet ?

— Ce n'est pas un enfermement, argua Nicola sans conviction. C'est une simple mesure de sécurité.

— Vraiment ? Et les Seigneurs de la nuit qui font rosser les filles, c'est aussi pour leur sécurité peut-être ?

— Que dites-vous ?

Elle sentit qu'elle en avait trop dit et chercha à forcer le passage.

— Qu'avez-vous dit à propos des Seigneurs de la nuit ? insista-t-il, la main posée sur la poignée.

— Rien, oubliez… Ce sont des bêtises.

Et comme il obstruait toujours la porte, les yeux plantés en elle comme deux dagues, elle dégaina l'arme de la provocation, la seule dont disposaient les catins face à plus fort qu'elles :

— Je suis épuisée…, simula-t-elle un bâillement. Il faut dire que le Seigneur Pietro était *très* vigoureux, ce soir. Si vous m'autorisez donc…

La saillie le décontenança si bien qu'il s'effaça aussitôt et la laissa filer par l'ouverture de la porte, blonde et insaisissable souris.

# 10

*1er février, aux dernières lueurs du jour*

Il lui en avait fallu du courage, pour parvenir jusqu'ici.

Il lui en avait fallu de la ténacité, pour retrouver la trace de cette fille. Tout le monde au Rialto avait entendu parler de l'Aragonaise, bien sûr. Mais qui se serait risqué à livrer des détails sur elle ? C'était un code de conduite implicite, dans les quartiers mal famés : personne ne sait, personne ne dit, personne n'a rien vu. Bien appliqués, de tels préceptes assuraient au moins votre survie, à défaut d'une existence paisible.

Toute la journée, il avait mis à contribution ses domestiques, interrogé en particulier ceux dont ils soupçonnaient une fréquentation assidue des filles publiques. On s'étonnait un peu qu'un prélat de son rang s'intéresse à une pareille pécheresse, et puis on se souvenait que l'évêque Vaselli l'avait chargé de cette mission à San Matteo, et on supposait prudemment que ceci expliquait cela.

Lui-même ne comprenait pas vraiment quel démon s'était emparé de lui. Mais une nuit presque complète de prière n'avait pas suffi à chasser l'image entêtante de cette créature dans son négligé. Sur les mosaïques pieuses de la chapelle épiscopale comme sur les icônes de sa chambre, partout où s'affichait le visage d'une sainte femme, il y voyait désormais celui de cette diablesse.

Et s'il n'y avait eu que son apparence angélique, passe encore… À la messe aussi bien qu'au confessionnal, il savait quelle ressource puiser en lui pour résister aux tentations qui ne manquaient pas de s'y présenter, gracieuses figures de Vénitiennes. Ce qui le troublait au-delà de ces désordres de l'âme ordinaires, dans le cas présent, c'est l'exaspération dans laquelle cette femme plongeait chacun de ses sens, même après deux rencontres aussi fugaces. Son nez était constamment empli de son parfum. Ses oreilles ne percevaient que le murmure de sa voix.

Venise tout entière se résumait à sa présence, comme un voile de brume qui aurait altéré et embelli tout à la fois la cité lacustre.

Le salut était venu d'un enfant.

Un improbable gamin des rues, au visage crasseux et aux cheveux frisés comme la laine d'un agneau. Le cousin d'un cuisinier de l'évêché, gondolier de son état, lui avait promis quelques jours de balade gratuite dans son embarcation. Le môme, qui tournait autour de son embarcadère comme un papillon, avait fini par accepter l'offre et conduit Nicola jusqu'au pied d'un immeuble miteux, rue de l'Ange. En plein centre de la future citadelle des plaisirs.

Contre toute attente, c'est lui qui bombarda le prêtre de questions :

— Vous lui voulez quoi, à Chiara ?

La raison pour laquelle il offrait son concours était plus claire, désormais. Il était autant là pour glaner des renseignements que pour donner son aide.

— Tu es bien curieux…

— Si je n'étais pas curieux, mon père, il y a longtemps que je ne serais plus de ce monde.

La réplique amusa le prêtre.

— Alors, c'est quoi que vous lui voulez à ma Princesse ?

— Disons qu'elle et moi avons un sujet de préoccupation en commun.

— Préoccupation ? Quelle préoccupation ?

Rolando devait se remémorer la mise en garde du ruffian. La belle blonde allait les abandonner. Sous peu, s'il n'y veillait pas en personne, elle prendrait la fuite, et plus jamais son soleil n'illuminerait San Matteo. Mais il avait beau dévisager Chiutto et retourner cette douloureuse perspective, il ne voyait pas quel rôle un abbé pouvait jouer dans cette affaire.

— Des choses qui ne te regardent pas, répondit Nicola, cette fois avec fermeté.

— Cet immeuble n'est pas celui de Chiara. Si vous ne m'en dites pas plus, je vous laisse moisir ici et j'appelle tous les ruffians du quartier.

Le garçonnet abattait ses cartes avec une malice dont la plupart des adultes que côtoyait Chiutto auraient été incapables. Lui qui avait tout appris ou presque dans les textes sacrés, il admirait cette science de la vie que seule la rue enseigne, mais ne se laissa pas démonter pour autant :

— Et moi si tu ne m'indiques pas tout de suite où elle loge, je fais boucler le quartier et embarquer toutes les filles.

— Pfff ! Vous n'êtes qu'un prêtre ! Vous n'avez pas ce pouvoir-là.

Que tu crois ! songea Nicola, passablement agacé par la résistance du gamin.

— À toi d'en juger, affirma-t-il en découvrant la dague pendue à sa ceinture.

Gianluca, le cuisinier de Vaselli, l'avait convaincu de ne pas s'aventurer « nu » dans un environnement aussi hostile. Si même les enfants étaient susceptibles de vous y menacer, alors il comprenait mieux pourquoi, à présent.

— Suivez-moi, lâcha Rolando, vaincu et contrarié, l'entraînant à sa suite dans la ruelle.

Au sommet de la volée de marches disjointes, il dispensa à l'ecclésiastique cet ultime conseil :

— Toquez trois fois, puis deux fois quelques secondes plus tard. Si on ne vous ouvre pas dans la foulée, n'insistez pas.

— Merci…

— Hum, grogna l'enfant.

— Au fait, petit… Tu t'appelles comment ?

— Rolando.

— Rolando d'où ça ?

Le garçon haussa les épaules et embrassa tout le quartier d'un geste large et évasif. Rolando de partout et de tous, semblait-il dire avant de disparaître.

Le cœur étrangement étreint, Nicola appliqua la consigne et attendit une réaction derrière la porte misérable, rongée aux angles par on ne sait quel mal ou quels insectes.

Après un temps assez bref, il entendit quelques pas légers, puis un souffle court derrière le vantail, et enfin on lui ouvrit.

*

Il se tient là. La pièce est plongée dans l'obscurité qui engloutit la ville autour d'eux, et ils se devinent plus qu'ils ne se voient. Elle ne pourrait pas dire qu'elle s'y attendait, mais elle ne semble pas surprise non plus. Elle lui sourit d'un air presque entendu, quelque chose entre le « tiens donc » et le « vous en avez mis du temps ! ». Mais sans ironie non plus. Son insolence de la veille n'est plus de mise.

Lui qui avait préparé tout un assortiment de prétextes pour justifier sa venue, il se sent incapable du moindre mot. Adieu la croix, la dague et la calotte. Adieu son ministère et sa mission. Il se sent aussi peu prêtre qu'au jour de sa naissance. Dans la longue chemise blanche qu'elle porte à présent, on jurerait une apparition.

C'est pourtant d'une main chaude qu'elle saisit la sienne et l'attire à l'intérieur. Sans un mot.

Il s'écroule sur le lit, comme assommé par l'inconvenance de ce qu'il est en train de faire. D'abord assis, puis presque aussitôt étendu de tout son long. Le grabat est inconfortable, mais il le remarque à peine. Il flotte, et plus encore quand elle s'allonge à son tour, face à lui. À moins que ce ne soit l'émotion qui le submerge. La brutale satisfaction d'un rêve qu'il ne s'autorisait plus. Ses gestes à elle sont d'une incroyable douceur. Du bout des doigts, elle caresse le visage dur et beau, qu'un voile de barbe cherche à grignoter. Quand il reprend soudain une aspiration ample, comme pour parler, elle lui impose le silence d'une main posée sur ses lèvres. C'est le signal qu'il attendait pour s'abandonner. Pour sortir de ce rôle de spectateur, aussi. À son tour, il la détaille avec dévotion. Si la beauté est un cadeau divin, alors cette femme est le plus extraordinaire présent que le Père ait pu faire à l'humanité.

Son menton tremble, il s'immobilise un instant, mais bientôt il se penche sur elle et dépose sa bouche là où la tentation l'appelle : le cou, les joues, la nuque, le creux sublime qui s'ouvre sur la pente vallonnée des seins.

Chiara frémit. La granulation de la peau soyeuse change à mesure que ses lèvres charnues la parcourent. Il n'imaginait pas qu'une catin puisse ressentir quoi que ce soit de spontané. De sincère. Ne sont-elles pas de simples comédiennes ?

Mais ce n'est pas du théâtre, cette nuque qui se raidit quand il y pose sa main. Pas de la comédie, ce souffle qui s'accélère quand il mord à pleines dents dans la partie la plus charnue d'une épaule dégagée. Brusquement, elle l'arrête. En quelques mouvements, elle se défait de l'enveloppe blanche qui la couvrait, et lui révèle la perfection qu'il ne faisait jusque-là qu'entrevoir. Sa fascination est touchante.

A-t-il déjà connu une femme ? Qu'importe. Pour lui, elle sera toutes les femmes. Et lui, comment pourrait-il en désirer d'autres ? À sa manière, sacrilège, il sera l'adorateur d'une seule icône. Car il sait que le culte qui commence à cet instant, dans cette chambrette sombre et malpropre, que ce culte de l'ombre n'aura pas de fin. Il sait qu'il vient de sauter à pieds joints dans une damnation éternelle.

Comme pour se le prouver, il embrasse chaque pouce du ventre de sa partenaire, de son dos, de ses seins. Saisir les fesses de la jeune femme est un tel ravissement qu'il émet une plainte presque douloureuse. Les reins de sa Vénus se creusent. Ils appellent d'autres étreintes. Un engagement plus entier. Il ne pourra pas rester indéfiniment sur cette crête prudente entre ce qu'il est et ce qu'il désire. Il va devoir entrer en elle comme il s'engagerait dans un nouveau sacerdoce.

Il l'a compris. Alors à son tour il se dévêt et lui expose son corps dense et noueux, étonnamment puissant pour un homme dont l'activité se résume à brandir le goupillon et balancer l'encensoir. Elle le caresse à pleines mains, oubliant la suavité, le bouchonne tel un animal. À son tour, elle mange chaque once de cette chair épicée. Il la croyait éthérée et la découvre vorace. Quand les lèvres de Chiara atterrissent sur son sexe, il pousse un cri de surprise. Entrer dans sa bouche est comme pénétrer le Saint des Saints. La douceur qu'il y trouve est une fulgurance. Il râle aussitôt, il ne peut pas contenir ses gémissements. Et plus il geint et plus elle lui ouvre des sensations insoupçonnées, comme si chaque étape ouvrait les portes d'un nouveau temple, d'un nouveau secret.

Alors elle s'arrête brusquement. Elle sait qu'on ne peut pas tout montrer d'un coup au novice. Il faut lui réserver son content d'extase, sans cela pourquoi reviendrait-il prier. Le plaquant sur la couche d'une main ferme, elle le chevauche sans autre forme de procès. Après le plaisir lent et presque solennel de sa bouche, elle l'initie aux merveilleuses embardées de son sexe. Comme aucune autre, elle sait onduler sur le membre qui la pénètre, variant l'amplitude de la houle ou sa cadence. Ainsi planté en elle, il déclenche des vagues répétées, d'abord discrètes, puis plus amples, jusqu'à déchaîner d'immenses rouleaux de jouissance et d'écume. Et quand le calme paraît revenu, il soulève ses fesses et repart aussitôt à l'assaut de sa grève balayée par le choc du plaisir.

Ont-ils crié ensemble ? C'est possible. Aucun des deux ne saurait le dire. Blottis l'un contre l'autre, ils repoussent autant qu'ils le peuvent l'instant où le premier mot crèvera cette bulle parfaite. Une bulle comme on en voit flotter au-dessus du linge battu par les lavandières. Si indocile. Si fragile. Si éphémère.

Mais même muets, ils se disent l'après. L'attachement. La clandestinité. La douleur de se quitter et la joie folle de revivre de tels instants. Les rendez-vous volés à sa matrone, en cachette de tous. Là, tout de suite, elle n'est plus une putain du Rialto, il n'est plus un prêtre. Chiara et Nicola s'étreignent et plus rien ni personne d'autre n'existe. Ni Lucia, ni Sandro, ni Mosca, ni Dolfin. Il n'y a plus de prince capricieux qui la vandalise, pas plus que de bordel dans lequel il enfermera bientôt toutes les filles comme elle. Il ne peut plus rien y avoir de tout cela, puisqu'ils sont là l'un pour l'autre.

*

Quand il rouvrit les yeux après une heure ou deux, la nuit les protégeait toujours, et sa maîtresse – il faudrait bien qu'il accepte de la désigner ainsi – n'avait pas bougé d'un pouce. Elle ne dormait pas, mais elle respirait avec l'apaisement d'une bête harassée. Les yeux mi-clos.

Avec le temps passé dans la pénombre, le regard de Nicola s'était habitué, et peu à peu il distinguait les détails de la modeste cambuse. Ici, une jarre de terre cuite brisée en deux. Là, les restes d'un repas sans doute avalé par un client. Et partout autour d'eux un désordre improbable de vêtements sales et froissés. Comment une telle grâce pouvait-elle tolérer un pareil dénuement ? Son décor et elle lui semblaient appartenir à deux mondes distincts, et sans mélanges possibles.

L'une des rares pièces de mobilier était une minuscule table de chevet, qui avait dû servir de caisse à légumes dans un passé pas si lointain. L'unique objet qui traînait dessus était un petit cadre ovale, en forme de médaillon, posé sur un trépied de bois. Le portrait esquissé au fusain était celui d'une jeune femme brune, aux traits fins et décidés, manifestement une personne de caractère.

— Qui est-ce ? fut-il le premier à rompre leur mutisme.

— Ma mère. Luiza d'Aragon…

— C'est son véritable nom ?

— C'était…, répondit-elle sur un ton abrupt qu'elle regrettait déjà. Et non, aucune d'entre nous n'a d'état civil officiel. Tu devrais savoir ça, toi qui t'intéresses tant à nous autres.

« Je suis désolé », proclama la main caressante qu'il passa sur sa joue.

— Elle a rejoint le Seigneur il y a longtemps ?

— J'avais sept ans.

Il effectua de lui-même le calcul. Une mort précoce dans un quartier pauvre, à cette époque, il y avait hélas toutes les chances pour qu'il se fût agi de…

— L'épidémie de quarante-huit ?

— Oui…

— Tu…, se reprit-il, presque surpris lui-même de cette soudaine familiarité. Tu te souviens bien d'elle ?

— Pas vraiment… Quelques images… Rien de très net. Mes vraies mamans, ce sont plutôt les doyennes du quartier, Angela et les autres.

— Et ton père ?

— Tu sais ce qu'on dit des pères, par ici ?

— Non…

— La putain qui prétend connaître le père de son enfant est une menteuse. Et celui qui reconnaît l'enfant d'une putain comme le sien est un fou.

Il n'insista guère plus. Selon toute évidence, il n'y avait pas eu d'homme assez fou pour revendiquer la sublime Chiara d'Aragon. Elle conclut l'échange par quelques baisers picorés sur le torse de son amant, puis se lova contre le corps musculeux comme un chat recherchant la chaleur.

Cette attitude le toucha. Ce n'était pas lascif, c'était juste tendre.

Soudain, les bruits d'une cavalcade et de plusieurs paires de bottes résonnèrent dans la venelle. « Halte ! Halte ! » retentit la voix sourde d'un homme, probablement un garde chargé de faire respecter le couvre-feu. Redoutant que la discussion ne dérive sur un terrain qu'il savait glissant, il sauta sur l'occasion pour lui reposer la même question que la veille, juste avant qu'elle ne lui échappe :

— Hier soir, que voulais-tu dire quand tu parlais des Seigneurs de la nuit qui feraient battre certaines d'entre vous ?

— Très exactement ça : Gina, ma quasi-jumelle, ils l'ont fait rosser jusqu'au sang.

Chiara l'avait visitée le matin même, et la pauvre fille n'était pas très belle à voir. Les ecchymoses sur son visage se répandaient comme du charbon renversé sur un sol de marbre. Elle était méconnaissable. Mais les dégâts n'étaient pas qu'esthétiques et, par la faute de ses douleurs diverses, à la poitrine, au bas-ventre et au dos, elle n'avait plus quitté le lit depuis son agression. Impropre à toute activité, et en particulier au commerce de sa chair.

— Tu pourrais prouver ce que tu avances ?

— J'ai vu l'homme qui a fait ça recevoir une pleine bourse de Filippo Dona en personne, pour le prix de son forfait.

— De tes yeux ?

— De mes yeux.

Mais jamais il ne pourrait inviter un tel témoin à venir partager son histoire devant la commission de l'Arsenal. Encore moins après ce qu'il venait de se passer entre eux. « Je ne suis pas votre ennemi », lui avait-il dit la nuit précédente.

Peut-être pas, mais qu'il le veuille ou non, il n'était pas son ami non plus. Lui, son futur geôlier.

*

Au petit matin, quand l'ombre intégralement vêtue de noir se glissa hors du taudis, Rolando n'avait pas bougé de sa planque de toute la nuit. À présent, il n'avait plus de doute sur l'objet de la visite du prélat, ni sur ce que celui-ci représentait pour Chiara. Les clients ordinaires ne restaient en général qu'une heure ou deux. Les bons payeurs, eux, contournaient parfois la règle et s'offraient le luxe d'une nuit complète de sommeil auprès de leur catin. Seuls les amoureux authentiques, qui redoutaient la vindicte des matrones et l'épée des ruffians, seuls ceux-là s'éclipsaient avec une telle discrétion aux premières lueurs de l'aube.

Le petit avait froid, et il avait faim, mais il était détenteur d'une information que Sandro ne manquerait pas de lui acheter contre un peu de lait et un quignon de pain. Le ruffian lui faisait peur, mais pour l'heure il ne se connaissait hélas pas de meilleur allié pour retenir Chiara auprès d'eux.

Ni capable d'éloigner ce maudit prêtre de sa bien-aimée.

# 11

*2 février, jour de la Purification de la Vierge, aux premiers rayons de la matinée*

Cette fois, les prostituées du Rialto ne s'étaient pas réunies dans le secret d'une *furatole* ou d'une étuve, mais elles s'affichaient au contraire au beau milieu du marché aux légumes, s'invectivant à voix haute. Les quelques dizaines de têtes de leur premier conciliabule s'étaient muées en plus d'une centaine, peut-être même deux cents d'entre elles, châles et draps épais jetés sur leurs tenues négligées. En dépit du soleil éclatant, le froid de ce matin d'hiver était mordant, et de petits nuages de brume s'échappaient de leurs bouches comme autant de fumerolles à l'approche d'un volcan. Il était clair que la tension avait monté d'un cran dans leurs rangs, prête à exploser, ce qui repoussait les badauds présents à la périphérie de leur assemblée improvisée.

Juchée sur une pile de cagettes qui menaçait de rompre sous son poids, Sorina, l'opulente contradictrice d'Angela, hurlait à qui voulait l'entendre :

— Ils ont envoyé au moins une dizaine de soldats ! Et deux d'entre nous ont été embarquées. C'est inadmissible !

À cette annonce, un concert de lazzis courroucés s'éleva parmi ses consœurs. Chiara, qui rejoignait tout juste Angela, s'enquit du motif de cette agitation :

— Qu'est-ce qu'il se passe ? Elle cherche encore à faire monter la pression ?

— Oui… Visiblement, deux des filles de Cossima ont refusé des clients, hier soir, au prétexte qu'ils étaient d'anciens miliaires, et donc complices de nos futurs gardes.

— Et alors ? Pourquoi un tel émoi ? désigna-t-elle l'attroupement.

— Et alors la situation a dégénéré, les filles et les clients éconduits en sont venus aux mains, et plusieurs ruffians se sont interposés. Les clients ont prétendu avoir été rossés par ces derniers et sont aussitôt allés s'en plaindre aux sbires de Dona.

— … qui ont alpagué les deux pauvresses, conclut d'elle-même Chiara.

— Exactement.

Galvanisée par l'auditoire en ébullition, Sorina alternait les paroles haineuses et les encouragements à la rébellion. Le scénario catastrophe redouté par Angela était en train de se déployer sous leurs yeux, et les esprits étaient tant échauffés qu'elle ne voyait plus comment enrayer cette funeste mécanique. La foule, cette machine à étouffer le jugement et exacerber les rancœurs, elle s'en méfiait plus que tout. Il était toujours possible de raisonner un individu isolé, même lorsqu'il était sorti de ses gonds, mais cela ne se pouvait avec un groupe porté à son niveau d'incandescence.

— Cet incident n'est qu'un aperçu de ce qui nous attend ! hurlait la mégère exaltée, ivre de son nouvel ascendant. Ils nous arrêtent, ils nous battent… et demain ils nous enfermeront pour de bon ! Et pour toujours ! Toutes autant que nous sommes !

En marge de la manifestation, conservant une distance prudente, plusieurs matrones s'interrogeaient sur l'attitude à adopter. D'autant plus que leurs hommes de main n'étaient pas sans taches en l'espèce ; c'était eux qui avaient envenimé l'accrochage avec les deux clients insatisfaits.

Anna de Verona, le visage révulsé de colère, tentait de convaincre ses homologues de lancer ces mêmes ruffians dans la foule et de battre au hasard ce ramassis d'impudentes. D'après elle, il suffirait de quelques coups et de quelques cris de douleur pour toutes les disperser et les ramener bien vite à une attitude plus docile. Mais, bien qu'agacées elles aussi par ce battage inconvenant, les autres souteneuses répugnaient apparemment à en venir à de telles extrémités. Lucia, en particulier, qu'on connaissait d'ordinaire d'un naturel implacable à l'égard de ses putains, considérait la scène d'un œil presque bienveillant.

— Mais regardez-moi ça ! fulminait Anna. Regardez un peu nos ducats qui s'envolent à cause de ces idiotes !

Les motivations d'Angela et Chiara à ramener le calme n'étaient certes pas les siennes, mais elles répondaient à la même urgence.

Comme Angela s'élançait pour prendre à son tour la parole, Chiara arrêta son mouvement d'un bras résolu et grimpa à sa place à l'arrière d'une carriole vidée de son contenu. En deux pas lestes, elle fut perchée au sommet du véhicule, dominant la cohue des catins et des curieux, de plus en plus nombreux. Dans une heure à peine, les douze statues de la Vierge seraient ressorties de San Giacomo, puis placées sur les barques processionnaires, en direction de Saint-Marc. Personne dans le quartier ne voulait manquer ça. Mais d'ici là, c'est à une autre sorte d'apparition qu'ils étaient invités :

— Mes sœurs ! Mes sœurs, je vous en prie ! tonna la beauté blonde.

Son intervention surprit assez Sorina pour couper net la bouillonnante faconde de l'oratrice. On s'étonna çà et là de voir la Princesse du Rialto haranguer la foule comme une vulgaire vendeuse de sardines, mais l'incongruité de la situation eut pour effet de faire brusquement redescendre l'excitation et le brouhaha ambiant. La plus délicate des filles transformée en *passionaria*, voilà qui était cocasse.

Soudain, la foule fut prête à l'écouter.

— Sorina a raison, clama Chiara d'une voix haute et claire. Nous ne pouvons pas tolérer plus longtemps les exactions dont nous sommes l'objet. Nous ne pouvons plus être battues ou arrêtées de manière arbitraire. Nous avons besoin de sécurité. Nous avons besoin de remparts contre tous ceux qui voudraient encore s'en prendre à nous !

— Oui ! hurlèrent de concert une poignée de filles. Bien dit !

— Bien sûr, je ne me réjouis pas plus que vous à l'idée d'être bouclée dans notre propre quartier, affirma-t-elle sous les sifflets. Bien sûr que non ! Pas plus que vous, je ne veux vivre dans une prison ! Mais si ce projet peut nous permettre d'exprimer *nos* besoins, *nos* doléances, ne faut-il pas saisir cette occasion, plutôt que donner à ceux qui nous tourmentent de nouvelles raisons de s'en prendre à nous ? Vaut-il mieux nous faire écraser dans un bain de sang, ou saisir notre ultime chance de parlementer ?

Depuis sa tour de cageots branlants, Sorina ne semblait pas disposée à lui céder si facilement le terrain :

— Tu nous as déjà sorti ton blabla, l'Aragonaise. Mais tout ça, ce n'est que du verbiage ! Que veux-tu donc négocier ? Et avec qui ? Regarde ce qu'il arrive à nos sœurs pendant que tu prétends plaider notre cause sur l'oreiller ! S'il suffisait d'écarter les cuisses pour améliorer notre condition, crois-tu vraiment que nous en serions toutes là ?

Les disciples de Sorina grondèrent bruyamment à cette pique, mais Chiara ne se laissa pas démonter pour autant.

L'image de Nicola l'habita un instant. Son regard empreint de sincérité, lorsqu'il lui avait dit : « Je ne suis pas votre ennemi. » Et son trouble palpable quand elle lui avait révélé l'identité des agresseurs de Gina. Cet homme n'était pas juste un amant de plus dont elle faisait tourner la tête ; ces effets-là finissaient toujours par se dissiper, elle le savait bien.

À l'instar d'un Mosca, il l'écoutait vraiment. Même s'il n'avait pas encore pris ouvertement le parti des filles de San Matteo, elle en était certaine : avec lui, la discussion serait possible. Leurs arguments seraient entendus.

Il n'était pas l'un de ces monstres froids qui hantaient les plus hautes instances, sans oreilles et sans cœur. Il n'était pas Filippo Dona ou ses semblables. La nuit passée contre lui le lui avait prouvé. Le corps d'un homme ne ment pas, se répéta-t-elle.

— Peut-être est-ce parce que tes cuisses n'attirent plus les bonnes personnes depuis bien longtemps ! finit par répliquer Chiara sous les applaudissements goguenards de ses pairs.

— N'importe quoi…

— Figure-toi que les miennes ont reçu la visite du grand ordonnateur de ce projet, pas plus tard que cette nuit. Et qu'elles ont pleinement satisfait ce Seigneur.

— Mosca n'a aucun pouvoir, et tu le sais très bien !

Sorina se raccrocha avec véhémence à cet argument réchauffé.

— Mais qui te parle de Mosca ?

— Ah bon ? Et qui donc, alors ? Le Gobbo, peut-être ?

Elle revit encore le prêtre, sa croix et sa calotte, et songea qu'elle ne pouvait dévoiler son identité sans lui faire prendre des risques qui lui seraient fatals. Elle se contenta donc d'un prudent :

— Je l'admets, je ne peux pas vous donner son nom… Mais ce que je peux vous dire, c'est qu'il s'agit de l'un des plus proches conseillers de Sa

Seigneurie le doge. Celui-là même à qui il a confié notre sort.

Elle n'en savait rien, à dire vrai, mais cela sonnait de manière plus convaincante que l'évocation d'une vague consultation religieuse pour le compte de l'évêché.

Un murmure approbateur circula, mais, sans identité précise, cette assertion perdait en grande partie de sa force. Ici ou là, on levait des sourcils dubitatifs. « Je connais un homme qui… », on avait déjà connu garantie plus convaincante. Sorina s'engouffra aussitôt dans la brèche :

— Et tu t'attends à ce que l'on te croie sur parole, peut-être ? Tu pourrais aussi bien nous dire que tu as baisé le pape ! Qu'est-ce qui nous le certifierait ? La fumée blanche qui sort de ton bénitier ?!

Le caractère blasphématoire de cette image fit se signer certaines d'entre elles, s'esclaffer quelques autres, mais Chiara se refusa à lui laisser l'avantage, et remonta aussitôt à la charge :

— Si je te dis son nom, ou ne serait-ce que sa qualité, dans deux heures tout Venise saura de qui il s'agit. Et notre homme perdra aussitôt son crédit auprès du Sieur Dolfin. Si je le garde pour moi, c'est uniquement pour préserver nos intérêts. Tant que mon client conserve son anonymat, il conserve aussi sa capacité à plaider notre cause. Je pense que chacune ici peut comprendre ça.

L'argument parut faire mouche, car Sorina ravala sa fierté et la questionna plus calmement :

— Et, tes charmes mis à part, quelle raison valable aurait-il de nous aider ?

— C'est un homme de bien. Un homme de compromis. Je ne peux pas m'engager à sa place sur ce qu'il obtiendra, c'est certain… Mais je peux t'assurer qu'il écoutera au moins ce que nous avons à lui dire. Et que si nous lui adressons des propositions raisonnables, il saura s'en faire l'écho en haut lieu.

— Encore faut-il qu'il les connaisse, nos revendications.

— Tout juste. C'est pourquoi je propose que nous le rencontrions en délégation.

— Qui ça, « nous » ?

— Eh bien… Toi, Angela et moi.

La grosse virago dévisagea un instant sa rivale balafrée, d'un œil peu amène, puis revint à Chiara :

— D'accord. Mais vite !

— Je vais faire au mieux.

— Et si de nouveaux incidents comme ceux de cette nuit survenaient, sache que je ne répondrais pas de notre réaction…

À ces mots, Sorina désigna celles qu'elle considérait plus ou moins à raison comme ses troupes, grappe de prostituées tombées sous son influence.

— Bien, acquiesça Chiara. Je te tiendrai informée.

Mais elle n'était pas la seule à se réjouir de cet accord.

Lucia, jusque-là étrangement impassible, adressa un sourire complice à son ruffian. Excepté ce ridicule projet d'ambassade, qu'elle savait par avance voué à l'échec, l'échange public entre les deux putains lui avait confirmé ce qu'elle espérait : aussi inflammable que l'amadou, la situation ne nécessiterait plus grand-chose pour s'embraser tout à fait. Et cette infime flammèche qui leur faisait défaut pour passer de la colère à la révolte, elle, Lucia Nigra, se ferait fort de la leur fournir.

*

Décidément, retourner ce gamin à son avantage était ce que Sandro Lombardo avait fait de mieux ces derniers temps. Cette évidence le saisit à voir celui-ci se tortiller, minuscule sur l'énorme chaise de bois sombre, dans le salon de Lucia Nigra.

L'enfant était si jalousement épris de la belle Aragonaise, si convaincu d'œuvrer pour son propre compte en luttant lui aussi contre les désirs d'émancipation de sa dulcinée, qu'il volait désormais au-devant des demandes du ruffian. Il s'était spontanément présenté rue du Paradis, juste après l'esclandre provoqué par les catins réunies. La petite servante malingre l'avait fait patienter jusqu'au retour de sa maîtresse et de son souteneur, le gratifiant du quignon de pain espéré, et même d'un reste de soupe verte qu'il avait lapé avec l'avidité d'un chiot.

— Tu es certain de l'identité de cet homme ? le pressa Sandro.

— Certain ! Je suis pas un menteur, moi !

— Bien sûr que non, approuva Lombardo d'un air songeur. Bien sûr que non… Et à quelle heure dis-tu qu'il est reparti de chez elle ?

— Au petit matin. Plus ou moins vers la cinquième heure.

— En effet… Ça fait un peu long pour une confession, même si la pécheresse a de quoi raconter.

Lucia, qui n'était pas intervenue jusqu'ici dans l'échange entre le ruffian et le petit espion, agréa l'allusion grivoise d'un plissement d'yeux entendu. Elle fit quelques pas silencieux depuis l'extrémité opposée de la pièce, puis se dressa soudain devant Rolando le visage fendu d'un sourire carnassier. Malgré le mouvement de recul instinctif de l'enfant, ses épaules plaquées au dossier, elle lui saisit le menton entre le pouce et l'index.

— C'est très bien ce que tu as fait là, Rolando. Mais sais-tu seulement pourquoi ?

— Non..., bredouilla-t-il.

— Parce que cet homme, l'abbé Chiutto, il cherche à aider Chiara dans sa fuite. Si on le laisse agir, elle ne tardera pas à nous... à s'échapper. Tu comprends ?

— Hum hum, approuva-t-il, les yeux pleins d'effroi.

— Bien. Maintenant, voilà ce que tu vas faire pour moi : tu ne vas plus lâcher d'une semelle notre amie commune. Tu vas la suivre partout et tout le temps. Où qu'elle aille. Jour et nuit.

— C'est déjà le cas, argua Rolando non sans fierté.

— Alors c'est parfait. Continue comme ça. Quant à son amant, le prêtre, excita-t-elle à dessein la jalousie du gamin, comporte-toi avec lui comme s'il était ton ami. Fais en sorte qu'il t'aime bien. Propose-lui pourquoi pas de te confier de petits services.

— De quel genre ?

— Tout ce qui te permettra de te rapprocher de lui ou de savoir ce qu'il mijote : message ou paquet à porter, rendez-vous à organiser... Et si tu as un doute, demande à Sandro.

— D'accord…

Ça ne devrait pas être bien difficile, pensa Rolando.

Comme le garçonnet retournait ces perspectives, encore un peu tremblant, Lucia décrocha la bourse de cuir noir qu'elle portait constamment à sa ceinture. Après en avoir desserré le lacet, elle plongea une main décharnée à l'intérieur et en ressortit aussitôt un ducat, aussi brillant qu'un astre. Pour un enfant des rues, elle n'était pas sans le savoir, cela représentait une vraie fortune :

— Prends, c'est pour toi.

Rolando écarquilla des yeux incrédules. De sa vie, jamais personne n'avait jamais été aussi généreux avec lui.

— Pour… pour moi ?

À l'évocation de cette prodigalité, Lombardo avait esquissé pour sa part une moue contrariée. Donner autant d'argent à un enfant de cet âge, qui plus est un pouilleux pareil, ça n'avait pas de sens.

— Oui. Et si tu continues à m'aider comme tu le fais pour garder Chiara auprès de nous, il y en aura beaucoup d'autres. Tu peux me croire. Je sais être très reconnaissante avec mes amis. N'est-ce pas, Sandro ?

Le ruffian approuva d'un hochement de tête fugace, vaguement jaloux du gosse et des égards que Lucia avait pour lui.

Alors le gamin tendit une main vers la pièce, improbable trésor, et la retourna entre ses doigts encore potelés, fasciné par son éclat.

— Qui sait, enchaîna-t-elle aussitôt. Peut-être seras-tu mon prochain ruffian ! Qu'en dis-tu ? N'a-t-il pas toutes les qualités requises ?

Sans attendre la réponse outrée de son factotum, elle éclata d'un rire malfaisant, dévoilant une denture aussi effrayante que la gueule d'un monstre marin. L'enfant pria intérieurement pour ne plus jamais avoir à s'approcher d'un tel cauchemar.

Plutôt le cul du diable que la bouche de cette gorgone !

# 12

*2 février, le midi*

En temps normal, jamais Alvaro Mosca n'aurait pris de tels risques. Surtout pas en plein midi. Et encore moins un jour de fête, où son absence des célébrations ne manquerait pas d'être remarquée. C'est pourtant lui qui avait insisté pour retrouver Chiara à l'heure du déjeuner, sur l'*altana* privatisée d'une auberge située en plein cœur du Rialto. L'*osterie* de la Serpe. Juste en face du pont.

De là, il pourrait observer malgré tout le bon déroulement de la procession, dont il était cette année, en sa qualité de *capisestiere*, le principal garant. De là, le clou de la fête mariale s'annonçait plus grandiose encore que depuis les quais encombrés par la populace. De là, ils virent bientôt se profiler les six longues barques où seraient bientôt embarquées les statues de la Vierge. À vide, elles se faufilaient aisément sous la charpente du pont. Mais chargées de leur précieux tribut, aussi haut que large, leur passage dans le sens inverse nécessiterait sans doute l'ouverture de ce dernier. Ce spectacle était rare, et il justifiait à lui seul la foule avide de sensationnel qui s'agglutinait déjà sur la *fondamenta* de San Giacomo.

— Tu as vu un peu cette cohue ! s'exclama le vieil homme. Je n'ai jamais connu autant de monde pour honorer les Douze Marie.

Chiara grappilla un grain de raisin dans la coupe posée à même le bois de la terrasse et vint s'accouder à son tour sur le garde-corps, face à la place envahie de curieux.

— Tu ne m'as pas fait venir en urgence, et en plein jour, pour me parler de la purification de la Vierge ?

— Non… En effet, piqua-t-il du nez.

Au vaste cadran solaire accroché au fronton de l'église, l'unique aiguille d'or indiquait la mi-journée.

Sur le *campo,* l'agitation était à son comble. Une armée de portefaix sélectionnés par les *scuole* organisatrices sortait de San Giacomo, les douze statues brandies au-dessus de leur tête, à bout de bras. À chaque nouvelle apparition, la clameur grossissait un peu plus. Les porteurs de tête commencèrent à fendre la foule, pas après pas. À ce rythme, il leur faudrait de longues minutes avant d'atteindre les embarcations.

— Avant-hier, reprit-il d'une voix pleine de gravité, il y a eu une réunion à l'Arsenal.

— Une réunion ?

— Avec toutes les parties concernées par ce… par ce projet.

— Dans quel but ?

— Décider des détails de l'opération. Établir un calendrier. Répartir les tâches.

« Et c'est seulement maintenant que tu m'en parles ? » contint-elle son exaspération.

— Tu dis « les parties », mais qui ça, au juste ?

— Les fils Venier et Morosini, les médecins, les conseillers concernés par les divers aspects pratiques, Filippo Dona, moi-même bien sûr… Et aussi ce prêtre attaché à Vaselli. Celui dont tu as ramassé le mouchoir.

— L'abbé Chiutto ? eut-elle toutes les peines du monde à masquer son émotion.

— Lui-même.

— Que fichait-il dans un comité opérationnel ? Je croyais que son rôle se limitait à évaluer la « moralité » de l'implantation ?

— Plus maintenant… Enfin, plus seulement.

Des cris plus stridents s'élevaient de la place, tandis qu'une douzaine de jeunes beautés pauvres du quartier, toutes vierges et vêtues de blanc, s'engouffraient dans le sillage des statues. Chacun connaissait le sens de cette coutume : ces filles symbolisaient les douze femmes séquestrées près de quatre siècles plus tôt, en plein mariage, par des brigands appâtés par leurs bijoux. Ces épouses n'avaient dû leur salut qu'à la bravoure du doge de l'époque, Pietro Candiano, quatrième du nom. Depuis lors, sacré et profane se mêlaient chaque 2 février de manière indissociable. On y fêtait autant la Vierge que les vierges, l'unique Marie que les futures mariées.

— Que veux-tu dire ?

— C'est à lui que Sa Seigneurie le doge a confié la direction de ce projet. C'est lui dont dépend votre sort, maintenant.

Chiara encaissa la nouvelle, surprise que les faits rapportés par Mosca viennent confirmer ce qu'elle avait soutenu le matin même à ses consœurs. Surprise aussi que Nicola n'ait à aucun moment évoqué sa nouvelle attribution, lors de la nuit passée dans ses bras.

Elle prit une inspiration large, puis se fit l'avocate de son nouvel amant :

— Eh bien, j'imagine que cela va plutôt jouer en notre faveur.

— Tu crois vraiment ça ?

— On le dit plutôt mesuré, n'est-ce pas ?

Le barbon lui servit ce sourire gêné qu'il opposait quand il ne savait plus quoi dire, ou quand la vérité ne lui semblait pas bonne à partager.

La gorge et la poitrine étreintes, elle se tourna vers son protecteur et saisit les mains noueuses du vieil homme.

— Je me trompe ?

— Le problème n'est pas Chiutto, éluda Mosca, son éternel sourire envolé. En la circonstance, il n'est que le bras armé de Dolfin. Le problème, c'est ce que la République semble attendre de cette nouvelle « institution ».

— Je ne te suis pas…

Le visage parcheminé s'assombrit d'un coup. Il peinait à soutenir le regard lumineux de la jeune catin. Peut-être y lisait-il les reproches qu'il s'adressait à lui-même.

— On ne parle plus d'un simple couvre-feu, d'une taxe inapplicable et de quelques gardes.

— De quoi, alors ?

— Ce qu'ils préparent, Chiara…, s'étrangla-t-il, c'est une véritable forteresse de la prostitution. Une prison.

« Une prison ».

Depuis la première fois où Mosca avait évoqué pour elle ce projet funeste, elle avait elle-même employé le mot à plusieurs reprises. Mais l'entendre de la bouche du si pondéré Mosca, son bien-aimé protecteur, lui conférait une brutale réalité. Soudain, des barreaux lui semblaient s'élever tout autour d'elle. La brillante lumière du midi paraissait comme mouchée sous l'éteignoir des jours sombres à venir.

— Une prison avec sa réclusion, ses innombrables interdits…, poursuivit le vieux chef de quartier. Ses punitions. Mais surtout, une prison qui rapporte. En tout cas, plus qu'aujourd'hui. Ce que Dolfin et Dona veulent créer, c'est une machine à transformer votre activité en or, dussent-ils user de la violence pour parvenir à une telle alchimie.

Luttant pour ne pas se laisser submerger par l'émotion, il énuméra une à une les dispositions fixées par Dona et Chiutto lors de cette fameuse commission de l'Arsenal.

À chaque nouvelle règle qu'il exposait, son amie se renfrognait un peu plus. Elle n'en croyait pas ses oreilles. Tout ce qu'il énonçait là n'était que vexation et humiliation à l'encontre des filles du Rialto. Lorsqu'il finit par évoquer la peine prévue pour les fugueuses, elle se détourna brusquement de lui, tremblante de peur et de rage, ses yeux éperdus accrochés à la procession qui approchait désormais de l'embarcadère.

Par chance, la musique d'un orchestre retentit alors pour accompagner le transfert des reliques et des futures épousées sur les barques, comblant leur pesant silence. Pourtant, les trilles enjoués des flûtiaux contrastaient de manière cruelle avec ces sinistres perspectives.

— Et l'abbé Chiutto ? finit-elle par rompre leur embarras. Qu'a-t-il dit de ces dernières mesures ?

— Rien. Il n'en a rien dit de particulier. Il les a juste consignées.

Et qui ne dit mot consent, conclut-elle pour elle-même avec horreur.

Un instant, Mosca parut plus absorbé par ce qui se déroulait sur le quai que par leur échange. En effet, la masse des processionnaires atteignait enfin les pontons d'embarquement, et la pression de la multitude était telle qu'on crut voir les porteurs et leurs statues verser dans le Canal. Le rétablissement fut périlleux mais réussi, et la foule cria aussitôt au miracle, dans une folle allégresse qui rassura le *capisestiere*.

« Un homme de compromis », avait-elle décrit Nicola face à ses consœurs. Un homme de bien, s'était-elle convaincue sur la foi de leurs baisers enfiévrés. Mais la vérité, c'est qu'il serait leur bourreau. *Son* bourreau !

Et dire qu'elle s'était engagée à aller porter devant lui leurs revendications. Ah ! il en rirait bien, le servile exécuteur des basses œuvres ducales, de leur pitoyable délégation. Qu'avait-elle cru, au juste ? Qu'il infléchirait ses décisions pour ses seuls charmes ? Qu'il afficherait son penchant pour elle en public et renoncerait aussitôt à ses ambitions ? Quelle cruche !

Elle en mordait ses joues et se retenait pour ne pas hurler. Jusqu'à preuve du contraire, Mosca ne savait rien de ses frasques avec l'abbé félon, et elle ne souhaitait pas blesser son bienfaiteur par ce genre de confession. Elle s'en voulait tant…

Elle en vint à penser que Chiutto avait tout manigancé depuis le premier jour : le mouchoir qu'il avait laissé tomber à ses pieds ; la rencontre supposée fortuite, au palais des Doges, dans l'antichambre du lupanar ; et cette visite nocturne, enfin, qui en une unique étreinte avait scellé les sentiments qu'elle éprouvait désormais pour lui, des sentiments qui la brûlaient comme un feu, la rongeait comme le citron dévore la plaie.

Tout cela ne pouvait pas être le fruit du hasard. Sans doute avait-il ciblé celle dont il espérait à la fois le plus de crédulité et le plus d'influence sur ses congénères. S'il l'avait interrogée au sujet de Filippo Dona et des violences que celui-ci orchestrait sur les putains du Rialto, sans doute n'était-ce que pour servir ses propres intérêts au sein du comité de l'Arsenal. Elle ne comprenait pas encore tous les détails de cet odieux stratagème, mais une chose était certaine : tout chez lui n'avait été que calcul.

Calcul, et trahison.

— Chiara…

Mosca s'était posté dans son dos et l'enveloppait de son corps efflanqué, de ses bras longs et maigres. Son contact ne la rassurait guère plus que ses propos, mais elle appréciait chez lui cette tendresse qu'il lui manifestait sans réserve. Comme un père aime sa fille.

— On trouvera une solution, poursuivit-il. Je te l'ai déjà dit : je ne pourrai pas vous sauver toutes, mais toi… Toi, je ferai tout ce qui est en mon maigre pouvoir pour t'arracher à ce cauchemar.

Elle n'opposa qu'un sourire triste à la profession de foi du vieil homme.

— Je le sais, Alvaro. Et je t'en remercie.

Elle ne nourrissait aucune illusion à ce propos. Sans son titre temporaire, Mosca n'était qu'un citoyen comme un autre, un client parmi ses clients. Mais l'entendre lui apportait un réconfort dont elle avait plus que jamais besoin.

— Toutefois, reprit-il d'une voix craintive, il me faudra jouer la partie avec finesse. Il semblerait que mon peu d'empressement à servir les desseins du duc ait joué pour l'instant en notre défaveur.

— Comment cela ?

— Eh bien, j'ai appris ce matin même que le Conseil des Dix a intercédé auprès du Piovego.

— Pour en obtenir quoi ?

— Pour geler mes plans d'assèchements en cours. Uniquement les miens, j'ai vérifié auprès de mes confrères *cavacanali*.

Le doge était-il intervenu en personne ? Ou devait-il ce nouveau revers au Sieur Dona ? Après tout, le Seigneur de la nuit jouissait d'un immense crédit auprès des Dix. Un mot de lui aurait sans doute suffi à les mobiliser en sa défaveur.

— Oh ! Alvaro, s'écria-t-elle avec sincérité. Je suis vraiment désolée…

— Or sans assèchements, pas d'argent. Sans argent, pas de nomination au Grand Conseil, tu t'en doutes. Et sans siège au Conseil… je perdrai probablement mon titre de *capisestiere* par intérim, et je redeviendrai ce petit entrepreneur vieilli et sans le sou que j'étais quand nous nous sommes connus, toi et moi. Sans aucune influence. Sans plus aucun pouvoir pour t'aider.

Ainsi, plus que jamais, leurs destins étaient liés.

Et pour lui signifier qu'elle ne prenait pas cette alliance à la légère, Chiara resserra son étreinte autour des deux mains sèches et parsemées d'un semis brunâtre. Son regard émeraude empli de compassion.

Sans plus un mot, ils s'abîmèrent de concert dans le spectacle qui s'offrait devant eux.

# 13

*2 février, dans l'après-midi*

Un spectacle magique.

Un moment à nul autre pareil.

Un privilège pour lequel d'autres que lui se seraient battus.

Oui, assister à la grande procession des Douze Marie depuis la nef d'apparat du doge était un honneur dont Nicola se souviendrait longtemps.

Lorsque les trois barques chargées des statues mariales avaient atteint le quai de Saint-Marc, la *bucintoro* du doge, fraichement repeinte, avait pris à son bord la cour ducale, avant de rejoindre le reste de la flotte. Outre Giovanni Dolfin en personne figuraient là ses trois fils, Benedetto, Pietro et Nicola, les Dix parés de leur plus belle simarre, les six Seigneurs de la nuit en grand uniforme, trois musiciens et deux sonneurs de corne, ainsi qu'un aréopage divers de magistrats, de prélats et de conseillers, proches parmi les proches de Sa Seigneurie. Au total, près d'une quarantaine d'entre eux embarquèrent, et le confesseur du doge dut jouer des coudes pour s'approcher du duc, posté à la proue du navire.

— Votre Grâce, je voulais vous remercier une nouvelle fois de…

— C'est tout naturel, le coupa le doge, accompagnant sa parole d'un geste évasif. Dites-moi plutôt où en sont nos petites affaires. Serons-nous bientôt parés à soumettre notre beau projet au Grand Conseil ?

— Je le crois, oui. Le rapport des médecins est favorable. Les seigneurs Venier et Morosini ont déposé leurs propositions tarifaires. La commission de l'Arsenal a validé les règles de fonctionnement du « quartier fermé » proposées par le Seigneur Dona.

Comme pour le contredire, la gigantesque barque, qui quittait à cet instant le rivage, tangua si fort qu'elle manqua de jeter une partie de ses occupants dans les eaux troubles de la lagune. On cria fort, on rit aussi un peu, et bientôt, l'émotion passée, l'embarcation propulsée par une dizaine de rameurs s'éloigna doucement en direction du bassin Saint-Marc, escortée par les six autres esquifs de la procession. La vue, d'un côté sur le palais, et de l'autre sur le Lido, était sublime, exaltée ce jour-là par un soleil rebondissant sur l'onde, éclatant ricochet de lumière.

— En effet, j'ai vu ça. Tout cela m'a d'ailleurs semblé empreint d'une grande sagesse. Vous ne trouvez pas ?

— Tout à fait, abonda Nicola à contrecœur. Cependant, il y a un détail dont j'aimerais entretenir Votre Grâce…

— À propos de ces règles ?

— Non… À propos de la situation des prostituées que nous allons boucler.

— Eh bien quoi ? demanda Dolfin avec un subit agacement.

— Il apparaît que la plus grande agitation s'est emparée de ces femmes depuis que la rumeur du changement à venir leur est parvenue.

— Si ce n'est que cela, il suffira d'envoyer les gardes du Seigneur Dona y mettre bon ordre. Nous n'allons pas nous laisser influencer par quelques mégères de petite vertu !

— Justement, Votre Grâce… M'est revenue de source sûre l'information selon laquelle ce sont les gardes eux-mêmes qui harcèlent et font battre ces filles.

— Si elles manifestent, alors elles l'avaient bien cherché, cingla le doge.

— Elles ne manifestaient pas. Pas encore… L'une d'entre elles a été rossée à mort alors qu'elle se trouvait seule, à son domicile. C'est parce que de tels incidents leur font craindre pour leur sécurité qu'elles sont à présent en ébullition.

Nicola n'en eut pas l'absolue certitude, mais il aurait juré qu'à cet instant le duc avait cherché du regard la sombre silhouette de Filippo Dona parmi les membres d'équipage. Mais le Seigneur de la nuit se tenait à la poupe, au milieu de ses confrères, et il ne perçut pas l'appel silencieux du doge.

— Mon ami, mon ami…, reprit Giovanni Dolfin sur ce ton paternaliste dont il usait avec tous. Je comprends votre émoi. Et votre souci de ménager toutes les parties concernées, y compris les plus négligeables, vous honore. Mais laissez-moi vous donner cette petite leçon : on ne mène pas un projet de cette envergure à bon port sans faire tomber d'hommes – en l'occurrence, quelques-unes de ces pauvresses – à la mer.

Toute la rhétorique de Dolfin était contenue dans cette formule : un clin d'œil à la situation présente, une image que chacun pouvait comprendre, et pour finir un argument si général qu'il était difficile de ne pas l'approuver.

— Quoi que nous fassions, reprit le doge, nous ferons des mécontents. Ce qui doit nous importer par-dessus tout, vous comme moi, c'est de satisfaire ceux qui font et défont cette République. Nos bien-aimés conseillers. C'est eux que je veux heureux de notre politique, et non pas une poignée de catins qui ne verront peut-être pas le printemps prochain.

La référence à l'effrayante mortalité des prostituées n'était pas seulement cynique, elle était cruelle. Dolfin y exprimait tout son mépris pour celles qu'il considérait manifestement comme des humaines de second ordre, à l'instar de ces esclaves dont Venise exploitait sans vergogne la force de travail.

Le claironnement assourdissant d'un sonneur de corne interrompit leur échange. Il s'agissait d'annoncer à toute la lagune, y compris l'innombrable flottille de gondoles et de petits bateaux de pêche, que le doge entendait tracer sa route sans encombre jusqu'à la presqu'île de San Pietro di Castello. Place, place ! hurlait la trompe.

— Mais si je vous suis bien, revint-il au sujet qui l'obsédait quand le calme fut revenu, le dossier complet pourrait d'ores et déjà être visé par le Grand Conseil ?

— Certainement, Votre Grâce…

— Cela pourrait-il avoir lieu dès ce soir ?

— Ce soir ?

— Et pourquoi pas ?

Le doge n'ignorait pas plus que lui de quelle soirée on parlait là, celle du banquet de la Chandeleur, une soirée où, par tradition, chacun festoyait avec sa famille et ses amis. Une soirée de réjouissances quasi sacrée pour tous les Vénitiens. Quels conseillers parviendrait-il à convaincre de siéger, même pour un sujet de cette importance, un 2 février au soir ? Cela n'avait ni queue ni tête.

— Comme Votre Seigneurie voudra, s'inclina Nicola.

— Très bien. Faites en sorte que tous les éléments en question soient déposés dès l'heure des vêpres au greffe du Grand Conseil. Je compte sur vous.

Malgré l'époustouflant panorama que le point de vue maritime ouvrait sur tout le quartier du Castello, à la pointe orientale de la ville, le reste du trajet parut bien long et amer à Nicola.

Comme toujours, le doge avait obtenu de lui ce qu'il voulait, et rien que ce qu'il voulait. Pire, il avait chassé sa mise en garde sur les douteuses pratiques de Filippo Dona comme s'il s'était agi d'une vulgaire mouche. À quel jeu jouait donc le premier magistrat de la République ? Jusqu'à quel point Dona était-il son complice ?

Malgré les clins d'œil complices de Pietro Dolfin, il s'abstint de réagir aux blagues grasses du fils cadet du doge, qui relatait, à qui voulait l'entendre, l'extraordinaire orgie que lui avait offerte Luca Morosini pour ses vingt-deux ans. Une orgie dont Chiara avait été le morceau de choix, hélas, il ne l'ignorait pas.

*

À peine eurent-ils débarqué sur le quai de San Pietro, face à l'imposante basilique en perpétuelle réfection, que le prêtre vit fondre sur lui les boucles sauvages de Rolando, le gamin qui l'avait conduit jusqu'à Chiara.

— Encore toi ! accueillit-il le gamin avec un sourire. Décidément, tu es partout à la fois.

— Venise est un labyrinthe pour les étrangers, mais une simple courette pour les vrais Vénitiens.

— Pas faux ! s'esclaffa-t-il à part des autres courtisans. Que me veux-tu cette fois-ci ?

Le garçonnet lui tendit un minuscule parchemin qu'on avait manifestement lavé et relavé à plusieurs reprises, par économie.

— Tenez. Ça vient de qui vous savez.

Une écriture tremblée, à moitié bue par l'épaisseur rendue poreuse, avait aligné les quelques mots suivants, truffés de fautes : « Ton courage sera-t-il à la hauteur de ta trahison ? Retrouve-moi ce soir à la gondole que t'indiquera Rolando. À la *marangana* de la nuit. Viens seul. Tu ne risqueras rien. C. »

Les traits défaits, il chiffonna la missive et la jeta aussitôt d'un geste sec, dans l'eau verdâtre.

Mais tandis qu'il remerciait le gosse d'une piécette, un jeune diacre au visage angélique fondit à son tour sur lui.

— Mon Père !

Il reconnut alors le nouveau page de l'évêque Vaselli – celui-ci avait pour habitude d'en changer régulièrement, « pour mieux préserver ses secrets » disaient les mauvaises langues du diocèse.

— Lago, que fais-tu ici ? Tu ne devrais pas être en train d'assister Monseigneur ? La messe va commencer dans quelques minutes.

— Tout juste, *padre.* Mais il m'a chargé de venir vous prévenir dès maintenant. Il souhaiterait vous dire quelques mots après la cérémonie.

— Il t'a dit à quel sujet ?

— Non. Je sais juste qu'il vous attendra au petit salon de l'évêché.

— Très bien. Dis-lui que j'y serai. Et maintenant, file ! Sinon tu vas encore confondre le vin de messe et l'eau parfumée !

*

Bien qu'il fût placé de manière idéale, à quelques pas derrière le doge et dans l'axe de l'autel, l'office marial lui parut interminable. Alors que de sa chaire Fortunato Vaselli agitait les larges manches de son aube immaculée, multipliant à dessein les effets de manche pour capter l'attention des fidèles, il retournait encore et encore les mots déchirants de Chiara. « Ton courage sera-t-il à la hauteur de ta trahison ? »

Bien sûr, il savait qu'il ne pourrait jouer éternellement ce double jeu. Mais il ne s'attendait pas à être si rapidement confronté à ses propres contradictions. Ni que celle qui le confondrait serait celle qui avait retourné sa tête et ravi son cœur.

Dès les dernières notes du *Gloria* final, il s'éclipsa par la porte latérale à gauche du transept et pressa le pas jusqu'au large et austère édifice que Vaselli avait fait élever pour y héberger son évêché. Ces dépenses somptuaires n'étaient pas le moindre argument de ses détracteurs, mais il fallait reconnaître que le nouvel ensemble offrait une surface et un confort enfin dignes de l'un des plus vastes diocèses de toute la chrétienté.

À la porte principale, on lui ouvrit sans qu'il ait à toquer, preuve qu'on l'attendait. De là, Lago le diacre l'attira de l'un de ses sourires séraphiques à travers un dédale de couloirs et l'installa dans un salon aussi grand qu'une chapelle. Le petit salon, donc.

— Nicola, s'exclama Vaselli en pénétrant dans la pièce, quelques instants plus tard. Merci d'avoir répondu à mon invitation.

L'évêque, un homme de petite stature mais au visage et aux épaules larges, la face plantée d'un nez aussi disgracieux qu'un gros bouchon de liège, trotta jusqu'au fauteuil qui l'attendait, d'un pas étonnamment leste pour sa corpulence.

— Je suis à votre service, Monseigneur.

— À mon service peut-être, mais j'espère surtout… au sien, répliqua l'évêque en désignant l'immense crucifix accroché au mur.

Fortunato Vaselli n'en faisait pas mystère. Il devait en grande partie sa charge à l'immense fortune de sa famille, l'une des plus riches de Venise, et parmi les créatrices de l'Arsenal voisin. Il avait de fait cette assurance que seuls les grands patriciens pouvaient s'autoriser. Les doges se succédaient, mais lui, l'évêque de Castello, ne redoutait pas qu'on le déloge de son siège. Cette certitude lui conférait sur tous une autorité, que même Dolfin jalousait.

— Bien sûr…, répondit Nicola, circonspect.

— Tu sais combien je t'estime, mon fils. Et combien ton salut m'importe.

— Je ne vous en serai jamais assez reconnaissant.

— C'est la raison pour laquelle je me fais actuellement du souci, à ton sujet. Beaucoup de souci, même.

— Pardonnez-moi, Monseigneur, mais je ne…

— Nicola, depuis quand fréquentes-tu cette *femme* ?

Le prélat avait éructé ce dernier mot avec un tel dégoût qu'on aurait cru qu'à lui seul celui-ci avait le pouvoir de le damner. La question prit Nicola de court. Comment avait-il su ? Comment se faisait-il que tous ses secrets les mieux gardés s'éventent ainsi d'un coup, aussi visibles qu'un livre ouvert ?

— Je…, bafouilla-t-il, soudain blême. Je ne l'ai vue qu'une seule fois.

— Une seule fois, tu dis ?

— Je vous en donne ma parole de prêtre et de chrétien.

Si l'on s'en tenait à l'acception charnelle du terme, c'était bien là la vérité. Mais que dire de ce jour où il avait croisé le regard de Chiara sur le *campo* Beccarie, ce jour où elle l'avait ensorcelé ? Que dire de son trouble quand il l'avait aperçue à demi nue dans cette antichambre du palais ducal ? De ces images qui dansaient constamment dans sa tête, farandole d'instantanés si doux et pourtant si inconvenants ?

— Hum… C'est déjà trop, cela va sans dire. Mais la situation est peut-être moins désespérée que je ne le craignais.

Nicola ne put réprimer une grimace, légère, fugace, et néanmoins visible. L'hypocrisie de ce discours le révoltait. Car on ne comptait plus les ecclésiastiques de haut rang qui fréquentaient ces dames du Rialto, bien souvent sans s'en cacher. Certains d'entre eux avaient même conçu une descendance de ce coupable commerce, des enfants qu'on s'était empressé d'exiler contre quelques ducats, bien loin de Venise, dans une quelconque ferme du continent. Vaselli lui-même, dans ses jeunes années, n'avait pas été exempt de quelques taches, si l'on croyait la rumeur.

Et voilà qu'on venait lui reprocher une seule nuit d'amour, un unique faux pas ?

— Tu n'es pas de mon avis ? l'interrogea Vaselli.

— Si, si, Monseigneur, bien sûr.

— Dans ce cas, tu sais ce que tu dois faire : arrêter de voir cette créature, de manière permanente et définitive. Nous sommes d'accord sur ce point ?

Il opina, le front bas, le regard perdu dans les pierres précieuses serties d'or que son supérieur portait à chaque doigt, affichant la contrition qu'on attendait de lui.

— Bien, à cette condition, je devrais pouvoir intercéder auprès de Sa Seigneurie et faire en sorte qu'il te conserve sa confiance pour la mission qu'il t'a confiée.

Une mission que je n'ai pas même voulue, une mission qui sert *vos* intérêts, songea Nicola de toutes ses forces, comme si son interlocuteur pouvait l'entendre.

— Merci, Monseigneur, grinça-t-il malgré tout, à regret.

— Il faut que tu mesures toute l'importance que ce projet a pour notre diocèse, Nicola. Pas seulement pour la République en tant qu'entité politique. Si nous parvenons à instaurer avec succès un tel système de contrôle de la prostitution, en accord avec les autorités séculières, demain ce sont toutes les plus grandes villes de la chrétienté qui nous imiteront. Nous serons les pionniers d'un nouveau combat contre le vice !

Le prêtre n'était pas dupe de cette diatribe morale, mais il abonda une fois de plus d'un hochement de tête respectueux.

— Évidemment, poursuivit Vaselli, je ne te cache pas que nos intérêts dans cette affaire ne sont pas uniquement d'ordre spirituel. Le doge, qui a autant à cœur que nous de préserver le prestige de l'Église dans notre cité, m'a proposé un arrangement que j'estime plus que raisonnable.

On y venait donc, au volet sonnant et trébuchant de l'affaire.

— Si nous jouons pleinement le jeu au côté des instances publiques, la part qui nous sera allouée sur les sommes perçues dans ce cadre sera… disons qu'elle sera conséquente.

À l'humiliation personnelle s'ajouta une sincère indignation. Que le gouvernement séculier envisage d'instrumentaliser la prostitution pour combler ses déficits, passe encore, mais que l'Église puisse être complice de pareilles manigances, cela le scandalisait purement et simplement. Il n'avait pas consacré sa vie à Dieu et au salut des âmes… pour finir l'égal d'un maquereau !

— J'entends et j'apprécie tout ce que Monseigneur me dit, intervint Nicola d'un ton volontairement cauteleux. Mais ne craignez-vous pas que de telles pratiques ne mettent Sa Sainteté… en indélicatesse ?

— En indélicatesse ! éclata-t-il de rire. J'admire ton art de la litote, mon garçon.

Vaselli s'était redressé dans son fauteuil, et cette fois, l'œil aussi vif que la braise, la lippe ferme et les mâchoires contractées, il paraissait disposé à tomber tout à fait le masque :

— Ce que je peux te dire, c'est que si ce projet tourne aussi favorablement que nous l'espérons, il y aura peut-être du changement en Avignon. Qui sait, la papauté pourrait même quitter le sol de France plus tôt que prévu !

Voilà donc quelle était son ambition : rien de moins que ravir le Saint-Siège aux papes français qui le confisquaient depuis un demi-siècle ! Et, pour parvenir à ses fins, il comptait ni plus ni moins sur la manne issue des cuisses larges ouvertes du Rialto.

Fortunato Vaselli serait alors et non seulement l'évêque le plus riche du monde connu, mais aussi celui qui pourrait s'enorgueillir d'avoir mis cet inévitable fléau qu'est la prostitution sous cloche. En un mot : un digne héritier de Saint-Pierre.

— Évidemment, si un tel sacerdoce nous appelait, je saurais être reconnaissant à la hauteur des services rendus.

En clair, il lui promettait son propre siège, si toutefois il était lui-même appelé à une plus haute destinée.

Cela dit, considérant leur échange clos et ses ordres compris, Vaselli le congédia d'une main tendue. À peine Nicola l'eut-il baisée que l'évêque repartit d'où il était venu, chantonnant un cantique, visiblement satisfait de la tournure des choses.

*

Nicola demeura un instant seul dans le salon. Effondré par ce qu'il venait d'entendre. Plus il retournait le problème, et moins il voyait comment entraver les visées hégémoniques du doge et de l'évêque. Lui qui pensait avoir été choisi pour ses qualités morales, voilà qu'il se trouvait le complice de la pire paire de scélérats que la République ait jamais portée. Et Chiara qui voyait en lui son ennemi… Comment se justifier, comment lui expliquer tout ce qu'il savait désormais, sans la mettre de nouveau en péril ?

Après quelques minutes de ces méditations, Lago le diacre fit irruption dans la pièce, visiblement surpris d'y trouver encore le prêtre.

— Ah, mon père… Eh bien, je vous conduis vers la sortie ?

Il indiquait la porte qu'avait empruntée l'évêque une minute plus tôt.

— Je te remercie, Lago, répondit Nicola. Mais comme tu le sais, je connais la maison.

Sous le regard paniqué du chérubin, il se dirigea logiquement vers l'issue par laquelle il était entré, la plus directe pour rejoindre l'extérieur du bâtiment. Mais dès qu'il eut franchi le seuil, il comprit l'embarras du jeune diacre à le voir emprunter un autre chemin que celui prévu.

Là, dans un vestibule spartiate, deux individus attendaient manifestement que le maître des lieux les reçoive à leur tour. Il reconnut immédiatement Filippo Dona, le Seigneur de la nuit, qui le salua d'une brusque flexion de la nuque. Mais il lui fallut une poignée de secondes pour remettre un nom sur ce visage sec et dur comme la pierre, ce visage qu'il n'avait qu'entrevu lors de sa toute première visite à San Matteo, un visage aussi glaçant que celui de Chiara était gracieux : celui de Lucia Nigra, la célèbre matrone.

La diablesse des putains du Rialto.

# 14

*2 février, dans la soirée*

Gina attrapa la main de son amie et l'entraîna sans crier gare dans la farandole qui s'improvisait dans la cour, au son des flûtes et des vielles. Depuis qu'elle était à nouveau capable de marcher, la jolie rousse ne tenait plus en place.

Chiara résista un instant, puis se laissa happer par la sarabande des catins réunies pour l'occasion.

Dans ce minuscule *campo* à l'arrière des vieilles bâtisses de San Matteo, quelques-unes d'entre elles avaient dressé les tables d'un modeste banquet. Outre les plaisirs de la danse, on y partageait une banale soupe de haricots, de la polenta au lait et quelques beignets de courge, le tout arrosé d'un vin médiocre mais assez fort pour masquer son aigreur. Partout dans le quartier, de pareilles réjouissances marquaient le jour béni de la Purification de la Vierge. On se retrouvait par petits groupes d'affinités, la plupart de ces dames ayant fini par recomposer parmi leurs consœurs ce qui ressemblait à une famille. Certes, cela manquait singulièrement d'hommes, si l'on excluait quelques gamins des rues, et de vieux clients sans parents pour qui la fréquentation des putains était un moindre mal. Mais elles mettaient d'ordinaire tant de joie dans cette fête qu'elles ne s'en plaignaient guère. Ce soir-là pourtant, hormis Gina, le cœur n'y était pas tout à fait…

— Je n'en peux plus ! souffla Chiara en s'écroulant sur une chaise.

— Tu plaisantes ? Tu n'as fait qu'une seule danse !

— Tant pis… Je m'accorde quand même une pause. Mais vas-y, toi !

Gina ne se fit pas prier, et malgré les marques qui constellaient encore son visage et ses membres apparents, elle repartit de plus belle, d'un pas endiablé, virevoltante chevelure de feu sous la lumière des braséros installés ici ou là.

Un bol de polenta à la main, Angela s'affala à son tour auprès de sa protégée.

— Elle fait plus plaisir à voir comme ça, non ?

— Si…, admit-elle à mi-voix.

— Tu lui as raconté tes mésaventures… « ecclésiastiques » ?

— Non. Regarde un peu comme elle revit… Je n'avais pas envie de l'inquiéter inutilement.

Elle ne l'aurait jamais avoué à quiconque, surtout pas à l'intéressée, mais la mort de Gina aurait été une douleur dont elle ne se serait pas relevée.

— Et toi, comment envisages-tu la nuit à venir ? Tu penses qu'il sera là à ton rendez-vous ?

— Je n'en sais rien… Il n'a chargé Rolando d'aucune réponse.

— Moi, je crois qu'il viendra, affirma Angela de sa voix si chaude, si rassurante. Il n'aurait pas pris tous ces risques pour te retrouver, s'il craignait une simple confrontation avec toi.

— Quand bien même… Je ne suis plus sûre que ce soit une bonne idée. Que va-t-il me dire : qu'il est désolé mais que sa hiérarchie ne lui a pas laissé le choix ? Qu'il s'est laissé piéger par Vaselli et Dolfin ?

— C'est peut-être la vérité, plaida sans y croire la balafrée.

— Mais je me contrefous de la vérité ! Tu ne vois pas que c'est notre liberté qui est en jeu ? Et que c'est justement cet homme-là qui va nous en priver ?!

Ne trouvant rien à redire à cela, Angela avala d'un trait son brouet jaune et légèrement sucré. Puis elle hasarda :

— Et *justement* celui que tu affectionnes. C'est surtout ça le problème, non ?

— Je… Non, non, je n'ai jamais dit ça ! se défendit Chiara.

Comme s'il fallait qu'elle le confesse pour que chacun comprenne ce qui se voyait d'évidence…

*

Danse, ripaille ou débat, le petit groupe de filles publiques était si affairé qu'aucune d'entre elles ne prêta attention à cet autre souper qui se tenait à quelques mètres au-dessus de leurs têtes, sur une *altana* voisine, à la faveur de cet hiver jusque-là si doux. Le comité y était plus restreint, et l'ambiance moins enjouée, malgré l'abondance et la richesse des plats disposés sur la table. En effet, de part et d'autre de celle-ci, ne se faisaient face que deux uniques convives, qui conversaient *mezza voce* :

— Ce jour restera comme un grand jour dans notre histoire, Sandro, proclama Lucia Nigra avec solennité.

— Pourquoi ça ?

— Les raisons sont si nombreuses que je ne sais même pas par quoi commencer !

— Alors, répliqua le ruffian, commence par ce qui me concerne, moi.

Invariablement, leurs entretiens finissaient par une nouvelle turpitude dont elle le chargeait. Sandro connaissait sa maîtresse par cœur.

— Tu as raison… Ce soir plus que jamais, je vais avoir besoin de toi, mon ami.

— Une petite bastonnade en vue ? Ce ne sont pas les prétextes qui nous manqueraient. Tu sais par exemple que l'Aragonaise ne nous a toujours pas versé son loyer.

— Non, contracta-t-elle sa mâchoire. Cette fois-ci, il va falloir frapper un grand coup. Un coup qui épouvantera tant ces « damoiselles » qu'elles se jetteront dans nos bras pour réclamer protection.

De là où ils se tenaient, à travers l'obscurité de suie qui était tombée, ils devinaient à peine le parterre de prostituées en contrebas. Mais tout l'après-midi, Sandro avait surveillé d'un œil leurs préparatifs, et il savait à quoi s'en tenir sur l'identité des filles en présence, noyau dur des catins séditieuses.

— Je comprends bien l'esprit… Mais tu songes à un plan plus précis ?

— Non, pas encore… J'avoue que je comptais un peu sur toi.

Le génie du mal en Sandro se sentit flatté, et il lui retourna un sourire éclatant de fourberie. Oh ! pour ça, elle pouvait lui faire confiance, il trouverait.

Mais le ruffian aimait par-dessus tout quand sa matrone l'impliquait dans les arcanes de ces intrigues. Quand elle ne le cantonnait pas à son rôle de factotum, mais faisait de lui son complice.

Pour ainsi dire son égal.

— Ce grand coup, c'est une commande de nos « amis » ?

— Appelons ça plutôt un échange de bons procédés, affirma-t-elle fièrement.

— C'est-à-dire ?

— De notre côté, nous leur assurons la docilité de nos filles au moment de les boucler dans le nouveau dispositif…

« Plus facile à dire qu'à faire », songea l'homme de main.

— … ainsi que les conditions d'un vote favorable à leur projet au Grand Conseil.

— Et eux ?

— Et en retour, ils sauront se montrer généreux sur leur propre part des gains futurs.

— Un genre de commission réciproque, en quelque sorte ?

— C'est l'idée, approuva-t-elle, presque surprise que son ruffian maîtrise d'aussi roués concepts.

La négociation avec Dona et Vaselli, conduite dans le secret de l'évêché, n'avait pas été chose simple, elle avait même été particulièrement âpre. Mais à la fin Lucia avait obtenu un pourcentage assez substantiel pour en sortir la tête haute, et la bourse pleine des ducats à venir.

— Et pourquoi ne se chargent-ils pas eux-mêmes d'effrayer la « volaille » ? Après tout, ils l'ont déjà fait…

— Justement. Le bruit impliquant Dona et ses gardes a couru un peu trop vite à leur goût. Les Seigneurs de la nuit ne peuvent pas se présenter à la fois comme le mal *et* comme le remède. En tout cas, pas publiquement. À présent que le confinement de nos filles est imminent, ils doivent se montrer plus discrets que jamais.

— Hum, je comprends… Par contre, nous, on ne craint rien à se faire détester un peu plus qu'on ne l'est déjà.

Il avait dit ça sans amertume, froid constat de leur impopularité.

La matrone s'esclaffa en sourdine :

— On peut dire ça comme ça, oui !

— Bien, bien, approuva-t-il, je vais y réfléchir.

— Non, Sandro, se raidit-elle d'un coup. Je crois que tu ne m'as pas bien comprise : c'est ce soir qu'il faut frapper. C'est maintenant ! C'est tout de suite ! Pas demain ni après-demain.

Le ruffian se sentit ébranlé un instant par cette nouvelle exigence.

Il fronça les sourcils, retournant l'ordre qui venait de lui être donné. En un sens, cela se tenait. Rien ne valait en effet un soir de fête pour prendre une quelconque cible par surprise. Entre le vin, la musique et les excès divers, les putains ne verraient rien venir. Elles se laisseraient croquer comme des moutons dans un enclos.

— Et surtout, n'oublie pas lesquelles de ces fâcheuses il s'agit de faire plier en priorité, insista Lucia. J'imagine que je n'ai pas besoin de t'en dresser la liste.

Elle pointa d'un doigt hostile la petite fête qui regagnait en vigueur, au pied de leur terrasse. Là où Chiara, Angela, Gina et les autres s'ébattaient avec insouciance.

Reprenant un peu de son aplomb scélérat, Sandro esquissa en retour un sourire presque aussi effroyable que celui de sa matrone :

— Dans ce cas, je pense avoir une petite idée.

— Seulement une « petite » ? l'aiguillonna-t-elle à dessein.

— Une idée qui commence petite, mais qui peut grossir très vite, crois-moi.

À ces mots, Lucia quitta sa chaise et, dans un élan de familiarité rare, s'assit d'autorité sur les cuisses musculeuses de son souteneur. Plongeant une main dans l'entrejambe déjà rigide, elle feula, empruntant les accents d'une femelle en chaleur :

— Hum... Une petite chose qui devient grosse, dis-tu ? Mais j'ai hâte que tu me montres ça !

Il empoigna alors la nuque de la femme enragée et mangea les lèvres sèches d'un baiser vorace. En quelques mouvements vifs, elle fut sur lui, imposant son rythme et son plaisir comme elle lui imposait tout le reste. Directive. Implacable. Sans la moindre attention pour lui ni la moindre caresse, pur intermède de sexe brut. Lucia ne connaissait ni ne voulait rien d'autre que ces tranches de jouissance arrachées aux autres et à la vie. Elle ne réclamait pas son plaisir, elle le volait comme un soudard pille un village ennemi. Par effraction. Son intimité râpeuse, tout juste humide, allait et venait sans répit sur le membre de son sbire, éprouvante cadence qu'elle lui infligeait. L'homme grognait, grimaçait, hésitant entre souffrance et désir. Mais à chaque fois qu'il tentait de ralentir, cherchant en vain les fesses ou les seins de sa maîtresse, celle-ci envoyait promener les mains importunes et caracolait de plus belle, de bas en haut.

Heureusement, la chevauchée ne s'éternisa pas. Aux gémissements assourdis du début succédèrent plusieurs cris stridents, explosion dont l'écho anonyme provoqua l'hilarité des putains en dessous.

— Eh bien, dites donc ! s'exclama l'une des danseuses avinées. Finalement, il semblerait que tout le monde ne fasse pas relâche !

*

Soudain, les râles et les rires furent couverts par plusieurs détonations. Elles étaient lointaines et néanmoins assez présentes pour imposer à tous le silence. Il n'y avait qu'un canon pour pétarader de la sorte, se disait-on avec horreur. Un canon ou…

— Oh, regardez ! Regardez un peu ça !

Une première fusée rose venait d'illuminer le ciel au-dessus de la ville, griffant l'obscurité de mille flammèches colorées. Très vite, elle fut suivie d'une nuée d'autres, stupéfiante explosion d'étoiles dans la nuit. Beaucoup en avaient entendu parler, une poignée de privilégiés avaient déjà aperçu le phénomène à Gênes ou à Padoue, mais l'immense majorité découvrait de ses yeux le prodigieux spectacle, mi ravie, mi apeurée. Vraiment, Giovanni Dolfin entendait faire de ce carnaval une édition inoubliable, un carnaval qui occulterait tout le reste et attirerait des curieux du monde entier.

Tous les regards des Vénitiens s'étaient levés de concert, chacun interprétant cette irruption de feu selon ses désirs. Chiara y vit le signe d'un espoir. Sandro, un encouragement à mettre en œuvre son sombre dessein.

# 15

*Nuit du 2 au 3 février*

— Bienvenue, mes amis ! Je vous en prie, prenez place !

Toujours revêtu de sa robe de cérémonie, le doge accueillait les membres du Grand Conseil à l'entrée de l'immense salle dédiée à leurs débats. Le fait était rare. Jamais le duc ne les recevait en personne. Mais à force de sourires et de tapes amicales sur les échines harassées, il tentait de faire oublier l'incongruité de cette convocation à une heure si tardive. Sur les onze cents conseillers siégeant en théorie dans cette assemblée législative, un peu plus de six cents avaient répondu à l'appel de dernière minute et se pressaient à présent dans la pièce gigantesque. Les autres avaient sans doute refusé de s'arracher à leur lit ou à leurs festivités privées.

À mesure que ces messieurs affluaient, Giovanni Dolfin paraissait se détendre. Selon toute vraisemblance, le quorum serait atteint, et le vote qu'il s'apprêtait à leur soumettre serait donc valide. En outre, parmi les visages fatigués et grognons, il reconnaissait ceux de ses soutiens les plus indéfectibles, signe que le scrutin pencherait bien en sa faveur.

Tout se présentait au mieux.

— Tout de même, on dira ce qu'on voudra, mais un vote organisé de la sorte ressemble à s'y méprendre à un vol démocratique, chuchotait un vieil homme à son voisin.

— Vous savez ce que disait Marino Fallier de notre système politique ?

Le simple fait de mentionner le doge félon en un tel lieu, même à voix basse, constituait une sorte de sacrilège.

— Non… Que disait-il ? s'enquit le vieillard.

— Qu'il est exécrable… mais qu'il n'en connaissait pas de meilleur !

Venant d'un homme que sa révolte contre ledit système avait condamné à mort, la réflexion ne manquait en effet pas de piquant. Les deux conseillers rirent un instant sous cape, puis reprirent une attitude digne, à la hauteur de l'événement.

Quand enfin tous furent installés dans les immenses travées parallèles, assis dos à dos tout du long, Dolfin grimpa sur l'estrade, entouré des Dix, de ses six conseillers les plus proches, ainsi que d'une armée de greffiers et de gardes. Il s'installa enfin sur sa chaise d'or, tendue de velours pourpre, majestueux.

Toutes les tentures et peintures prévues n'étaient pas encore achevées, mais les dimensions colossales de la pièce suffisaient déjà à imposer le respect aux membres du Conseil. Depuis la Serrata, la loi restreignant la population éligible, prendre place dans cette incroyable nef était plus que jamais un privilège. Et chacun pesait l'honneur qui lui était fait.

Après quelques mots de remerciement, le doge céda presque aussitôt la parole à l'un des membres du Petit Conseil, lequel résuma à voix haute les tenants et les aboutissants du dossier constitué par la commission de l'Arsenal. Pas une seule fois le nom de Nicola Chiutto ne fut mentionné, mais le magistrat ne manqua pas de souligner les nombreux avantages du projet : contrôle des pratiques immorales, maîtrise prophylactique des épidémies, regard sur les échanges monétaires, prévention des violences et des exactions diverses, mais aussi création d'un « pôle attractif » pour les visiteurs étrangers.

Lorsqu'il eut achevé son plaidoyer, le doge se leva de nouveau et annonça qu'il pouvait être procédé au vote. Les esprits chagrins ne s'étaient pas trompés : Dolfin comptait bien faire passer sa mesure en force. Sans débat ni amendements quelconques.

Quand une voix chevrotante, celle d'un conseiller qui paraissait de loin le plus âgé de l'assemblée, perça le silence presque religieux qui écrasait la salle :

— Si Votre Grâce le permet, je m'interroge malgré tout sur le bien-fondé d'un tel quartier fermé au sein même de notre cité.

— Eh bien, répliqua le doge, manifestement contrarié par cette intervention. Je vous en prie,

Maître Gritti. Vous savez que votre voix est toujours écoutée avec le plus grand intérêt.

L'honorable vieillard, professeur de lettres anciennes auprès des plus puissantes familles patriciennes de la ville, se dressa non sans mal. Il embrassa alors l'assistance de son regard épuisé, surplombé par des sourcils si broussailleux qu'on devinait à peine ses yeux.

— Si personne ne met en doute l'immoralité de la population concernée par ce projet, est-il sage pour autant de boucler celle-ci à l'intérieur même de nos quartiers ? Ce faisant, quel message adressons-nous aux Vénitiens ? Que celui qui circulait librement dans ses rues la veille peut dès le lendemain se voir confiné ? Et devenir un esclave qui n'en porte pas le nom ? Aujourd'hui, il est question de vulgaires prostituées. Mais demain, qui emprisonnerons-nous ainsi, par pur arbitraire ? Les bossus ? Les borgnes ? Les juifs ?

Cette dernière évocation provoqua une onde de murmures. Car aussi gâteux qu'il fût, Giacomo Gritti n'ignorait pas qu'une frange conséquente du Grand Conseil prônait justement la mise à l'écart des ressortissants de cette religion honnie.

— Maître Gritti…, reprit Dolfin, sur ce ton paternaliste qu'il employait avec tous.

— Il ne faut pas les parquer, il faut les bannir ! hurla une voix anonyme, violant ouvertement le protocole.

L'interjection intempestive déclencha un véritable tapage, certains abondant avec force, d'autres s'y opposant tout aussi bruyamment.

Dolfin ne s'attendait pas à une pareille résistance. Mais quand les gardes eurent imposé le silence, il reprit la parole avec calme, ravalant sa fierté et son impatience.

— Mes amis ! Chers conseillers. Je dois reconnaître ma faute. L'exposé qui vous a été fait à ma demande a sans doute par trop éludé ce qui motive réellement ce projet.

— Mettre les catins dont son fils abuse en cage, chuchota-t-on quelque part.

— … Aucun d'entre vous n'ignore les conséquences économiques désastreuses de notre revers en Dalmatie. Trois années ont passé, certes, mais nous payons aujourd'hui encore les conséquences de cette défaite. Une défaite dont je porte l'entière responsabilité. Comme vous le savez, jamais je n'ai cherché à m'en décharger sur quiconque.

Un écho favorable gronda depuis les bancs.

— C'est la raison pour laquelle, depuis lors, j'œuvre à mettre en place les solutions qui compenseront le manque à gagner important généré par la perte de ces territoires. Bien sûr, le projet qui nous occupe ce soir n'est qu'un élément de ce dispositif. Mais songez plutôt aux visiteurs et aux curieux qui vont venir de partout pour découvrir notre… notre « nouveauté ». Un lieu où les hommes de bien pourront se divertir en toute sécurité, sans craindre de contracter une maladie quelconque ou de tomber sous la dague d'un ruffian. Songez à tous les marchands qui vont bénéficier de cet afflux ! Songez aux taxes que nous pourrons percevoir sur les lieux occupés par ces dames, ou sur le vin consommé par leurs clients ! Songez aux amendes que nous pourrons enfin percevoir ! Alors je vous le demande : quel mal y a-t-il à encadrer un si vil commerce, si celui-ci peut sauver notre cité de la banqueroute ? À l'inverse, quel salut y aurait-il à le réprimer ou à le bannir, si cette répression devait nous condamner à l'indigence sur cette terre ? Et puis, en permettant à ces créatures d'assurer la survie des honnêtes gens de Venise, ne leur offre-t-on pas la plus belle des rédemptions ?

La dialectique spécieuse de Giovanni Dolfin eut beau convaincre ses partisans, lesquels applaudirent à tout rompre, les réfractaires n'en changèrent pas pour autant de position.

Partout dans les rangs, on débattait par petits groupes fort animés. Le doge, lui, semblait attendre on ne sait quel ange providentiel, le regard perdu dans les cintres de la pièce démesurée. D'un geste de la main, il arrêta le magistrat qui faisait mine de lancer le scrutin.

*

Sandro n'avait pas eu de mal à réunir une poignée de sbires, recrutés dans les *furatole* bondées du Rialto. C'est fou comme quelques ducats suffisaient à convaincre les plus récalcitrants. Parmi eux, on comptait peu de malfrats véritables, mais surtout des hommes sans emploi, motivés par le seul appât du gain. Gianni Scarabello, par exemple, venait tout juste de perdre son poste de cordier à l'arsenal, et en dépit de ses réserves, il avait fini par accepter la proposition.

Que diable, il fallait bien qu'il nourrisse les siens.

— Ce que je vous demande est très simple, souffla Lombardo à sa troupe disparate. Chacun d'entre vous va prendre l'un de ces flambeaux.

Il désigna le tas de bâtons ceints de chiffons imbibés d'alcool, posés à même le sol de la venelle déserte. Tout autour, le quartier résonnait encore des échos de la fête, nappes de musique, rires et martèlement des danseurs. Mais Sandro connaissait bien les environs. Il savait quel conduit serait assez discret pour abriter leur conciliabule.

— Vous ne l'allumerez au briquet que je vais vous confier qu'au dernier moment, précisa-t-il.

Tous avaient dû officier dans des corps de métier ayant recours au feu, car aucun ne sembla surpris par le dispositif brandi par le ruffian, assemblage rudimentaire de silex, d'une lame en acier et d'une mèche trempée d'amadou.

— Vous savez tous utiliser cet engin ?

— Oui ! approuvèrent-ils en chœur.

— Bien. Maintenant, les cibles. Là aussi, rien de très sorcier. Toutes les maisons sont situées dans San Matteo. J'ai coché chaque porte concernée d'une croix rouge, à droite du chambranle. Répartissez-vous juste les rues entre vous, en allant si possible tous dans le même sens, d'est en ouest. Une fois à l'intérieur, on ne s'éternise pas. On repère le premier objet inflammable, on allume, on ressort.

— Et si les gardes nous surprennent ?

— Crois-moi, à l'heure qu'il est, un soir comme celui-ci, les gardes ont déjà plus d'un verre dans le bonnet. Je te mets au défi d'en croiser un seul, même si tu le voulais. Cela dit, ta remarque est bonne. Voilà des foulards. Vous les porterez sur le visage tout le temps de l'opération.

À ces mots, il leur tendit des triangles d'étoffe sombre, dont la forme approximative et l'effilochement indiquaient qu'ils avaient été taillés à l'épée.

— Et… Et les gens dans les maisons ? On fait quoi avec eux ? On les prévient, quand même ? risqua Scarabello.

— Ne t'en fais pas pour eux. Ici, il n'y a que des sorcières et des putains. Dis-toi juste que tu leur fais prendre un peu d'avance sur les flammes qui les attendent après !

Certains ricanèrent de la blague féroce, mais la plupart se contentèrent d'un hochement de tête servile, prêts à accomplir leur sinistre forfait. Pressés d'empocher leur rétribution.

— Quand vous aurez fini, évitez de traîner dans les environs. Rentrez directement chez vous. Et si on se croise dans les jours qui viennent, bien sûr, on ne se connaît pas. Je vous ferai remettre votre solde par l'un des gamins du quartier.

D'un geste sec, assuré, il alluma sa propre torche, qu'il leva dans la nuit. La ruelle s'illumina aussitôt d'une lueur menaçante.

— Allez ! ordonna-t-il en sourdine. Allez me mettre un peu de chaleur dans cet enfer !

*

Les appariteurs finissaient leur circuit dans les allées interminables, recueillant les votes des conseillers présents. Une fois les parchemins dûment complétés, biffés à droite ou à gauche selon l'orientation du suffrage, ils rejoignirent l'estrade principale et remirent les précieux documents au magistrat chargé du scrutin.

De longues minutes furent nécessaires au comptage des votes, puis enfin il annonça à voix haute, presque solennelle :

— Messires les conseillers, le scrutin n'est pas clos. Dix d'entre vous ont réservé leurs voix. Néanmoins, en l'état, sur six cent quarante-huit conseillers présents, nous avons trois cent quinze voix favorables au projet exposé par Sa Seigneurie, et trois cent vingt-trois voix contre.

Giovanni Dolfin blêmit.

Ni la manipulation du Conseil par cette convocation nocturne inopinée, ni sa vibrante diatribe, rien de ce qu'il pensait devoir assurer sa victoire n'avait fonctionné. Le ballottage lui était clairement défavorable.

Bien sûr, selon les règles électives en vigueur, tant qu'il ne levait pas l'assemblée, les dix abstentionnistes pouvaient encore pencher d'un côté ou de l'autre. À lui de les faire basculer en sa faveur. C'est ainsi qu'on avait vu des scrutins du Grand Conseil s'étirer sur des journées entières. Mais aucun d'entre eux ne s'était déroulé une nuit de fête, et qui plus est sur un sujet aussi polémique que celui-ci.

Déjà, certains manifestaient le désir légitime de quitter la séance. Qui pour poursuivre les festivités interrompues, qui pour retrouver sa couche chaude – malgré les braséros installés à chaque angle, l'immense salle était glaciale, en cette nuit d'hiver.

Mais les soldats postés aux deux issues ne bougeaient pas d'un pouce, leurs hallebardes brandies en travers des hautes portes. Imperturbables.

— C'est donc nous qu'il veut boucler dans son palais ? Il fallait le dire tout de suite ! se plaignait-on ici ou là.

Même les plus tempérés ou les plus indulgents à l'égard du doge s'étonnaient de l'attitude affichée par ce dernier. Alors qu'on attendait de lui une nouvelle prise de parole, peut-être un appel à l'union ou à la raison, il allait et venait sans un mot pour personne, les mains croisées dans le dos, passant de son fauteuil à la vaste fenêtre entrouverte sur la *piazzetta*, et au-delà sur toute la ville. De là, il scrutait l'horizon assombri d'un œil fiévreux, comme s'il cherchait une solution à cette impasse dans le noir insondable.

— Votre Grâce, l'implora le magistrat en charge. Nous n'allons pas pouvoir retenir beaucoup plus longtemps ces messieurs…

Illustrant son propos, il désigna un jeune conseiller au sang chaud qui tentait une sortie, et qu'un garde refoulait à l'intérieur.

— Je sais, je sais…, répliqua-t-il avec agacement. Donnez-moi encore quelques minutes, vous voulez bien. Juste quelques minutes.

*

Les incendiaires de circonstance ne s'attendaient pas à ce que la tâche fût aussi aisée. Malgré le froid, le bois des vieilles maisons mal entretenues prenait aussi vite que de la paille. Les grabats éventrés, les habits épandus çà et là, les bûches pour alimenter les cheminées, tout ce qui y traînait décuplait le foyer presque instantanément. Le souci n'était pas de mettre le feu à ces bouges, mais plutôt d'en sortir assez rapidement pour ne pas s'y laisser piéger. Autant dire que ceux qui y résidaient n'avaient presque aucune chance de s'en sortir.

Lorsqu'il parvint à sa troisième croix rouge, Gianni Scarabello eut un instant d'hésitation. Cette maison de la rue du Four, il était presque certain de la reconnaître. Laquelle des catins du quartier y avait-il culbutée ? Était-ce cette étrange beauté aux cheveux gris ? Ou bien cette divine rouquine au verbe haut, Gina ?

Une cavalcade dans une rue perpendiculaire le tira de sa rêverie. Puis plusieurs cris paniqués éclatèrent :

— Au feu ! Au feu !

— Fuyez, il y a le feu partout !

L'ancien *arsenalotto* considéra encore la bâtisse qui lui faisait face, puis il leva son regard sur la nuit, pour constater en effet que, partout autour, le ciel rougeoyait.

Alors d'un geste instinctif, il balança son flambeau par la porte entrebâillée. Ce feu serait le dernier qu'il déclencherait. Après tout, vu la tournure que prenait l'incendie, jamais le ruffian qui l'avait engagé ne serait en mesure de savoir combien de maisons chacun d'entre eux avait brûlées. Son crime accompli, il décampa à son tour par les rues qui s'emplissaient de rescapés et de fuyards, hurlant avec les autres, comme s'il n'y était pour rien.

À quelques rues de là, dans la courette où le bal des catins s'était brusquement achevé, toutes les masures environnantes avaient pris feu. Aussi vite qu'on allume une bougie. L'embrasement avait été si rapide que les quelques filles qui étaient encore là, l'instant d'avant avachies sur leurs chaises, à demi assoupies, n'envisageaient déjà plus aucune issue. Même l'étroit portique qui menait à la rue s'était enflammé. Elles étaient toutes tétanisées.

Dans les bras l'une de l'autre, Chiara et Gina, le regard épouvanté, se dispensaient d'inutiles paroles de réconfort.

— Chut, *Bella*... On va s'en sortir.

— Tu crois ça ?

— Je ne le crois pas, je le sais !

Mais comme elles disaient cela, une autre prostituée, comme rendue folle par les flammes qui les encerclaient de toutes parts, se rua à travers le *sotoportego* en feu. Sa robe des jours de fête s'alluma d'un coup. Et la pauvresse réduite à l'état de torche s'écroula presque aussitôt au sol, où elle se consuma dans des mugissements épouvantables.

— Chiara ! Gina ! par ici !

Derrière les nappes de fumée qui envahissaient à présent toute la cour, une voix les hélait. Une voix connue.

— C'est moi, c'est Angela !

— Angela ? Où es-tu ?

— Dans la cave. Derrière le soupirail. Mettez-vous à quatre pattes et avancez vers moi.

Les deux amies obtempérèrent sans réfléchir et, les yeux rougis, la gorge et la poitrine déchirées par les vapeurs, elles progressèrent ainsi vers la voix qui les guidait. Deux animaux fuyant le déluge de feu.

Quand elles atteignirent l'étroite fenêtre au ras du sol, le nuage gris était si dense que, malgré le brasier, on n'y voyait plus qu'à quelques pouces. Des flammèches tombaient de toutes parts sur elles, dont certaines cuisaient leur peau dénudée. Les yeux clos, débordant de larmes, elles toussaient, crachaient, éructaient, incapables d'aller plus loin. C'en était fait d'elles. Elles allaient mourir ici. Dans un banal incendie. Chiara espérait fuir Venise, mais elle n'avait pas imaginé que ce serait sous la forme d'une fumerolle.

Alors, une main jaillissant de la base du mur attrapa celle de la beauté blonde et la tira à elle, d'un geste puissant. La jeune femme se laissa glisser, entrouvrit juste assez les paupières pour se jeter la tête la première dans la brèche et coula jusqu'à la terre battue en contrebas. Gina la suivit de près dans ce trou inespéré. Là, elles s'agrippèrent toutes deux à la taille de leur sauveuse, qui les traîna sans tarder à travers un dédale de couloirs exigus et enfumés.

Puis soudain quelques marches surgirent sous leurs pieds tâtonnants. Une porte qu'Angela déverrouilla d'un coup d'épaule se présenta à elles. Et enfin elles débouchèrent dans une autre courette, encore à l'abri du sinistre. Suffoquant, épuisées, elles ne parvinrent à prononcer le moindre mot. Elles ne pouvaient croire à ce miracle : dans une ville où, faute de fondations pleines et par crainte des inondations, aucune maison ou presque ne comportait de soubassement, la chance les avait précipitées vers l'une des rares caves existantes. L'unique passage à l'abri du feu. Qui plus est, un jour où la lagune et ses *aqua alta* avaient épargné les rues de Venise.

*

Sorti seul sur la galerie, le doge fut le premier à les apercevoir, arrachant les toits à la nuit. Les flammes ravageaient l'ouest du Rialto, sur la rive sud du Canal. Pas besoin d'être un Vénitien de souche pour localiser l'origine de cette immense lumière. Déjà, les cloches des divers campaniles à proximité du drame retentissaient, à toute volée.

— Messires ! cria-t-il vers l'intérieur de la salle, à l'attention des conseillers. Messires, venez voir, je vous prie.

Tous affluèrent en désordre, jouant des épaules et des coudes pour s'offrir la meilleure vue à travers les ogives ciselées. Et quand il fut certain que la plupart pouvaient profiter du spectacle, Giovanni Dolfin reprit enfin la parole, couvrant les cris d'épouvante et les lamentations consternées. Il semblait presque exulter devant ce carnage. Jubiler de l'effroi qu'il lisait dans leurs yeux.

— Voyez, messires ! Voyez ce qu'il se passe à San Matteo, faute d'une organisation digne de ce nom ! Est-ce un client mécontent qui a mis le feu ? Est-ce une prostituée qui aura voulu se venger de sa matrone ou de son ruffian ? Est-ce tout simplement un effet de leurs maisons sans hygiène ni tenue ? Je n'en sais pas plus que vous. Mais ce dont je suis certain, en revanche, c'est que le dispositif que je vous propose empêchera une fois pour toutes de telles tragédies. Plus d'échauffourées, plus de bastonnades, plus d'incendies !

Les convaincus abondèrent, claquant des mains et tapant des pieds. Les adversaires du projet semblaient se repentir de leur vote. Quant aux quelques indécis, édifiés par la démonstration, ils penchaient un peu plus en faveur du projet de Dolfin à chaque mot du doge.

— Je vous le demande une nouvelle fois, mes amis, reprit ce dernier, emporté par son éloquence : aidez-moi à reprendre le contrôle de ce quartier maudit. À rendre le Rialto aux marchands, aux maraîchers, aux artisans, en un mot aux vrais Vénitiens ! Utilisons la manne du péché pour faire le bien ! Prenons le diable à son propre jeu ! Et sortons Venise de cet enfer !

Un tonnerre d'applaudissements vint conclure sa tirade, et il ne fut nul besoin des gardes pour les faire rentrer aussi vite qu'ils étaient sortis. Un abstentionniste du premier tour de scrutin se dit prêt à voter, puis un autre après lui, et ainsi de suite.

Sur les dix votes nuls, neuf se reportèrent en fin de compte en faveur du projet de bordel fermé, élevant le total des « oui » à trois cent vingt-quatre, contre trois cent vingt-trois « non ». Un unique indécis refusa de choisir son camp, mais on murmura après coup que le conseiller en question, un vieillard impotent, s'était assoupi sur son banc, et que même les cris d'effroi – puis de joie – n'étaient pas parvenus à l'éveiller.

Le sourire mesuré mais le regard éclatant, Giovanni Dolfin reprit place sur son siège aux allures de trône. Quoique immobile et d'apparence paisible, il pavoisait. La partie avait été difficile, mais voilà qu'il triomphait. Il tenait enfin la victoire qui lui avait échappé sur le terrain des armes. Mais quand il se concluait de telle manière, l'art politique n'était-il pas plus beau et exaltant encore que celui de la guerre ? N'était-ce pas en emportant de pareils combats que les destins se forgeaient, plutôt qu'au tranchant de l'épée ?

D'un signe discret, il requit l'attention de l'un des appariteurs et lui glissa un ordre à l'oreille. Le jeune homme le relaya à son tour, tout aussi furtivement, et disparut hors de la salle, en direction des appartements privés du doge.

*

— Tu ne vas pas y aller maintenant ? Pas dans cet état !

Gina tenta de retenir son amie, mais la décision de Chiara était prise.

Elle ignorait si Nicola serait présent ou non à leur rendez-vous. Mais elle ne voulait pas courir le risque de manquer cette ultime confrontation. Cette occasion de le confondre et de lui hurler toute sa rage. Car, cette fois encore, qui d'autre que les supérieurs du prêtre avaient pu commanditer un tel désastre ? Et lui, comment pouvait-il prétendre ne pas être leur complice ?

Toutes les catins de Venise le savaient : la plupart des incendies n'étaient pas accidentels, mais bien criminels. Préposées aux interventions d'urgence dans les quartiers où elles étaient implantées, à San Matteo bien sûr mais aussi à San Samuele, elles étaient en première ligne du combat contre le feu.

De fait, tout autour d'elles, leurs consœurs rescapées couraient en tous sens, les bras chargés de seaux, allant d'un puits à l'un des brasiers encore accessibles. Le poste de vigilance contre les incendies sis à San Giacomo avait été forcé par un garde, et le matériel divers, seaux, haches et baquets, passait désormais de main en main. Mais les deux paroissiens chargés d'orchestrer la lutte contre le fléau demeuraient pour leur part introuvables, soit qu'ils aient déjà péri, soit qu'ils aient préféré la fuite à leurs responsabilités.

Le visage encore couvert de suie, elle embrassa Gina et Angela, les exhorta à la prudence et s'élança dans la nuit dévorée par les flammes. Le chemin qui la séparait de la gondole indiquée par Rolando n'était pas si long, mais, dans la situation présente, franchir les décombres encore fumants ou éviter les habitants paniqués relevait de l'exploit.

Enfin, appontée au quai de bois d'un *squero*, modeste atelier de réparation naval, elle avisa la gondole décrite par le gamin. Les armes frappées sur la bâche recouvrant l'élégant esquif étaient bien celles qu'elle cherchait. C'est Rolando qui avait eu cette idée saugrenue : puisqu'on ne devait les voir nulle part ensemble, et que Chiara se refusait à recevoir une nouvelle fois Chiutto chez elle, il ne connaissait pas de lieu de rendez-vous plus discret qu'une gondole recouverte de ses *felze*. À l'abri du grand morceau de voile teinte, laquelle était tendue sur la pointe de l'embarcation comme une tente sur un piquet, ils seraient tout bonnement invisibles.

Elle s'approcha à pas de loup. Aucune ride sur l'onde calme du *rio* ne trahissait de présence à bord. Mais soudain, elle crut défaillir. Un pan de tissu se releva comme par magie, mû par une main fantôme.

— Chiara ? Chiara, c'est toi ? chuchota une voix d'homme dans le noir.

Elle reconnut le timbre caressant du prêtre et, plus troublée qu'elle ne l'aurait voulu, elle se glissa à son tour sous la bâche. La sensation était étrange. Une mince épaisseur de textile les séparait du monde, et pourtant elle se sentit soudain coupée de tout le reste. À l'intérieur, c'est tout juste si elle devinait les traits de l'homme. On n'y voyait goutte.

Alors Nicola se jeta sur elle, cherchant de sa bouche affamée les lèvres parfaites. Chiara le repoussa brutalement, chassant du plat de la main celui qui l'avait trahie.

— Tu ne crois tout de même pas… !

Mais déjà il était remonté à l'assaut, soufflant son envie sur les joues, les oreilles et la nuque de la putain, plantant ses dents avides partout où la peau apparaissait. Elle était là pour lui dire son fait, et pourtant toutes ses résolutions s'effondraient l'une après l'autre. Elle tentait bien de se débattre encore, geignant et frétillant, refusant de toute son âme de se livrer. Et pourtant rien n'y faisait. L'instant suivant, elle se sentait faible et désemparée, submergée par leurs désirs mêlés, à nouveau indissociables.

Il saisit les deux mains menues, les embrassa, puis lécha un à un les doigts délicats, aussi goulu qu'un animal. Lorsqu'il fondit sur les seins qu'il fit déborder du corsage, un spasme inédit s'empara du buste de Chiara, puis gronda dans son ventre, jusqu'entre ses cuisses. Elle se sentait aussi liquide que l'eau sous eux. Aussi fragile que cette cité sur pilotis. Elle le savait à présent, sa détermination n'était pas plus solide que ne l'était leur ville tant aimée. Il lui en fallait si peu pour sombrer dans ces remous insensés. Elle se donnait à longueur de journée à des hommes qui ne lui tiraient pas un seul soupir, comme autant de vagues sans effet. Et il suffisait que lui se présente à elle pour qu'il l'engloutisse aussitôt. Dès le premier contact.

Soulevant la robe, couchant Chiara sur le petit banc transversal, il plongea en elle d'un mouvement fluide et décidé. L'acte en lui-même n'était guère plus raffiné que les saillies qu'elle essuyait tout le jour durant, mais il était si entier, si résolu, qu'elle s'ouvrit à lui autant qu'elle le put, pour une fois incapable de penser à rien d'autre qu'à cette force qui la possédait. Elle avait beau ressasser tout ce qu'elle pouvait lui reprocher, elle se sentait incapable de lui résister. Elle capitulait sans débat intérieur. Elle rendait les armes avant même d'avoir combattu.

Soudain, son ventre se contracta d'un coup sec. Elle en eut le souffle coupé. Son corps trembla encore quelques secondes puis se relâcha brusquement, comme la corde d'un arc. Quand elle fut totalement détendue, elle l'attira sur elle, de tout son long, chaude couverture de chair encore palpitante.

Ils restèrent ainsi de longues minutes, avant d'être capables du moindre mot.

— Comment as-tu pu laisser faire ces choses contre nous ? demanda-t-elle d'une voix douce, presque exempte de reproche.

— Mais je n'ai rien laissé faire du tout ! Que crois-tu donc ? Personne ne me met au courant de ces turpitudes. Je suis comme toi : je ne les découvre qu'après coup. Tu penses vraiment que je cautionnerais de telles ignominies si on me consultait ?

Dans la pénombre, elle chercha à lire la sincérité de Nicola. Mais le noir était presque total. Alors elle laissa plutôt courir ses doigts sur le beau visage du prêtre.

— Qui, alors ? Qui cherche à nous effrayer de la sorte ?

— Ta matrone, Dona, Vaselli… peut-être même le doge ! Qu'est-ce que j'en sais ? Ce dont je suis sûr, c'est que j'ai croisé Lucia en sortant de l'évêché. Elle était là avec Dona. Et, manifestement, Vaselli les attendait. Et je vois mal un ecclésiastique de si haut rang recevoir une souteneuse pour l'entretenir de l'Immaculée Conception.

— C'est certain…, souffla-t-elle dans un sourire.

Il l'enlaça un peu plus fort, et d'une voix éteinte il confessa :

— Depuis le début, ils m'ont piégé, Chiara. Ils m'ont confié une tâche qui me dépassait, en tablant justement sur mon inexpérience. Pour que je ferme les yeux sur leurs méthodes. Je suis l'étal officiel de leur odieux commerce ; mais en coulisse, ils sont prêts à tout pour parvenir à leurs fins. Tu le vois bien.

— Tu pourrais rendre ton tablier. Tu pourrais au moins refuser d'être leur complice !

— Et que crois-tu qu'il se passerait ? Au mieux, je serais banni. Au pire, je finirais sous les *plombi* du palais. Nous serions séparés à jamais… Et dans tous les cas, je serais remplacé par un agent cent fois plus féroce. Ils confieraient toute l'opération à Dona ou à un autre.

Elle soupira longuement. Qu'étaient-ils en effet, contre d'aussi puissants ennemis ? Que pouvait leur amour naissant, si fragile, si soumis aux vents contraires, face à de tels adversaires ?

— Reçois-nous au moins en délégation, mes amies et moi. Je leur ai promis qu'on écouterait nos doléances.

— À quoi bon ?

— Peu importe ce que tu pourras en faire, après ça. Dans l'immédiat, elles ont juste besoin d'être entendues.

— Je pourrais toujours rapporter vos propos à Dolfin, spécula-t-il sans y croire. Et convaincre Mosca d'en faire autant.

— Parfait ! s'enflamma-t-elle l'espace d'un instant. Pour Mosca, je m'en charge.

— D'accord… Mais vraiment, n'attends rien de cette ambassade. Ce qu'ils ont fait cette nuit à ton quartier le prouve assez : pour eux, vous n'êtes rien d'autre que du bétail. Qu'ils vous vendent, qu'ils vous enferment ou qu'ils vous brûlent, vous ne valez à leurs yeux que par le nombre de vos têtes.

— Je sais…, susurra-t-elle sur un ton plus enjôleur. Mais comme tu le sais maintenant, ma tête à moi est dure.

*

Plusieurs dizaines de pages et de servantes avaient été tirés du lit. Le feu des cuisines avait été rallumé, et, dans le salon d'honneur du palais, diverses collations entraient déjà sur d'immenses plateaux.

Posté à la porte monumentale, un sourire victorieux aux lèvres, Giovanni Dolfin saluait avec chaleur chacun des conseillers qu'il avait conviés à ce verre amical. En dépit de l'heure très tardive, la plupart d'entre eux avaient répondu à l'invitation. L'ambiance était joyeuse, et on en oubliait presque l'âpreté des débats, ainsi que la menace du feu, pourtant toujours présente à l'horizon. Même les opposants les plus réfractaires au projet du doge semblaient au final satisfaits de cette issue.

Par petits groupes, les augustes représentants des citoyens échangeaient des plaisanteries plus ou moins salaces. À présent que la tension était retombée, ils laissaient libre cours à cette grivoiserie que le sujet du jour appelait naturellement.

— Pour une fois que les putains vont me rapporter plutôt qu'elles ne vont me dépouiller, je ne vais pas m'en plaindre ! s'amusait un élu encore vert, mais d'une rare laideur.

— Il est vrai que tu ressembles plus à un ruffian qu'à un client, persifla un autre, déclenchant une salve d'hilarité.

Par-dessus la forêt de bonnets cousus d'or et de calottes brodées, Giovanni Dolfin vit apparaître le casque d'un officier en armes. L'homme se dirigea vers lui sans hésiter et, après une brève révérence, fit signe au doge de le suivre à l'écart. Seul Filippo Dona pouvait se permettre une telle privauté.

À part des groupes bourdonnants, le Seigneur de la nuit informa le duc à mi-voix :

— Tout s'est déroulé comme prévu, Votre Grâce.

— Il semblerait… Mais tout de même, ces feux seront-ils bientôt maîtrisés ?

— J'ai envoyé une trentaine de mes hommes en renfort. Les principaux foyers de San Matteo sont déjà circonscrits.

— Très bien, très bien ! approuva-t-il avec nervosité.

Puis, attrapant le bras du soldat, il lui glissa à l'oreille :

— Es-tu bien certain qu'aucun lien ne pourra être établi avec ce palais ?

— J'ai eu confirmation qu'ils étaient tous masqués.

— Hum… Mais tu crois vraiment que ce sera suffisant ? Un masque peut tomber, être arraché dans le feu de l'action… sans jeu de mots.

— C'est l'avantage de faire travailler la population locale. Personne au Rialto ne pourra dire qu'il a vu des étrangers le flambeau à la main. Au pire, si l'un des hommes est identifié, il aura affaire aux siens. Et cela se réglera entre va-nu-pieds du coin.

— Parfait.

— Le seul qui pourrait nous compromettre, reprit Dona, c'est ce prêtre, Chiutto. Mais Monseigneur Vaselli est formel. Il le tient bien en main.

Le rictus affiché par Dolfin indiqua que la réponse semblait le satisfaire, au moins pour l'heure.

Puis, adoptant son plus beau sourire de circonstance, il revint alors à ses invités, multipliant les claques amicales et les accolades.

*

Ce n'était certes pas la première fois que Rolando écoutait les ébats d'une fille avec l'un de ses clients. Il avait passé des jours entiers, posté derrière la porte de l'une ou l'autre. Les râles, les cris, les gémissements modulés, il connaissait leur enchaînement presque par cœur. Et pour cause, à chaque fois ou presque c'était les mêmes. Mais jamais encore il n'avait prêté l'oreille à la ferveur sincère de véritables amants.

Quand les mouvements dans l'embarcation annoncèrent leur sortie de sous la bâche, il fila aussitôt par la plus proche ruelle, aussi furtif qu'un chat.

Chez Lucia, il ne trouva pas Sandro, mais la matrone se fit raconter tout ce qu'il comptait dire au ruffian. Elle semblait particulièrement aise de ce récit, et son faciès effrayant paraissait pour une fois recouvert d'un voile de douceur. Son rapport achevé, elle renvoya sur-le-champ Rolando à l'évêché, avec pour mission de répéter à Monseigneur Vaselli en personne tout ce qu'il venait de lui confier.

Ce nouveau mandat l'occupa au moins une heure de plus, et les premières lueurs de l'aube léchaient déjà les eaux dormantes de la lagune, lorsqu'il put enfin s'asseoir sur la *fondamenta* Zatterre, face à l'île de la Giudecca, de loin le panorama le plus dégagé de tout Venise et son préféré.

Mais ce matin-là, la vue merveilleuse n'eut pas sur lui l'effet habituel. L'émerveillement virait à l'aigre. Posant son front entre ses mains, il sentit un courant douloureux le traverser. Les larmes se mirent à couler sans qu'il eût le temps de les voir venir.

La trahison était un fardeau dont il découvrait seulement la cruauté, et qui l'écrasait à présent de tout son poids.

*

S'extirpant de la masse, le doge se présenta devant l'homme qui avait osé lui tenir tête en public. Il admirait le courage de ce barbon qui aurait pu comme tant d'autres pantoufler dans son mandat et passer les séances du Conseil à dormir. Qu'un homme de son âge et de son expérience se dresse encore pour défendre ses convictions lui parut une perspective presque rassurante. En un sens, il se souhaitait pareille vieillesse.

— Maître Gritti, s'exclama-t-il en pressant avec chaleur les mains du conseiller. Je vous suis très reconnaissant d'avoir entendu la voix de la raison.

— « Le mal et le bien d'un être raisonnable n'est pas dans ce qu'il éprouve, mais dans ce qu'il fait », cita de tête le vieux lettré.

Sous-entendu : nous, membres du Grand Conseil, nous vous jugerons sur vos actes, et non sur vos diatribes enflammées.

— Sénèque ? hasarda le doge.

— Non, Marc Aurèle.

— À ce propos, fit-il diversion, vous qui maîtrisez la langue mieux que personne dans cette assemblée, quel nom pensez-vous que nous devrions donner à ce nouvel ensemble ?

— Je ne sais pas. Je ne connais pas le lieu, plaida Gritti non sans malice.

— Eh bien, moi non plus… Mais les Morosini prétendent que c'est un ensemble de *volte* si dense, si fermé, que cela forme un véritable petit château fortifié.

— Un petit château, dites-vous ?

— C'est cela.

— Eh bien, dans ce cas, je ne vois rien de mieux adapté que ceci : le Castelletto.

# 16

*5 février*

Deux jours avaient passé depuis le sinistre, et certains décombres fumaient encore. Il en faudrait plusieurs autres avant que le nettoyage diligenté par le *capisestiere* ne commence, plusieurs semaines avant un déblaiement complet et le début d'éventuels travaux de reconstruction, plusieurs mois ou années avant que les rues touchées par le feu ne reprennent leur visage originel.

La désolation avait touché tout San Matteo. Chacun ou presque connaissait une victime, parmi ses amis ou ses proches. Des marchands dont les denrées ressemblaient à présent à de petits monticules noirâtres se lamentaient au pied de ce qui, il y a peu encore, était leur étal. Mais aussi leur principale raison de vivre. L'intervention précoce des prostituées avait certes évité que toute la paroisse ne parte en fumée, mais les dégâts n'en étaient pas moins lourds, et le parfum calciné qui flottait dans tout le périmètre attestait de la violence de l'incendie. À chaque coin de rue, des gardes des Seigneurs de la nuit demeuraient postés, pour dissuader les pillards qui ne manquaient jamais de sévir en pareilles circonstances. Si, comme chacun le croyait, l'origine était criminelle, au moins éviterait-on une réplique.

Parmi les filles publiques, la solidarité jouait à plein, comme à l'accoutumée. Les rescapées hébergeaient les sinistrées. Les nourrissaient. Leur prêtaient les habits et les quelques deniers nécessaires à leur survie. Les rivales d'hier s'entraidaient sans rechigner. Elle n'était pas née la catin qui laisserait l'une d'entre elles sans gîte ni couvert.

Très naturellement, Gina s'était réfugiée chez Chiara. Pour quelque temps au moins, elles partageaient la chambrette minuscule de la rue du Paradis, et son grabat exigu. La rouquine ne parvenait toujours pas à expliquer ce sort qui paraissait s'acharner sur elle.

Rossée. Brûlée. Et quoi d'autre, demain ?

— Je me demande s'ils ont prévu d'y reloger les filles touchées par l'incendie…

— Où ça ? s'enquit Chiara.

— Eh bien, dans leur satané bordel à verrous, pardi.

De manière inexpliquée, les trente et quelques *volte* des Venier et des Morosini destinées au projet en question avaient presque toutes été épargnées par les flammes. Comme si ces dernières avaient viré de bord à l'approche des bâtiments concernés.

Les catins les plus dévotes y avaient vu un signe. Si le diable lui-même évitait le futur bastion du tapinage, c'est que ce dernier était protégé par une force supérieure. Pour un peu, elles en auraient fait un lieu consacré.

— Ils vont bien être obligés, commenta Angela. Laisser des catins à la rue serait l'effet inverse de ce qu'ils recherchent.

— À ce propos, tu as croisé Sorina ? Tu lui as parlé de notre audience chez Ni… chez Chiutto ?

— Oui, et j'ai bien peur qu'elle ne nous lâche.

— Mais pourquoi ? La dernière fois, elle semblait pourtant prête à tenter le coup.

— Oui, mais depuis…

Angela renifla l'air ambiant, encore chargé de cendres, pour faire comprendre à ses amies ce qu'elle évoquait là.

— Et alors ? Au contraire ! Ça devrait plus que jamais l'inciter à plaider notre cause ! s'emporta la Princesse.

— Disons qu'elle ne voit pas les choses comme toi. Et la plupart des autres filles non plus…

— Que veux-tu dire ?

— Elles ont peur, Chiara. Elles ne veulent qu'une chose : ne plus craindre pour leur vie. Passe encore les ruffians à la main leste ou les clients indélicats. Mais là…

— Mais là *quoi* ? Un banal incendie et tout le troupeau est prêt à se laisser boucler dans l'enclos sans rien dire ?!

— Sacré incendie, quand même…, marmonna Gina à part soi.

— Si le berger de l'enclos en question lui garantit qu'il n'y aura plus de telles catastrophes, alors oui. Elles pensent que ça en vaut la peine.

Ce fut dit avec tant de résignation que Chiara ne put ignorer le message.

— Tu veux dire… que toi aussi tu vas te laisser enfermer ? Sans même te battre ?

— La partie est perdue, *Bella.* Je suis la première à le regretter, mais c'est comme ça.

— Non, ça n'est pas *comme ça* ! Ça n'a pas à être *comme ça* ! Nous avons encore une chance.

— Tu sais très bien que non. Il te l'a dit lui-même. Vous irez le voir, il vous écoutera… et après ? Que fera-t-il de vos doléances ? Des prières pour les pauvres de sa paroisse ?

— Il fera remonter les revendications qu'il pourra.

— Et ces messieurs du Conseil s'empresseront de les enterrer !

— Pas forcément, ronchonna Chiara, comme une enfant boudeuse.

— Bien sûr que si, et tu le sais aussi bien que moi. Si un tel miracle était possible, ce ne sont pas les Dolfin ou les Morosini qui dirigeraient cette ville, mais les Chiutto et les Mosca.

Les trois femmes échangèrent des regards lourds.

Les deux cadettes avaient entendu l'histoire d'Angela plus souvent qu'à leur tour. Elles savaient à quoi la balafrée devait son exceptionnelle longévité au Rialto. Mieux, sa survie. Toute sa vie, elle avait su faire le dos rond, sous les bâtons comme sous les caresses. Pas à éviter les coups du sort, non, cela était impossible. Juste à les encaisser mieux que les autres. Juste à serrer les dents et poursuivre sa route avec une cicatrice de plus. Sa peau tout entière était là pour en témoigner.

— J'irai quand même le voir, finit par lâcher la blonde.

— Comme tu voudras, ma belle... Mais ce sera sans nous.

— Qu'au moins il ne me prenne pas pour une lâche.

— Moi, je viens avec toi ! feignit de s'enthousiasmer Gina.

— Non. Ne le prends pas mal, mais... Vu le succès annoncé de mon entreprise, je préfère encore y aller seule.

Elle attendit l'heure la plus chaude de la journée. Sous un soleil d'hiver doré à souhait, elle traversa le Rialto embrasé cette fois d'un feu plus clément. Dans la lumière irréelle, le pont grouillait encore de vendeurs de bibelots, d'étoffes bon marché et de petits pains fourrés à la viande. Au foisonnement des badauds, des bruits et des couleurs s'ajoutait une symphonie de parfums plus ou moins identifiables, bouquet de plantes aromatiques, de fruits gâtés et d'épices. Chiara adorait cet endroit quand il débordait ainsi de vie. S'y fondre, y diluer ses problèmes et ses angoisses, elle serait bien restée là jusqu'à la nuit. Mais il fallut poursuivre sa route.

Les indications données par Rolando étaient approximatives, mais elle parvint malgré tout sans trop d'encombres jusqu'à la paroisse de San Bartolomeo, tout au nord du *sestier* San Marco. Juste de l'autre côté du pont. « Une maison à deux étages dans la *calle* Zocco », avait dit le gamin. Que Nicola ait vécu si près d'elle l'émut. Mais son trouble ne lui était pas d'une grande utilité : toutes les maisons de la rue Zocco comportaient deux étages ! Toutes parfaitement identiques. Une lavandière méfiante, aux traits ravinés, lui indiqua « là où réside ce prêtre », sur un ton peu amène, comme si la rumeur de leur liaison avait déjà fait le tour du quartier.

À l'entrée de la sobre bâtisse, un valet et un petit diacre en habits de messe conversaient avec animation.

— Je te dis que les gars de San Giacomo n'ont aucune chance. Ils n'ont remporté aucune de leurs joutes depuis au moins cinq ans.

— C'est ce qu'on verra… Moi, je les ai vus s'entraîner sur le Canal, c'est tout ce que je dis.

Apercevant l'ange blond qui s'approchait d'eux, les deux échangèrent des sourires entendus.

— Bonjour, messieurs.

Leur « mademoiselle » appuyé, presque goguenard, en disait long sur ce qu'ils devinaient de son état. Une fille aussi belle, aussi près du Rialto, pas besoin d'être Seigneur de la nuit pour lui coller l'infamante étiquette qui allait avec.

— Je souhaiterais voir l'abbé Chiutto.

— Et vous êtes… ?

— Chiara.

L'homme de service fit une moue dubitative qui n'annonçait rien de bon.

— Hum, je ne sais pas s'il est là. Tu l'as vu ce matin, toi ?

— Non. Pas vu, confirma le diacre au visage d'enfant.

— Alors, c'est qu'il n'est pas là. Il a déjà dû partir pour l'évêché.

— L'évêché, c'est ça.

De toute évidence, on leur avait donné une consigne.

— Il m'attendait, insista-t-elle.

— C'est bien possible, mais que voulez-vous que je vous dise ? S'il n'est pas là… il n'est pas là ! conclut le valet, haussant les épaules.

— Bien…, soupira-t-elle. Vous pourrez lui rapporter ma visite ?

— On n'y manquera. Clara, c'est ça ? demanda-t-il avec désinvolture.

— Non, Chiara.

— D'accord.

Comme elle repartait d'où elle était venue, elle put capter leurs rires sous cape, entrecoupés de baisers simulés, aussi grotesques que sonores. L'un d'entre eux, probablement le valet, plus âgé et insolent, devait mimer ce qu'il ferait à une telle beauté, dès qu'il aurait assez d'argent pour s'offrir ses services.

Elle négligea l'injure et, dès l'angle suivant, elle bifurqua sur le *campo* San Bartolomeo, puis encore à droite sur la *calle* San Antonio. Parvenue au bord du *rio* della Fava, un canal secondaire et néanmoins de belle largeur, elle put constater de ses yeux ce qu'elle avait pressenti : accotée au petit débarcadère privé de la maison Chiutto, une luxueuse gondole stationnait. Débâchée et prête à partir. Sur le flanc du bateau, on pouvait distinguer les armes de l'évêché de Castello. Même à une telle distance, il était identifiable à son chapeau cardinalice rouge qui coiffait le blason.

Ces hommes avaient menti, bien sûr. Leur maître était là. Et ses belles paroles prononcées dans la ferveur d'une étreinte s'étaient depuis dissipées, comme les étoiles s'effaçaient dès la fin de la nuit. Il ne la recevrait pas. Ni elle ni les siennes. Il ne ferait même pas l'effort d'entendre ce qu'elle avait à lui dire. Elle savait à quoi s'en tenir, désormais.

Elle ne valait guère mieux, aux yeux du prêtre, que ces déchets qu'elle voyait couler dans le *rio*, depuis le *jagliaco* d'eaux usées jaillissant du mur.

*

Il aurait reconnu sa voix entre mille.

Il avait perçu sa présence sans même la voir.

Dès les premiers échos parvenus du perron, il s'était posté à une étroite lucarne qui donnait sur la rue. Elle se tenait là, plus éclatante encore que dans ses souvenirs. Malgré l'impolitesse manifeste de son personnel, elle restait digne. Élégante dans sa robe noire enveloppée d'une soubreveste de même couleur. Si seulement il avait pu sortir, se montrer à elle, il aurait giflé les deux impudents. Et elle, elle… il l'aurait aimée là, à même le pavé mauvais, sans crainte des regards et des quolibets. Sans peur des conséquences.

Mais qui cherchait-il à abuser avec de telles rêveries ? Le choix avait déjà été fait. Et l'option prise, aussi cruelle fût-elle, était la seule possible. Il ne le savait que trop bien.

Tout s'était joué l'avant-veille, le lendemain de cette folle nuit de la Chandeleur, nuit de feu et de serments soupirés. Car dès les heures suivantes, Vaselli l'avait de nouveau convoqué. Et cette fois-ci, le ton n'était plus si amical, et les perspectives offertes très loin de ressembler à une promotion. Aux menaces de bannissement et d'excommunication le visant s'étaient jointes celles pesant sur Chiara. « Encore une seule de vos petites retrouvailles galantes », avait promis l'évêque, dont la mine bonasse n'avait plus rien de bienveillant, « et je la fais enfermer à vie… À moins que Sa Seigneurie ne la préfère pendue ». S'il voulait aider cette femme, agir pour sa sécurité, il devait s'en tenir à la mission qu'on lui avait confiée, et que le Grand Conseil venait d'entériner. Toute autre initiative de sa part serait considérée comme un fait de haute trahison, et jugé comme tel.

Pourtant, le plus insupportable n'avait pas été dit à l'évêché. Ni de la bouche de Vaselli. Les mots qui l'avaient crucifié étaient venus du plus amical de ses maîtres. Pietro Dolfin en personne. Dans sa chambre du palais ducal.

— Nicola, j'ai pris une grande décision.

— Vraiment ? Laquelle ?

— Je vais prendre femme.

— Tu vas te marier ? Toi ?

— Je n'ai pas dit ça, mon ami. J'ai juste dit que j'allais m'adjoindre les services d'une femme.

— Attends, tu veux dire… une courtisane ?

— Tout juste, une courtisane.

— Mais qui vivrait ici, au palais ?

La mode se répandait comme traînée de poudre parmi les jeunes patriciens célibataires. En attendant le parti idéal, synonyme d'une alliance entre Cà de prestige et de fortunes comparables – les enjeux patrimoniaux étaient si importants que de telles alliances demeuraient chose rare – ces messieurs se divertissaient sans vergogne, n'hésitant pas à officialiser leur relation régulière avec une prostituée à la beauté et aux talents remarquables. Peu d'entre eux avaient osé jusqu'ici héberger ladite courtisane sous leur toit, et que le propre fils du doge envisage une telle entorse à la bienséance était un signal fort d'évolution des mœurs. De relâchement, chuchotait-on chez les plus pieux.

— Évidemment, ici ! Tu crois que je vais aller me cramer les fesses tous les jours au Rialto ? s'esclaffa-t-il.

— Très bien, approuva Nicola du bout des lèvres. Et tu as déjà fait ton choix ?

— Hum, je crois bien, oui…

Le prélat se pétrifia.

Il ne pouvait y avoir qu'une seule beauté assez remarquable dans tout Venise pour fixer ainsi la concupiscence sans borne du jeune libertin. Une seule femme assez inoubliable pour qu'on soit prêt à enfreindre pour elle toutes les règles en vigueur. La *sienne*. Chiara. Celle que le jeune prince désignait encore comme l'Aragonaise.

La reine de sa récente orgie.

L'après-midi qui suivit, Nicola se rendit à l'Arsenal comme on monte au bûcher. Il n'écouta rien ou presque des débats concernant la mise en œuvre du bordel fermé. Il vota ce qu'on lui demandait de valider. Il acquiesça sans discuter aux dispositions qu'on lui soumettait. Il feignit même de s'intéresser à l'exposé des médecins sur de nouveaux ustensiles venus de France, destinés à empêcher les catins de devenir trop souvent grosses. Mais la vérité, c'est qu'il n'était pas là.

C'est tout juste s'il saisit le nom qui circulait déjà de bouche à oreille, et qui tintait de manière presque chantante pour la grille d'une geôle : Castelletto.

Au moins Chiara y échapperait-elle peut-être.

Au moins ne serait-il pas celui qui l'emprisonnerait.

*

L'entrée de Filippo Dona à San Matteo se fit dans un silence de mort.

Il conduisait ce matin-là une troupe hétéroclite d'architectes, d'ouvriers et de gardes de son corps d'armes. L'attroupement des catins du quartier sur leur passage était cette fois-ci plus curieux qu'hostile. Pas de lazzis ou de cris haineux. Juste des regards suspendus à ce qui allait se passer sous peu, derrière les murs des *volte* Venier et Morosini.

— Seigneur Dona ! l'apostropha Lucia Nigra dès qu'il fut descendu de cheval. Votre présence honore ce lieu.

— Hum… Je ne suis pas très sûr qu'on puisse parler d'honneur s'agissant de sa vocation.

Les courbettes obséquieuses de la matrone n'étaient pas vraiment de nature à amadouer l'officier. Il était là pour planifier l'installation du Castelletto et ne semblait guère disposé à se laisser distraire de son office.

— Oui, bien sûr… Je voulais juste vous souhaiter la bienvenue au nom de toutes.

— C'est très aimable à vous, Lucia, grommela-t-il. Mais je ne compte pas m'éterniser. Dites-moi plutôt lequel de ces immeubles conviendrait à vos filles, qu'on en finisse.

On n'apprenait pas la grimace à un vieux singe tel que Filippo Dona. Les politesses forcées de la souteneuse n'avaient bien sûr d'autre objet que d'obtenir de lui les meilleurs logements possible pour son cheptel.

Vexée d'avoir été percée à jour, et néanmoins satisfaite d'être la première servie, elle l'entraîna à sa suite dans la *calle* San Matteo, une ruelle équidistante du *campo* Beccarie et du *campo* San Giacomo, et de fait l'une des plus fréquentées par la clientèle des marchands. Les maisons n'y étaient pas plus belles ou spacieuses qu'ailleurs dans le quartier, mais à lui seul leur emplacement justifiait son choix.

— Très bien. J'attribue donc les *volte* une à six à Lucia Nigra et ses filles, approuva Dona d'un air las.

À peine eut-il dit cela, qu'une volée d'autres matrones se ruèrent sur lui, pour le circonvenir à leur tour.

Pourtant, le transfert des filles, fixé aux jours suivants, ne faisait pas que des heureux parmi les commerçants alentour. Pour les aubergistes de San Matteo, qui ne masquaient pas leur grogne, le départ des prostituées de leurs établissements représenterait un sérieux manque à gagner. Entre les chambres louées, les repas servis et les divers offices dispensés aux clients de ces dames, le commerce de la chair vivante représentait une part non négligeable de leurs revenus.

Qui compenserait leurs pertes ? Qui les dédommagerait ? Personne, sans doute.

Un tenancier mécontent disait son fait à Sandro Lombardo, lequel paraissait peu perméable à la plainte du commerçant, quand Basile l'affranchi passa à proximité. Le ruffian lâcha aussitôt son interlocuteur pour saluer l'espion noir.

— Basile, mon ami !

— Je ne suis pas ton ami, Sandro. Ton informateur, peut-être, mais pas ton ami.

— Crois-moi, un mouchard de ta qualité gagne forcément mon amitié. Alors, qu'as-tu à m'apprendre d'intéressant en cette belle journée ?

D'un geste explicite qui désignait la *furatole* la plus proche, Basile lui signifia que de telles confidences ne se dispensaient pas en pleine rue. Ils entrèrent ensemble dans l'estaminet et s'installèrent à la première table disponible. Un pichet de vin clair et deux godets apparurent presque aussitôt devant eux, comme par magie.

— Ce que tu as à me dire est donc si sensible ?

— Je dirais plutôt… amusant.

— Parle ! Parle ! souffla Sandro, sa curiosité mise au supplice.

— Tu te souviens de la petite orgie organisée en l'honneur de Pietro Dolfin ?

— Pour cause. Je te rappelle que c'est moi qui ai fourni la marchandise.

— Toi… tu veux dire Lucia ?

— Oui, oui, bien sûr, esquiva-t-il, agacé.

— Eh bien, figure-toi que l'une de tes filles a fait grande impression au jeune prince.

— Laquelle ?

— À ton avis… ?

— Question stupide…, se réprimanda-t-il lui-même. Mais jusque-là, tu ne m'apprends rien que je ne sache déjà.

— Attends, le pondéra l'espion. La vraie nouvelle, c'est que le prince paraît si content d'avoir trouvé sa princesse qu'il voudrait en faire sa courtisane attitrée.

— Tu es sérieux ?

— On ne peut plus. Parmi ses domestiques, on parle d'une installation imminente de l'Aragonaise au Palais ducal.

Un instant, Sandro en resta sans voix. Puis il dut entrevoir tout le profit que Lucia et lui pourraient tirer d'une telle transaction. S'il était aussi accroché que le prétendait Basile, le fils du doge serait prêt à lâcher une vraie fortune pour fixer Chiara à son service exclusif. Le ruffian se remémora ce que lui avait prédit Lucia, et une fois de plus il s'émerveilla de la clairvoyance de sa maîtresse.

Ce que ni lui ni l'affranchi n'avaient perçu, en revanche, c'est la présence, à quelques coudées d'eux seulement, d'une crinière flamboyante dissimulée sous une table. Quand ses clients la payaient assez, Gina ne rechignait pas à leur offrir ce genre de petite faveur en public, protégée malgré tout des regards par le plateau de chêne, et la longue nappe dont les côtés léchaient le sol crasseux.

Bien qu'occupée, elle avait tout saisi de leur conversation.

*

— Tu ne peux pas me faire ce coup-là deux fois, Chiara ! Pas toi !

La furie rousse avait déboulé dans la chambrette en hurlant.

— Mais c'est *toi* qui me l'apprends ! se défendit la blonde.

— Tu veux me faire croire que le fils du doge va te prendre pour épouse et que personne ne t'en a informée ?

— Oui ! Je te le jure. D'ailleurs, si je te suis bien, ce n'est pas une femme qu'il veut, mais une courtisane.

— Courtisane, épouse… C'est pareil ! Toi, tu pars vivre dans un palais, et moi, je reste dans cette prison !

La douleur qu'elle contenait depuis des jours jaillit d'un coup. À travers ses larmes, elle entrevoyait leurs deux destins. L'un cousu d'or, croyait-elle ; et l'autre, le sien, éternellement tragique.

Ses sentiments se mêlaient les uns aux autres, sans qu'elle parvienne à en défaire l'écheveau. Elle en voulait à son amie et s'en voulait aussitôt de lui en vouloir. Le conflit qui l'agitait depuis des jours n'était plus tenable. Il lui fallait trouver un responsable à son désarroi. Et cette responsable, elle l'avait devant elle. Celle qui couchait pour son bon plaisir avec l'ennemi. Celle qui s'était bien gardée de le lui dire. Celle qui pactisait avec les autorités, leur faisant miroiter Dieu sait quel recours.

Elle refluait à présent vers la porte de guingois. Chancelante.

— Gina ! Gina, attends !

— Laisse-moi, se dégagea-t-elle.

— Rien n'est encore fait. Je suis là, avec toi ! Je peux supplier Mosca de nous aider toutes les deux. On peut partir ensemble.

— C'est trop tard.

— Non ! On peut s'enfuir aujourd'hui. Dès maintenant, si tu veux !

Mais déjà la jeune femme s'échappait dans l'escalier. Éperdue. Sourde à tous les appels.

# 17

*6 février*

Drapier et fils de drapier, Domenico Bellini jouissait dans tout le Rialto d'une réputation de marchand intègre, mais dur en affaires. Son gabarit d'ogre y contribuait sans doute pour beaucoup, car rares étaient les fournisseurs ou les clients qui se risquaient à contester ses prix ou la qualité de ses étoffes. Haut de plus de six pieds et demi, aussi large qu'un buffle, le crâne aussi glabre que celui d'un nouveau-né, il dégageait une impression de puissance paisible, mais que le moindre chiffon rouge était susceptible d'exciter.

Ce jour-là, par exemple, la maladresse crasse de l'une de ses employées avait déclenché l'une de ses colères homériques, hors de proportion si l'on considérait la faute commise : une pile d'échantillons brodés tombés sur le sol constellé de cendres.

— Espèce d'idiote !

— Je suis désolée, maître.

— Désolée ? Désolée ? mais je me fiche bien que tu sois désolée ! Ce sont peut-être tes « désolée » qui vont me rembourser ces métrages précieux ?

Les invectives et les jurons du géant ne semblèrent pas émouvoir les commerçants des alentours. Ils devaient avoir l'habitude de ses éclats.

La pauvre fille qu'il conspuait, elle, essuyait sans doute l'une de ses premières dégelées, car elle se racornissait un peu plus à chaque cri, manifestement au bord des sanglots.

— Ça suffit, peut-être, là ? Je pense qu'elle a compris.

Débarquée en plein esclandre, Chiara n'avait pu s'empêcher d'intervenir. Qu'un homme puisse abuser ainsi de sa force l'indignait toujours. Et, ce jour-ci plus que tout autre jour, elle ne se sentait pas prête à laisser filer de telles injustices sans rien dire.

Le drapier la dévisagea avec hostilité, un peu surpris qu'on ose l'interrompre en plein défoulement, puis lui lança sur un ton peu amène :

— Qui es-tu, toi ? De quel droit interviens-tu dans mes affaires ?

Chiara se mordit la joue. Elle n'aurait pas dû aborder l'homme de cette manière. Pas avec ce qu'elle s'apprêtait à lui dire. Mais cela avait été plus fort qu'elle.

— Je... Je viens de la part de l'abbé Chiutto. Il vous a parlé de moi, je crois.

— Ah oui..., se radoucit la brute, le regard encore brouillé par la colère. Tu ne tombes pas très bien.

— J'ai cru comprendre, en effet.

— Mais viens, suis-moi à l'intérieur.

Elle lui emboîta le pas dans la petite échoppe sans se faire prier. Le local était sombre et étroit, long boyau qui traversait l'immeuble de part en part, percé d'une unique fenêtre à chaque extrémité, et dont les murs étaient couverts de rayonnages encombrés de rouleaux. Toutes les natures et les qualités d'étoffes possibles s'y côtoyaient. De la soie la plus rare au chanvre le plus brut.

Parvenu au centre, il lui indiqua une paire de tabourets minuscules et branlants, et s'assit sur l'un des deux, qui parut prêt à rompre sous son poids.

— J'avoue que je n'ai pas très bien compris ce que m'a expliqué le père Chiutto. Il a été plutôt vague.

— Il faut dire que l'affaire n'est pas simple, grimaça Chiara avec un sourire gêné.

La lettre de Nicola qui lui était arrivée la veille au soir l'avait pour le moins déconcertée. Sans expliquer les raisons de sa dérobade, il s'y excusait de n'avoir pu la recevoir le jour même, puis changeait aussitôt de sujet. Les lignes suivantes, assez confuses, indiquaient qu'il avait mené sa propre enquête sur les origines pour le moins obscures de la jeune femme. De fil en aiguille, n'hésitant pas à interroger en personne tous ceux qui avaient fréquenté de près ou de loin Luiza d'Aragon dans ses jeunes années, il avait remonté sa piste jusqu'à cet homme : Domenico Bellini, drapier de son état, et client le plus assidu de la catin au cours des mois où Chiara avait été conçue. Certes, une bonne douzaine d'autres hommes pouvaient être son père. Mais disons que l'hypothèse Bellini était la plus plausible, si ce n'était la plus probable.

La jeune femme avait d'abord cru à une diversion de la part du prêtre. Un moyen de détourner sa fureur et d'atténuer sa haine. Puis elle s'était malgré tout résolue à faire ce que lui conseillait Nicola dans ses derniers mots : confronter son père supposé.

Affronter enfin son passé.

Ce n'était pas un écran de fumée que lui opposait Nicola ; mais bien un miroir.

— C'est absurde ! gronda l'hercule au crâne chauve, quand Chiara eut fini son récit. Pardonne-moi si je te choque, mais ta mère… ta mère était l'une des meilleures gagneuses de tout le Rialto. Elle était fort jolie, ça je veux bien le reconnaître. Mais qui sait combien d'hommes elle a pu *recevoir* à cette période ? Des dizaines ? Des centaines ?

— Si j'ai bien compris, vous étiez son client le plus régulier.

— Peut-être, ou peut-être pas… Allez savoir, avec vous autres !

À aucun moment, elle n'avait spécifié qu'elle avait repris le flambeau maternel, mais l'homme était assez roué pour l'avoir déduit de lui-même.

— L'aubergiste qui logeait ma mère à cette époque est formel, cita-t-elle sans se démonter le témoignage recueilli par Nicola : vous avez fait porter un assortiment de draps propres à ma mère, juste après l'accouchement. Quel client se montrerait aussi attentionné, s'il n'était pas un peu plus qu'un client ?

— Eh bien quoi ! J'ai été généreux avec une femme que je trouvais à mon goût. La belle affaire !

Si c'est un péché d'être galant, de nos jours, il faut le dire, j'arrêterai tout de suite !

Au vu de l'incident qu'elle avait surpris, la galanterie et le respect des femmes ne semblaient pas ses qualités premières. Elle contint cependant sa rage, et reprit avec tout le calme dont elle était encore capable :

— Entendez-moi, maître Bellini. Je ne suis rien venue vous réclamer. Je ne prétends ni à votre argent, ni à votre nom… pas même à une pile de draps propres. Tout ce que je veux, c'est comprendre.

— Mais il n'y a rien à comprendre ! se dressa-t-il soudain de toute son imposante stature. Ta mère était une putain et tu n'es la fille de personne ! La voilà, la seule vérité !

L'adage qu'elle avait elle-même servi à Nicola, la nuit de leur première étreinte, lui revint en mémoire : « La putain qui prétend connaître le père de son enfant est une menteuse. »

Aussi juste fût la formule, se l'entendre hurler par celui qui était peut-être son père était d'une violence inouïe. Elle demeura coite un moment. Statufiée. Nicola pensait sans doute lui faire un cadeau, en lui offrant cette information. Mais, parfois, le sirop de la connaissance n'était-il pas plus amer que le poison de l'oubli ?

Elle ne savait plus quoi faire. Ni dire. Bellini le drapier semblait rétif à toute exploration en règle de son passé. Il était à présent un marchand respectable au soir de sa vie. Il n'acceptait plus d'autres troubles que ceux de son corps déclinant. En cela, elle pouvait comprendre sa réaction.

Le pas lourd et l'œil hagard, l'homme se dirigea vers un coffre en bois posé à même le sol, dont il sortit une cassette marquetée. D'une clé défouraillée de sa poche, il débloqua le verrou de la boîte, et, d'une main gauche et un peu tremblante, il se mit à extraire des pièces si dorées qu'on les eût crues frappées le jour même. Une à une. Il ne semblait pas vouloir s'arrêter.

— Qu'est-ce que vous faites ? l'interpella Chiara.

— Si j'ai commis une erreur…, murmura-t-il d'une voix sourde, je suis prêt à la réparer. Si tu veux, j'irai aussi allumer quelques cierges à San Giacomo en mémoire de ta mère.

Le coffret aux trois quarts vide, il enveloppa son butin dans une chute de soie pourpre, laquelle il noua d'un fin lacet de cuir qui traînait là. Alors seulement il présenta la bourse ainsi composée à sa visiteuse :

— Tiens. C'est tout ce que je peux faire pour toi.

— Non…, geignit Chiara. Non, je vous l'ai dit, je ne suis pas là pour ça.

— Je n'ai pas d'enfant, reprit-il sur un ton de plus en plus accablé, son bras toujours tendu en direction de la femme. Je n'en ai jamais eu. Mon épouse est morte il y a près de dix ans, sans m'en laisser aucun. Et, vois-tu, je crois qu'il est un peu tard à présent pour m'en découvrir.

Elle ne sut quoi répondre à cette confession. Elle qui se croyait face à un monstre insensible, voilà qu'il lui dévoilait un puits de douleurs au moins aussi profond que le sien.

— Quel père serais-je pour toi ? Un vieux grognon qui te houspille comme il houspille ses employés ? Un père qui a honte et qui évite ton regard quand il te croise dans la rue ? C'est vraiment de ça que tu as envie ? Je ne pourrai jamais combler ce qui t'a manqué. Je ne serai jamais le papa qui te fait sauter sur ses genoux et t'emmène manger des *galani* au Carnaval. C'est trop tard. C'est fini.

— Je…, bredouilla-t-elle, ébranlée par le désarroi du colosse.

Il agita la petite poche tintinnabulante, dont l'étoffe luisante brillait dans la pénombre. On aurait dit un cœur d'agneau encore palpitant.

— Je ne sais pas à quoi ressemble exactement ta vie actuelle. Et, excuse-moi encore, je ne veux surtout pas le savoir. Mais je suis certain que ceci t'aidera à la rendre un peu plus douce. Prends donc ça. Crois-moi, c'est encore ce que je peux te donner de meilleur.

À peu de choses près, ces derniers propos étaient ceux que lui avait tenus Alvaro Mosca, la veille au soir. Quand il avait eu vent de la rumeur qui la liait de manière imminente au jeune Dolfin, il s'était précipité à sa rencontre et avait proposé de financer son départ immédiat, et même celui de Gina, cette fois sans poser la moindre condition. Tant pis s'il y perdait les précieux ducats nécessaires à sa campagne électorale. Tant pis s'il hypothéquait ses chances de siéger au Grand Conseil ou si ces messieurs les magistrats du Piovego lui interdisaient de bonifier ses derniers îlots. Tout ce qu'il voulait, c'était qu'elle échappe à cet enfer.

Comme elle refusait la bourse que lui tendait à cet instant Bellini, elle avait décliné l'offre de son vieil ami et protecteur. Partir, oui, elle le voulait plus que jamais. Mais pas en sacrifiant ceux qu'elle aimait. Pas en laissant derrière elle un champ de ruines comparable à celui dans lequel San Matteo s'était réveillé quelques jours plus tôt.

Elle esquissait déjà son départ, quand le géant Bellini la rattrapa par le bras. Sans brusquerie ; plutôt avec autorité.

— Attends…, souffla-t-il. J'ai plus d'or qu'il ne m'en faut pour mes vieux jours. Et comme je te l'ai dit, je n'ai personne à qui le léguer. Si ce n'est pas toi qui en profites, il finira dans les caisses du doge à ma mort. Ne prends pas ce don comme une réparation. Considère-le plutôt… comme un pied de nez que tu ferais à ceux qui te martyrisent.

Et sans attendre sa réponse, il fourra la lourde poche entre les mains graciles.

Comme tous au Rialto, il avait eu vent de l'installation prochaine du Castelletto. À sa manière, plus subtile que ne le laissait supposer son apparence, il manifestait sa désapprobation. Il prouvait que son attachement aux filles publiques dépassait ses seules fringales sensuelles.

Sur le pas de sa porte, il lui jeta un ultime regard, plein cette fois d'une douloureuse compassion. Le titan irascible avait disparu, laissant place à un homme terrassé par les épreuves de sa vie.

— Tu sais…, murmura-t-il d'une voix étranglée. C'est moi qui ne pouvais pas avoir d'enfant. Comme ma femme ne tombait toujours pas enceinte, j'ai tenté ma chance avec toutes celles qui voulaient bien de moi. Y compris ta mère. Ça n'a marché avec aucune d'entre elles. Enfin... c'est ce qu'elles m'ont toutes dit. Et qui sommes-nous pour prétendre comprendre quoi que ce soit à ces mystères ?

*Nous.* Eux. Les hommes.

*

Chiara s'épargna l'humiliation d'une nouvelle rebuffade à l'entrée principale et se rendit directement à l'arrière de la maison Chiutto. Au bord du *rio* della Fava. De là, elle n'aperçut rien cette fois qui ressemblât à une gondole épiscopale. Les seules embarcations présentes étaient de modestes barques de marchands, ou au contraire de lourds *marani* dédiés au transport des charges importantes, lestés de pierres ou de madriers.

Elle patienta malgré tout près d'une heure à l'abri d'un portique, pour s'assurer qu'il ne s'agissait pas d'un nouveau stratagème, ou simplement surprendre le retour du maître de céans. Mais aucune gondole ne se profila sur le canalicule, et plus le jour déclinait et plus il apparaissait évident que le prêtre ne rentrerait pas chez lui avant longtemps.

Elle aurait dû regagner sa chambre. Se soucier de Gina. Ou raconter sa mésaventure du jour à Angela. Elle aurait pu chercher Rolando, elle avait à peine vu le gamin depuis la nuit de l'incendie, et le charger de retrouver la trace de Nicola. Mais elle ne fit rien de tout cela.

Elle préféra se fondre dans la foule carnavalesque qui envahissait les étals des *Mercerie*. Laisser ses oreilles vibrer des harangues des marchands. Emplir ses yeux de tumulte et de couleurs. Gonfler son nez des mille senteurs exotiques qui lui revenaient de telle échoppe d'épices, ou tel négociant en alcools fins. Depuis la visite impromptue de Dona et de ses hommes, la communauté des putains bruissait de mille rumeurs plus terribles les unes que les autres. Mosca en personne avait dû intervenir pour dissiper ces fâcheux malentendus et exposer à la place les véritables règles édictées par la commission de l'Arsenal. Mais les ragots étaient tenaces, et le climat délétère qui en résultait collait au quartier comme la suie et la cendre du récent sinistre.

Bouclée à San Matteo ou bouclée au palais ducal, quand jouirait-elle à nouveau d'une telle liberté ?

À mesure que le jour déclinait, l'allégresse ambiante glissait peu à peu sur elle. Ni les masques qui commençaient à fleurir un peu partout, ni la presse joyeuse qui la cernait de toute part ne parvenaient à gommer la mélancolie qui l'avait gagnée.

Sans Gina, sans Angela, sans Nicola et désormais sans père, à quoi rimait sa vie ? Au détour d'une petite rue de traverse, elle s'engagea dans celle-ci. Le boyau sombre était désert. Au bout, elle avisa une *piscina*, petit bassin privé attaché à une Cà quelconque. Elle se pencha sur l'eau aussi lisse et calme qu'une surface vitrée. Son visage parfait lui apparut. Sans lui, jamais Lucia ne l'aurait manipulée de la sorte. Sans lui, on ne l'aurait pas destinée au fils du doge. Sans lui, elle serait comme Gina et les autres, et son amie ne se serait pas détournée d'elle.

La solution lui apparut comme une évidence. Si elle balafrait sa joue comme celle d'Angela, elle perdrait toute sa valeur. Finis la convoitise et le destin singulier. Finies les tractations dans l'ombre, et les amours déçues. Lucia la remiserait à des passes subalternes. Nicola disposerait du meilleur motif possible pour se détourner d'elle. Elle redeviendrait une putain ordinaire, ou moins que ça encore, et elle pourrait s'abandonner à sa destinée. Sans grandes illusions. Sans autre ambition que voir le jour suivant se lever.

Sur la margelle en pierre, des ivrognes avaient dû briser leur bouteille une fois celle-ci éclusée. Des éclats constellaient la dalle de pierre. Elle sélectionna le plus tranchant et l'approcha lentement de sa peau tendre. Le contact en était glacé. Elle contrôla dans le miroir improvisé qu'elle ne risquait d'entamer rien d'autre que la partie charnue de sa figure, et se mit à presser la lame de fortune. Sur sa joue rebondie baignée de larmes.

— Tu fais quoi, Princesse ?

Dans son dos, la voix grave d'Angela figea son geste. La première goutte de sang perlait tout juste sous le verre brisé.

— Je te manque tant que ça, que tu veuilles me ressembler ?

# 18

*10 février*

— Cent cinquante ducats, grinça l'homme au faciès patibulaire.

Il refusait obstinément de donner son nom, mais il était réputé dans tout le Rialto comme le seul passeur fiable. Celui qui pouvait conduire n'importe quel Vénitien en fuite sur le continent, sans craindre les patrouilles ducales ou les questions trop pressantes des divers intermédiaires. C'est cette sécurité supposée, ainsi que les nombreux pots-de-vin qu'il distribuait en route, qui justifiait le montant exorbitant qu'il exigeait en échange de ses services.

— Oui, je connais le tarif, répliqua Chiara. Je vous demande juste si vous faites un prix pour deux passagers ?

— Je viens de vous répondre : cent cinquante ducats par personne. Pas un ducat de moins.

L'homme habillé de hardes était inflexible. Bien qu'ils se fussent retrouvés en pleine rue, une venelle fétide derrière San Aponal, il tenait à la main une longue perche destinée à la navigation. Sur la terre ferme, l'objet devait probablement lui servir d'arme, ou à tout le moins d'objet de dissuasion.

— Et on paie la totalité d'avance, ajouta-t-il sur un ton détestable.

Trois cents ducats, cela représentait la quasi-totalité du legs de Bellini. Après avoir réglé l'escroc, il ne lui resterait plus que quelques pièces pour subvenir à leurs besoins.

Mais avait-elle le choix ?

La main tremblante, elle lui tendit la bourse de soie pourpre et son contenu sonnant et trébuchant. Voilà qu'elle était pauvre, à nouveau. Pauvre, mais bientôt riche d'un bien qu'elle n'avait jamais possédé.

*

La veille, l'annonce avait couru les rues de San Matteo : cette fois, l'ouverture du Castelletto était imminente. Les *volte* dûment réparties entre les différentes matrones, puis rafraîchies à la hâte par une armée d'ouvriers réquisitionnés à l'arsenal, le transfert des filles dans leurs nouveaux quartiers n'était plus qu'une question d'heures. La ceinture de gardes avait déjà été mise en place tout autour du périmètre, condamnant les diverses issues. La muraille du Castelletto était peut-être invisible, mais dorénavant elle n'en était pas moins infranchissable.

Il fallait fuir avant d'y être définitivement casernée…

Mais ce que Chiara redoutait par-dessus tout, c'est sa présence à *lui*. Mosca avait été formel : Nicola Chiutto dirigerait en personne ce que les autorités avaient pudiquement baptisé du terme d'« aménagement sanitaire ». Il serait là, sur son cheval, comme la toute première fois qu'elle l'avait aperçu. Au même endroit.

Elle ne pouvait supporter d'être l'une des victimes de sa lâcheté, une parmi tant d'autres.

Le passeur avait fixé leur rendez-vous au coucher du soleil, plus ou moins autour de la cinquième heure de l'après-midi. Le dernier pont enjambant le *rio* Marin, un affluent du Grand canal en amont du Rialto. De là, ils rejoindraient rapidement l'embouchure occidentale du Canal, et s'échapperaient jusqu'au continent. Depuis la rue de l'Ange, cela faisait un bout de chemin. Mais Gina connaissait encore mieux qu'elle les raccourcis et autres subtilités topographiques de cette partie de la ville. Elle leur assurerait une discrétion accrue, et leur ferait sans doute gagner un temps précieux.

Encore fallait-il la convaincre…

*

Rolando avait dit vrai.

À l'auberge de la Citrouille, Gina était vautrée contre l'un de ses clients habituels, une impressionnante collection de pichets alignés sur leur table. Chiara reconnut *l'arsenalotto* qui fréquentait les filles du quartier avec assiduité, et plus spécifiquement son amie rousse. Peut-être avait-il été réquisitionné pour les fameux travaux d'aménagement.

Avachis dans les bras l'un de l'autre, manifestement saouls, les amants réagirent à peine quand la blonde haussa le ton :

— Gina ! Gina, c'est moi. Il faut que tu me suives.

— Ça alors ! brailla l'ivrogne en entrouvrant un œil. C'est ma *putain* de meilleure amie !

— Quoi ? beugla son compagnon.

— Mais si, je t'en ai parlé. C'est celle qui m'a trahie !

Chiara leur intima plus de retenue, mais ils étaient si imbibés que rien ne semblait pouvoir leur faire entendre raison. Tirant sur un bras qui pendait le long de la banquette, elle tenta d'arracher son amie aux pesanteurs de l'alcool.

— Tu connais Scarabello ? reprit la soûlarde. Je te l'ai pas présenté ? C'est le client qui a mis le feu à ma maison ! Pas vrai, Gianni ?

Son compère de beuverie éclata de rire, mais ne démentit pas.

L'information médusa un instant Chiara, mais très vite elle reprit ses esprits.

— Gina, je suis très sérieuse. Il faut que tu viennes avec moi. Maintenant !

— Ah, ah, ah ! Mais moi aussi, je suis sérieuse ! Hein, mon Scara ! Tu sais que ça m'excite, moi, le feu ?

Et la rouquine embrassa l'ouvrier grassouillet à pleine bouche.

Dans le brouhaha de l'*osterie*, on ne les entendit pas tout de suite. Mais plus elles volaient et retentissaient avec vigueur, et plus elles devenaient audibles. Les cloches de San Matteo !

Cette fois-ci, elle ne laisserait pas le choix à sa camarade. Chiara tracta de toutes ses forces le bras ballant et extirpa Gina d'un coup. L'arsouille manqua tomber, se raccrocha comme elle put aux hanches de son amie et se laissa traîner jusqu'à l'extérieur de la gargote, où déjà les prostituées s'agitaient en tous sens. Le branle-bas annoncé venait de se déclencher. Partout, des filles publiques lestées de leur bagage se pressaient vers le point de rassemblement désigné, partagées entre la peur et l'espoir. Certaines n'avaient pris que ce qu'elles portaient sur elle ou presque, d'autres étaient chargées comme des mules ou revêtues de plusieurs couches de vêtements.

— Où est-ce qu'elles vont toutes ? grogna Gina sans articuler.

— À un endroit où tu n'as pas envie d'aller, crois-moi.

— Et nous alors, on fait quoi ?

— On… On quitte tout ça.

— Et Angela ? Elle vient pas avec nous, Angela ?

— Non. Angela préfère rester ici.

Gina ne commenta pas ces dernières informations et s'agrippa un peu plus encore aux épaules de sa bienfaitrice. Chargée d'un tel poids, la progression était moins rapide et surtout moins furtive que ne l'avait espéré Chiara. Elles durent en outre emprunter une succession de rues secondaires, pour éviter le flot humain qui convergeait vers le *campo* Beccarie.

À un moment, elle crut reconnaître la silhouette équestre qui invectivait les catins, toute de noir vêtue, mais elle détourna aussitôt son regard, vers l'avant, vers la liberté.

Une fois passés les premiers ponts fixes ou temporaires, elles furent à peu près seules dans les venelles qui s'ouvraient devant elles. Le plus dur était fait. Quelques minutes encore à ce train, et elles atteindraient le *rio* San Giacomo, lequel pouvait être longé sans obstacle jusqu'au *rio* Marin.

*

Chiara reconnut la crapule de loin.

Vêtu des mêmes nippes dégoûantes que le matin. En avance sur l'heure convenue. Il fallait au moins lui reconnaître ça : il était cher, désagréable, mais au moins digne de confiance. L'individu lui adressa un signe de son interminable canne et désigna d'un mouvement de tête explicite l'embarcation amarrée non loin.

— Oh, un bateau ! s'exclama Gina du fond de son ébriété. J'aime pas trop les bateaux. Ça me donne mal au cœur…

— Tout va bien se passer, la rassura Chiara. Tu vas juste monter dessus et t'allonger au fond. Après, tu auras tout le temps voulu pour dormir.

Elles approchaient de l'embarcadère, quand elle nota le regard oblique du passeur. Il fixait un point derrière elles deux, vers le petit *campo* San Simeon. Le coup d'œil était fugace, mais perceptible. Quand elle se retourna dans la direction concernée, il était trop tard.

— Alors Princesse, ta nouvelle maison ne te convient pas ? Tu as trouvé mieux ailleurs ?

La dague à la main, Sandro marchait vers elle, à pas lents, mais résolus.

— Tu ne peux pas nous retenir ! s'écria-t-elle.

— Tu crois ça ?

— On a déjà payé cet homme. Que tu le veuilles ou non, nous partons ce soir.

Mais dans son dos, le batelier véreux avait détaché sa barque, et s'éloignait à présent de la rive, flottant vers le Canal. Il était probable que l'homme avait reçu une seconde et solide récompense pour prix de sa félonie.

— Tu devrais te méfier des bonnes adresses que tout le monde recommande, ricana le ruffian. Ce sont rarement les mieux tenues.

Acculée à la berge, Gina assoupie dans ses bras, elle ne savait plus quoi faire. Il était donc dit qu'elle ne parviendrait jamais à s'extirper de cette ville.

Coudée après coudée, Lombardo se rapprochait. Il tendait sa main libre vers elle. Le geste se voulait conciliant, presque amical :

— Allez, *Bella.* On arrête les enfantillages. Lucia m'a promis que si tu revenais sans faire d'histoires, elle saurait être magnanime.

— … ?

Un gamin déchaîné avait sauté d'un bond sur le dos du souteneur. De son avant-bras malingre, il tentait vainement d'étrangler l'homme armé.

— Rolando ! hurla-t-elle. Rolando, arrête !

L'enfant des rues était enragé.

Lui qui avait tout deviné des projets de Chiara et Gina, et tout gardé pour son seul usage, lui qui, en dépit de la douleur de voir sa bien-aimée lui échapper, se réjouissait sincèrement d'y être pour quelque chose, voilà que son plan s'effondrait sous ses yeux.

Comme on balance un sac de grains à bas de son épaule, Sandro n'eut aucune peine à jeter le petit au sol. Ce dernier y resta sonné un instant.

À son tour, sans autre préavis qu'un cri strident, Gina se rua sur la brute :

— T'es méchant, toi !

Mais avant même que Chiara ne puisse s'interposer, la lame effilée s'était plantée sous les côtes de la rousse chancelante. Elle s'effondra d'un coup, sous l'œil incrédule de son amie.

Rolando attrapa alors une pierre échappée de la grève et frappa un pied du ruffian de toutes ses forces. Le rugissement de l'homme les paralysa tous.

— Cette fois, ça suffit ! aboya-t-il.

Et ce disant, il releva l'enfant d'un bras puissant, passant le fil de sa lame sous la gorge tendre.

Il la trancha.

D'un coup sec.

Le sang gicla et macula le pavé détrempé.

Le gamin sans vie s'écroula. Subitement réduit à un petit paquet de chair ensanglantée.

— Non ! mugit Chiara.

Sa besogne achevée, les mains rougies jusqu'aux poignets, Sandro darda son regard fou dans les yeux effarés de la fuyarde :

— Maintenant, tu vas porter ta camarade et tu vas me suivre sans broncher, gronda-t-il. C'est bien compris ?

Gisante, Gina respirait encore. En de brèves inspirations contraintes. La tache d'un grenat intense qui rongeait l'étoffe claire de sa robe s'était stabilisée. Son état semblait sérieux, mais l'alcool qui circulait dans son sang devait anesthésier la douleur.

Elle esquissait même un étrange sourire béat :

— C'est maintenant que je peux dormir ? murmura-t-elle à l'intention de son amie.

— Non… Non pas encore. Il faut que tu tiennes encore un peu, ma belle.

Lorsqu'ils atteignirent tous trois l'un des accès du bordel fermé, petite cahute en bois faisant office de poste de contrôle, deux gardes de Dona se précipitèrent à leur rencontre. Ils ne s'enquirent même pas du motif de leur absence à la seconde volée de cloches, ou de ce qui pouvait justifier la condition de Gina.

L'un d'entre eux prit néanmoins le relais auprès du corps supplicié. L'autre claqua une tape cordiale sur l'épaule de Sandro, puis poussa Chiara sans ménagement vers la *volte* qui lui était affectée.

— Allez, garce ! Il est grand temps pour toi de découvrir ton nid douillet.

Aucune porte ni aucun verrou ne condamnait encore l'accès du Castelletto.

Et pourtant, elle aurait juré entendre le claquement d'un lourd vantail qu'on referme, puis le cliquetis de la serrure qui boucle celui-ci à jamais.

# 19

*12 février*

L'élection partielle du Grand Conseil n'était plus qu'une question de jours. Et plus l'échéance approchait, plus Giovanni Dolfin souffrait le martyre. Jamais ses maux de ventre ne l'avaient indisposé à ce point. Quant aux différents médecins consultés, ils n'y pourraient rien, le doge le savait. Conserver une majorité qui lui fût favorable dans la grande assemblée était le seul remède valable à ses douleurs. Le seul pansement efficace pour apaiser ses angoisses. Rien d'autre ne lui importait, pas même la montée inexorable des eaux, qui recouvraient à présent toute la place Saint-Marc, *piazzetta* comprise, d'au moins une bonne coudée.

Le conseiller tâchait d'obtenir son attention depuis une longue minute :

— Votre Grâce ? Votre Grâce… ?

— Quoi ? finit par aboyer Dolfin.

— Votre Grâce, m'autorisez-vous à faire distribuer farine et eau potable aux habitants des paroisses les plus touchées ? Certains d'entre eux n'ont pas été alimentés en vivres frais depuis près de quatre jours.

— Hum… Quelles *contrada* sont les plus touchées, dis-tu ?

— Toutes les paroisses occidentales : Santa Croce, Santa Lucia…

Les paroisses les plus directement exposées aux variations maritimes, mais aussi parmi les plus pauvres de toute la cité lacustre.

— Attends encore une journée ou deux. Et n'agis seulement que si tu reçois une demande en bonne et due forme de leurs *capisestiere*.

— Mais c'est déjà le…

— Il suffit ! Laisse-moi, maintenant.

Le conseiller se fendit d'une courbette et se retira sur la pointe des pieds, abandonnant le doge à son immense bureau, contigu à la future salle des Dix.

La vue dont le doge jouissait depuis ses fenêtres n'était pas la plus belle de tout le palais, mais le calme qui régnait dans cette aile lui garantissait les meilleures conditions possible à l'exercice de sa charge.

L'importun venait tout juste de se retirer, quand à nouveau on frappa à la haute porte ouvragée.

— Quoi encore ? s'écria le duc. On ne peut donc jamais être tranquille ?

Le vantail s'ouvrit timidement, et un garde risqua la moitié d'une tête dans l'entrebâillement :

— Votre Seigneurie, le père Chiutto est ici. Il prétend que vous l'attendez.

— Bien sûr ! s'illumina le visage sévère du doge. Fais-le entrer !

Nicola se glissa dans la vaste pièce, non sans omettre de courber rituellement l'échine dès le premier pas effectué dans le Saint des Saints.

— Entrez, Nicola ! s'exclama le doge avec chaleur. Je vous en prie, entrez donc !

— Votre Grâce…

— Alors, quelles nouvelles de notre bon Castelletto ? À quand nos premiers sacs d'or licencieux ?

— J'ai bien peur qu'il faille encore attendre quelques jours, pour cela.

— Combien ?

— Plus ou moins jusqu'à la fin du mois.

— C'est bien long, grimaça le doge, soudain moins enthousiaste.

— Comme Votre Seigneurie le sait, nous avons renoncé à une taxation directe des transactions effectuées par ces « dames », pour éviter les procès en immoralité. Ce que nous toucherons sera pris sur les échanges annexes, et par-dessus tout sur les loyers versés par les matrones.

— Et alors ? Qu'attend-on pour faire payer ces bougresses ?

— Tout se déroule comme prévu, soyez-en sûr. Les souteneuses référencées se sont inscrites comme requis à l'office des Seigneurs de la nuit. Nous attendons juste le premier dépôt mensuel de leurs livres de comptes pour ponctionner les montants convenus.

— Soit. C'est déjà ça…, approuva Dolfin avec une évidente déception. Et comment se sont déroulés le transfert et l'installation des filles ? Pas trop de remue-ménage ?

— Dans l'ensemble, non, Votre Grâce. Tout s'est déroulé sans trop de heurts.

Il se garda de relater la tentative de fuite de Chiara et Gina, telle que les hommes de Dona la lui avaient rapportée.

— Et… Comment ont repris les affaires ?

— Le premier jour a été assez calme. Indéniablement. Mais la méfiance des clients semble déjà se dissiper. D'après ce qu'en dit le Seigneur Dona, la soirée d'hier a été plutôt fructueuse. En grande partie grâce aux visiteurs étrangers.

— Bien ! Bien !

La stratégie conçue par Giovanni Dolfin portait donc ses fruits.

Loin de rebuter les clients, l'enfermement et le contrôle des filles publiques rassuraient les consommateurs occasionnels, qui méconnaissaient le quartier et ses pratiques. Avec ces nouvelles mesures, ils ne redoutaient plus de se faire détrousser pendant leurs ébats ou au détour d'une venelle douteuse de San Matteo. Sûr et engageant, le Castelletto serait bien le bordel le mieux géré qu'on eût jamais connu. Tel était le message qu'il espérait se voir propager dans toute l'Europe.

Il n'en doutait pas : un client satisfait en ramenait toujours d'autres, et les hommes assoiffés de charmes, d'où qu'ils viennent, ne tarderaient pas à affluer.

— Nous avons aussi de bonnes nouvelles sur le plan sanitaire, poursuivit Nicola. Les médecins qui ont été réquisitionnés pour la première visite préventive auprès des filles n'ont relevé que trois cas d'infection. Et ils ont pu les traiter avant que les intéressées n'en fassent le cadeau à leurs clients.

— Et ces visites, elles nous coûtent cher ? s'inquiéta le doge.

— Rien du tout, Votre Grâce. Elles sont à la charge des matrones, et au prorata du nombre de leurs protégées.

— Parfait ! Je savais que vous seriez l'homme de la situation.

— À ce propos, Votre Seigneurie…

— Oui ?

— Si vous en êtes d'accord, je propose de dissoudre la commission de l'Arsenal qui a piloté ce projet. Maintenant que tout est en place, nos réunions me paraissent inutiles.

— D'accord, concéda le duc. Mais il est entendu que, jusqu'à nouvel ordre, vous demeurez responsable de cette installation, Chiutto. S'il y survient le moindre incident ou le moindre malheur, je vous tiendrai pour personnellement responsable.

Le prêtre acquiesça silencieusement, le regard baissé et la mine grave. Que répondre à cela ? Il savait son destin entre les mains boudinées de Vaselli, et Dolfin ne pouvait pas ignorer la manière dont l'évêque lui avait imposé l'obéissance.

Comme il retournait ces sombres pensées, le doge lui fit signe de le rejoindre derrière son immense bureau. La pièce de mobilier était superbe, large plateau de palissandre planté sur quatre pieds d'or. À l'avant, un lion vénitien avait été sculpté à même l'essence rare pour rappeler la force, l'intransigeance et le sens de la justice de son occupant.

Nicola fut surpris de ce brusque accès de familiarité, mais il s'exécuta sans discuter.

Sur le maroquin de cuir turc, une carte de la ville avait été déroulée. Tracé à la cire rouge, on pouvait reconnaître le périmètre du Castelletto tel qu'il venait d'être implanté à San Matteo.

— Ça, c'est ce que nous avons mis en place, indiqua Dolfin d'un index assuré. Nous sommes d'accord ?

— Tout à fait, Votre Grâce.

— Et si... si demain je vous demande d'agrandir notre petit château des plaisirs, où donc pensez-vous que nous devrions aller ?

Le prélat n'en revenait pas.

Le Castelletto s'était à peine refermé sur ses premières captives, que déjà l'édile envisageait une extension du dispositif. À présent que la machine à produire des ducats était lancée, Giovanni Dolfin n'entendait pas la freiner en si bon chemin.

Au contraire, ses ambitions étaient immenses.

— Eh bien... j'avoue que je n'y ai pas encore réfléchi.

— Songez-y, mon ami, songez-y vite.

— Peut-être par là..., au sud, hasarda-t-il en hâte, pointant un ensemble d'immeubles.

— Vers San Samuele ?

— Oui, par exemple.

— Pourquoi pas en effet, approuva le doge. Cette *contrada* est à peu près aussi mal famée que l'était hier encore San Matteo. Je retiens l'idée, elle n'est pas si mauvaise.

Et comme Nicola relevait les yeux du plan étalé devant lui, son regard accrocha un petit portrait au fusain, serti dans un médaillon d'or et de pierreries multicolores, posé à un angle de l'auguste secrétaire.

Le doux profil d'une femme brune.

Un portrait qu'il avait déjà vu sur une certaine table de chevet. Dans une certaine chambrette misérable de San Matteo. Un profil qu'il connaissait…

Celui de Luiza d'Aragon.

Le duc perçut son trouble et, posant une main sur l'épaule du confesseur, il fit de lui-même cette confidence :

— Monseigneur Vaselli m'a parlé de vos petites frasques avec cette divine créature du Rialto.

— Votre Grâce, je suis dés…

— Tut tut tut ! Ne vous excusez pas pour ce que vous ressentez, Nicola. Jamais.

— … ?

— Voyez-vous, reprit le duc avec une émotion palpable. J'ai aimé, moi aussi. Il y a bien longtemps. Passionnément. D'un amour tout aussi impossible que le vôtre.

Illustrant son propos, il leva ses épais sourcils sur le médaillon de Luiza.

— Un homme de notre rang doit faire des choix, dans son existence. Certains sont plus douloureux que d'autres… Mais ils doivent être faits. C'est ainsi. Croyez-moi, même si vous avez du mal à le concevoir pour l'instant, Vaselli vous a rendu un fier service.

— Vous le pensez vraiment ? sortit-il de son hébétude.

— Je le pense sincèrement.

Dolfin l'attira alors vers l'entrée, loin du portrait et du bureau.

— Pour l'instant, vous ne voyez que votre situation présente, ses contradictions et sa cruauté. Et c'est normal. Mais tâchez de vous projeter plus loin que les *aqua alta* de votre malheur actuel. Vous avez accompli une grande chose, qui marquera les esprits, et peut-être même l'histoire. Aujourd'hui, vous portez cette robe et cette calotte… mais qui sait ce que vous réserve l'avenir ?

— Que voulez-vous dire ? s'enquit Nicola après un temps.

— Vaselli vous promet son siège, n'est-ce pas ?

— Je… non, enfin pas en ces termes-là.

— Le pape est loin d'ici. Notre Seigneur est dans le ciel. Moi, je vous parle d'un pouvoir proche. Si vous le souhaitez, à portée de votre main… La République a besoin d'hommes tels que vous, Nicola.

C'était la deuxième fois qu'il appelait l'abbé Chiutto par son prénom. Or, chez un aussi fin politique que Giovanni Dolfin, cela ne pouvait être le fruit du hasard.

Posant sa main ridée sur la nuque du prêtre, il continua sur le même ton, avec chaleur. Presque paternel.

— Dans une quinzaine de jours, le Grand Conseil élira une trentaine de nouveaux membres en remplacement des départs prévus. Que diriez-vous de vous présenter ? Avec mon soutien, bien entendu !

— Je… Je ne sais pas, bredouilla Nicola, surpris par ce soudain assaut d'amabilités. Qu'en dirait Pietro ? Il est également candidat, n'est-ce pas ?

— Pietro ? s'esclaffa Dolfin. Jamais de la vie !

— … Pourquoi non ?

— Enfin, Chiutto ! J'aime mon fils. Mais vous savez comme moi que c'est un idiot ! Un vulgaire jouisseur !

— … !

— Et je préfère encore le savoir entre les mains des filles du Castelletto que de voir Venise tomber entre les siennes.

La sentence balaya une fois pour toutes les objections polies que Nicola aurait pu lui opposer.

Comme il posait déjà la main sur la poignée gainée de vermeil, le doge le retint par le bras.

— Quand bien même vous chercheriez à la revoir, à la posséder de nouveau… Elle ne vous pardonnerait pas ce que vous avez fait aux siennes.

— Je le sais, admit Nicola avec tristesse. Je l'ai accepté.

— Tant mieux. Vous avez fait le bon choix, mon garçon.

Nicola opina silencieusement du chef et filait par la porte entrouverte, quand il se retourna soudain et lança à son nouveau maître :

— Votre Grâce…

— Oui ?

Le prêtre jeta un œil au cadre trônant sur le gigantesque bureau. Il n'en devinait que le dos laqué d'or, mais il revoyait encore le visage angélique de Luiza d'Aragon. La mère de Chiara.

Mille questions lui brûlaient la tête et les lèvres.

— Non, rien… Pardonnez-moi. Je vous souhaite une bonne journée.

Et il s'éclipsa dans l'antichambre plongée dans la pénombre.

*

Soulagé par la tournure qu'avait prise leur entretien, le doge reprit place sur son fauteuil de cuir clouté d'argent. De longues minutes, il contempla à son tour le portrait du médaillon. L'objet était posé là depuis si longtemps que le plus souvent il oubliait sa présence. Mais il suffisait qu'un regard autre que le sien s'y attarde, pour qu'aussitôt des sentiments puissants, presque intacts, déferlent sur lui.

À chaque fois que cela arrivait, il était bouleversé.

De Luiza, il ne lui restait plus que ce dessin. Et le souvenir abominable de l'hiver 1348, quand son amour clandestin avait succombé à la peste qui ravageait Venise. Cruelle épidémie qui l'avait privé de sa bien-aimée avant même qu'il n'envisage le moyen de vivre leur amour au grand jour. Longtemps, il avait récusé celui-ci, opposant à Luiza la froideur de son rang et de ses obligations. Et lorsque enfin il s'était résolu à tout sacrifier pour elle, la maladie avait eu raison de ses doutes et de ses atermoiements.

Il n'était pas présent au Rialto, quand le corps de son amante avait été emporté, et pourtant l'image de sa dépouille levée dans la brume pestilentielle le hantait encore. Elle revenait souvent, semblable aux descriptions de l'enfer par Dante Alighieri, ce texte qu'il avait lu avec effroi, dans sa jeunesse. Et à chaque fois que ce tableau funeste lui revenait, il n'aurait su dire s'il pleurait la mort de Luiza, ou s'il tremblait plutôt et par avance à l'idée de son propre trépas.

— Père ?

Pietro Dolfin était entré sans s'annoncer. D'une main, le doge affala le cadre, face contre le bois de son secrétaire, comme si ce geste suffisait à masquer le trouble qui l'avait gagné.

— Vous vouliez me parler, Votre Grâce ? insista le jeune homme.

— Oui. Assieds-toi un instant.

Le jeune homme obtempéra sans un mot.

Devant son géniteur, il se faisait plus docile que le mieux apprivoisé des chats.

— Je voulais juste te dire : la femme que tu convoitais est libre. Tu n'auras plus à craindre que quelqu'un d'autre n'interfère dans tes visées.

— Vraiment ? se réjouit Pietro.

Il souriait comme l'enfant à qui l'on annonce par avance le plus beau jouet qu'il eût pu recevoir pour la Noël.

— Vraiment. Si tu y mets un prix raisonnable, cette fille sera à toi.

— Père, je… je ne sais comment vous remercier !

— Si tu veux me faire plaisir, répondit le doge avec gravité, traite-la avec autant d'égards que si c'était ta propre femme. C'est encore ce que tu pourras faire de mieux pour cette créature.

— Bien, approuva son fils, pour le moins déconcerté.

Le doge n'était pas réputé pour sa galanterie.

Sa propre épouse était abandonnée par lui depuis des années, dans une aile reculée du palais, et c'est à peine s'il la croisait trois ou quatre fois l'an, pour les principales célébrations publiques.

— À ce propos, cette femme, comment l'appelles-tu déjà ? s'enquit le duc.

— Chiara.

— Joli.

— Chiara d'Aragon.

Mais tout à sa joie, Pietro ne décela pas le voile qui venait de tomber sur le regard accablé de son père.

# 20

*12 février*

Le carnaval avait enfin commencé ! Foisonnant. Chatoyant. Exubérant.

Les conditions étaient un peu particulières, certes, avec cette eau qui transformait toute la ville en une gigantesque pataugeoire. Mais en dépit des difficultés de circulation et d'approvisionnement, en dépit des menaces d'épidémie et de cette humidité qui rendait chaque geste lourd et lent, la soif de réjouissances paraissait la plus forte. Partout Venise grouillait d'hommes et de femmes masqués, par grappes ou par bandes entières, qui dès qu'une musique s'improvisait quelque part se lançaient dans une gigue ou une sarabande. Ici ou là, certains s'étaient même piqués de danser sur les planches disposées au ras des flots saumâtres. Et y avaient fini leurs évolutions, trempés et à demi noyés, entre le rire et la panique.

— Décidément, rien ne les arrêtera…, grommela Alvaro Mosca, sortant de son domicile.

Centre de tous les pouvoirs, religieux et séculiers, le quartier de San Marco avait bénéficié d'aménagements spécifiques, et ce dès la toute première alerte d'*aqua alta*. Les sentiers de planches étaient doublés sur les axes les plus empruntés, de telle sorte qu'on pouvait y circuler presque normalement, sans craindre de se croiser.

Mais en revanche, plus on progressait vers l'ouest comme Mosca ce matin-là, moins on tardait à rencontrer de réelles difficultés. Faute d'un sentier praticable, le *capisestiere* dut héler un gondolier sans attache dès les abords du *rio* San Zulian, afin de poursuivre son chemin. Lui qui voulait effectuer cette visite en toute discrétion, c'était raté.

Au niveau du palais Gussoni, une horde de carnavaleux surexcités menaça d'arraisonner sa barque et de le mettre à l'eau. Mais l'un des joyeux drilles parut reconnaître le vieil homme et dissuada les autres de commettre un tel outrage. Mosca se dit qu'il avait de la chance qu'il fût encore si tôt dans la journée ; car si ses agresseurs avaient été un peu plus éméchés, il est probable qu'alors plus aucun scrupule ne les aurait retenus. Tel était le climat de folie du carnaval, cette période de toutes les licences et de tous les excès. Deux semaines où Venise dans son ensemble n'appartenait plus qu'aux instincts les plus débridés. Les plus primaires.

Comme ils abordaient enfin le Grand canal, le gondolier lui souffla :

— Un jour, vous verrez, toute cette liesse dégénérera en grande jacquerie…

— Vous croyez ? lui sourit Mosca en retour. Moi, je pense au contraire que c'est ce qui nous évite une vraie révolte. Regardez-les un peu ! Tant qu'ils peuvent faire les idiots quinze jours par an, ils en oublient les trois cent cinquante autres. Enlevez-leur cela, et c'est là que nos problèmes commenceront, vous pouvez me croire.

Le batelier approuva d'un borborygme, puis dirigea son embarcation à travers la nuée de bateaux qui encombraient le Canal à l'approche du Rialto. À cette heure encore matinale, le soleil diaprait le pont et ses échoppes de couleurs chaudes. Qui disait afflux de visiteurs, disait aussi afflux de marchandises pour nourrir cette population supplémentaire. De toutes parts, les barques chargées de légumes, de grains ou de quartiers de viande convergeaient vers les vastes quais de déchargement.

Mosca débarqua d'un bond étonnamment preste pour son âge et se faufila dans la cohue des fournisseurs et des marchands agglutinés.

Lorsqu'il approcha enfin du poste de contrôle planté à l'angle des rues Galeazza et San Giovanni, il ne put réprimer la contraction de sa gorge et de sa poitrine. Ce n'était donc plus un simple projet, ni une vue de l'esprit. Le Castelletto existait bel et bien, avec ses gardes et ses accès surveillés. Par chance, le soldat qui se tenait là le reconnut lui aussi et le gratifia d'un « Seigneur Mosca » déférent qui le dispensa d'avoir à montrer patte blanche.

Aussitôt la guérite passée, un essaim de rabatteurs missionnés par les diverses matrones fondit sur lui.

— Vous voulez de la Française, Seigneur ? Nous avons de très belles Françaises, Parisienne, Lyonnaise, Lilloise, raffinées et gourmandes à souhait !

— Les miennes sont énormes ! Vous ne trouverez pas de chair plus généreuse ailleurs, je vous le garantis ! Venez goûter !

La fermeture du quartier interdisant désormais le racolage à l'extérieur du périmètre défini par les autorités, ces dernières avaient admis en contrepartie que les clients qui y pénétraient puissent être démarchés par les matrones ou par leurs représentants.

Les bonimenteurs rivalisaient de détails évocateurs ou de promesses intenables. Et, à bien les écouter, on constatait que leurs arguments n'étaient pas très différents de ceux développés, à quelques coudées de là, par les maraîchers ou les bouchers vantant la fraîcheur de leurs produits.

Le *capisestiere* négligea ces assauts promotionnels, et attrapa plutôt l'un des drôles par le bras, réclamant à mi-voix :

— Je cherche celle qu'on appelle l'Aragonaise. Cinq deniers pour toi si tu me conduis à ses nouveaux appartements.

Le gosse en appela un autre à la rescousse, en vertu d'un accord qui paraissait les lier.

Le nouveau guide de Mosca, aussi gracieux et propre que le précédent était laid et sale, l'invita à le suivre avec force courbettes et amabilités.

La *calle* San Matteo était toute proche, et en moins de cinq minutes ils furent au pied d'un bâtiment lépreux, haut de trois étages.

— Sa chambre est tout en haut, indiqua l'intermédiaire. Porte de gauche.

— Merci. Voilà pour toi.

Le vieillard tendit les pièces promises, mais l'enfant demeura la main ouverte, dans l'attente d'autre chose.

— Sa Seigneurie n'est peut-être pas au courant... mais, désormais, on paie d'avance. Avant d'entrer dans la chambre.

Mosca haussa un sourcil étonné. Il ne se souvenait pas qu'une telle règle ait figuré dans celles édictées par la commission de l'Arsenal.

Mais, pressé d'en finir, il fouilla sans un mot dans sa bourse et en sortit les deux ducats exigés.

*

Indéniablement, Chiara avait gagné au change.

Sa nouvelle chambre s'étendait sur une surface double de celle de la précédente, rue de l'Ange, et le mobilier, quoique modeste, donnait le sentiment d'une authentique installation. Alvaro ! s'écria la blonde en apercevant son visiteur dans l'embrasure.

Elle se jeta au cou de son bienfaiteur.

Alors seulement celui-ci avisa Angela, assise dans un coin obscurci de la pièce, ainsi que le corps inanimé de Gina, qui gisait sur l'un des deux lits dressés de draps frais. Le souffle tout juste perceptible et les yeux clos, son flanc gauche langé d'une large bande d'étoffe blanche, où affleurait un cercle écarlate.

— Comment va-t-elle ? s'enquit aussitôt Mosca. Que dit le médecin ?

— Il n'a accepté de ne venir ici qu'une seule fois. Au moment de la visite sanitaire. Il a refusé de se prononcer de manière formelle… Disons que pour l'instant, son état est préoccupant, mais stable.

— Je t'enverrai le mien, Grazziani, c'est un juif remarquable. Il la remettra sur pied en moins d'une journée.

— S'il est juif, souffla Chiara avec résignation, jamais les gardes ne le laisseront entrer ici.

Le *capisestiere* se mordit les lèvres. Il aurait dû le savoir : cette règle inique, il l'avait lui-même votée.

— Si je parle à Lucia, peut-être la laissera-t-elle partir avec moi le temps qu'on la soigne ?

— Ça, ça m'étonnerait beaucoup, intervint Angela. Depuis notre enfermement, elle nous surveille plus étroitement que jamais. C'est à peine si on a le droit de sortir dans la rue ou de se rendre les unes chez les autres. J'ai dû me déguiser en homme pour venir jusqu'ici. Et pourtant j'habite à deux *volte* seulement.

D'un geste las, elle désigna ses vêtements caractéristiques, braies, chausses basses et soubreveste de paysan.

— Je ne sais pas comment… mais nous trouverons une solution, promit Mosca. Et Rolando ? Vous savez ce qu'il est advenu de son corps ?

Les deux femmes baissèrent les yeux de concert. De toute évidence, elles l'ignoraient.

Dans le meilleur des cas, les éboueurs avaient dû le transporter jusqu'à une fosse commune, à San Michele ou ailleurs. Dans le pire, il s'était mué en festin pour chiens et chats errants.

Fatigué par son trajet malaisé, l'homme s'affala d'un coup sur la seconde couche. Il laissa son regard courir sur le décor de la chambrette. Qu'avaient gagné les putains du Rialto à ce nouveau dispositif ? Un peu plus de confort en échange de leur liberté ?

Son impuissance et sa complicité le rongeaient. Depuis le vote du Grand Conseil en faveur du Castelletto, Filippo Dona et les Dix avaient relâché la pression exercée sur ses affaires. Mais rien n'était acquis, pas plus l'avis du Piovego concernant ses demandes de bonifications, que le vote du Conseil en faveur de son siège. Qu'à son âge sa situation fût encore si fragile, cela épuisait le peu de foi qui lui restait en l'humanité.

Avec un regard affectueux, il réitéra l'offre faite près d'une semaine auparavant :

— Si tu le souhaites, j'ai les moyens de te faire sortir d'ici dès maintenant. De te faire quitter Venise avec un passeur digne de confiance, cette fois.

— Alvaro..., répondit Chiara avec un sourire reconnaissant. Je t'ai déjà donné ma réponse. Tu la connais.

— Mais la situation a changé, *Bella* ! La prison qu'on te promet à présent est pire encore que celle-ci !

Angela ne partageait pas cette opinion mais elle prit néanmoins le parti du chef de quartier :

— Écoute ce qu'il a à te dire, Chiara. Que gagneras-tu à satisfaire les tocades de Pietro Dolfin et ses sbires ? Si tu acceptes de devenir sa courtisane, aucune d'entre nous ne sera plus là pour toi. Tu seras seule, *Chiarina*, complètement seule. Livrée à ces bêtes vêtues de velours.

Chiara considéra chacun de ses amis, mais son regard demeurait inflexible.

— Si le fils du doge est aussi influençable qu'on le dit, qui sait…, argua-t-elle sans y croire elle-même. Peut-être saura-t-il plaider notre cause auprès de son père.

— Tu crois ça ? Mais tu rêves encore !

« Plus maintenant, non », se retint-elle de répondre.

*

Lucia Nigra demeura sans voix.

Sandro en personne avait escorté le visiteur depuis le poste de garde. Et le ruffian ne semblait pas peu fier de sa prise. Qu'un prince de sang puisse déambuler sans escorte ou presque dans le Castelletto, quelle flatteuse propagande cela ferait pour la nouvelle création du doge, son père !

— Seigneur Dolfin ! Votre présence nous réjouit et nous honore ! Mais jamais vous n'auriez dû prendre le risque de vous aventurer dans un lieu si peu recommandable. Si vous nous aviez convoqués, nous nous serions fait un devoir de venir jusqu'à vous.

— Et qui dit que ta visite au palais ducal me semblerait plus convenable, à moi ? répliqua-t-il d'un ton sec.

— Bien sûr, bien sûr…, flagorna-t-elle sans relever l'offense. Je comprends.

Tout autour d'eux, un attroupement de filles publiques s'était improvisé. L'émoi suscité par la venue d'un prince en ce lieu gagnait toute la rue, et au-delà les *volte* alentour. « Cette chienne d'Aragonaise a fait mordre le plus gros poisson de la lagune », jalousait l'une. « Oui, mais plus ils sont jeunes et plus ils sont pleins d'arêtes ! » se gaussait une autre.

— Suivez-moi donc dans mon humble maison. Nous y serons plus au calme pour converser.

Dolfin acquiesça d'un mouvement de tête hautain et emboîta le pas de la matrone. Jamais Lucia n'avait connu pareille consécration. Qu'on vînt du palais ducal pour réclamer sa marchandise, c'était au-delà de l'inespéré.

Lorsque enfin ils furent installés dans le salon de la souteneuse, attablés devant les douceurs qu'elle avait commandées en cuisine, dans l'urgence, le jeune héritier bouda les diverses coupes qu'on lui présenta, et formula plutôt cette exigence :

— Tu comprendras que je ne puisse effectuer un achat de cette importance sans essayer au préalable la marchandise qu'on me propose.

— Je l'entends bien, Votre Seigneurie. Mais…

« Mais vous l'avez déjà essayée jusqu'au fond de ses entrailles », se retint de lui répliquer Lucia.

— Il n'y a pas de « mais ». J'attends que ta protégée me soit livrée pour examen séance tenante.

— Ici ?

— Ici même, oui. À moins que tu n'aies mieux à me proposer dans ces bouges que tu gères.

— C'est que…, bredouilla-t-elle.

— C'est que quoi ?

— Si j'en crois mon ruffian… la belle est déjà entre d'autres mains.

Elle aurait giflé Pietro Dolfin qu'il n'eût pas paru plus courroucé.

Piochant une énorme grappe de raisin, il goba alors les grains l'un après l'autre et en recracha les pépins sur la robe de son hôtesse. Rien ne valait une petite humiliation de la partie adverse pour entamer une négociation.

— Soit, reprit le prince. Et quelle compensation proposes-tu pour prix de ce désagrément ?

— Je ne sais pas, je… Je peux vous la faire livrer dès demain.

— Hum… je parle de repartir avec mon bien sous le bras, et tu me suggères d'attendre un jour de plus ? Je n'appelle pas cela une réparation, mais une injure.

— Eh bien, paniquait Lucia, à la recherche d'une idée. Elle aura tout son trousseau avec elle.

— Je n'ai que faire de ses guenilles. Nos tailleurs se chargeront de la rhabiller de pied en cap. Autre chose ?

— Que diriez-vous d'un rabais de cent ducats sur le prix convenu ?

Il en fallait du pouvoir et de l'assurance pour forcer Lucia Nigra à un tel repli.

— Voilà qui commence à tinter agréablement à mes oreilles, approuva-t-il après un silence. Et quoi d'autre encore ? Je suis certain que tu peux faire mieux.

— Et si… Et si je vous fournissais une autre fille ?

— Comprise dans ce montant, bien sûr…

— Oui, oui, bien sûr ! s'empressa-t-elle de confirmer.

— Pourquoi pas… Si tu m'en parles, c'est que tu as déjà quelqu'un en tête, je suppose.

— En effet, mon Seigneur. Une rousse magnifique, à la peau plus blanche et laiteuse que celle d'un enfant. Une beauté rare. Un parfum unique.

D'un doigt passé sous sa gorge, Sandro lui donna son sentiment sur cette idée. Très mauvaise selon lui, au vu de l'état présent de la jeune femme.

— Je la connais, plissa-t-il les lèvres, soudain boudeur. C'est cette Florentine que j'ai reçue au palais. Rita, c'est bien ça ?

— Non, non, c'est une autre. Bien plus jolie !

Et donc bien plus profitable, songeait sans doute la matrone.

— Et je suppose qu'elle est aussi invisible que sa camarade ?

— En effet. Mais elle vous sera remise dès que nous l'aurons… « préparée ».

« Réparée » eût été plus juste. Mais l'heure n'était pas à de telles considérations. Le prince poursuivait sa razzia sur le raisin aussi doré qu'un soleil d'hiver – où diable cette matrone trouvait-elle de tels fruits en cette saison ? – et semblait avoir mis un terme à sa surenchère. Il souriait presque.

Sans doute avait-il obtenu ce pour quoi il était venu ici en personne.

— Hum… je suppose qu'on ne peut pas se montrer plus exigeant s'agissant d'une surprise, fit-il mine de se montrer magnanime. Je te laisse une semaine pour me la fournir. Quant à l'Aragonaise, qu'elle se présente demain au guichet du palais, dès la *marangna* du matin. Dix ducats seront soustraits à ton règlement pour chaque minute de retard.

La transaction était à la fois la meilleure et la pire de toute sa vie de matrone. Avant ce jeune gandin, personne ne l'avait fait plier de la sorte. Et quand enfin Pietro Dolfin se retira sans un au revoir ou un merci, Lucia ne sut si elle devait se réjouir ou hurler de rage.

Cette Chiara était décidément un poison pour tous ceux qui s'en approchaient. Et la souteneuse n'était pas mécontente d'en inoculer enfin le venin à un autre qu'elle.

# 21

*12 février au soir*

Le dévêtir.
Lentement.
Lui donner le sentiment que sa peau n'attendait que ça.

Caresser son corps tendre. Son visage presque enfantin. Son torse déjà puissant. Ses membres longs et fermes.

S'agenouiller devant lui comme pour une prière.

Crucifier sa bouche sur le sexe qui frémit, prêt à découvrir l'extase.

Procéder doucement. Prendre tout son temps. Lui donner le sentiment que rien de plus suave n'a jamais passé nos lèvres.

Au premier gémissement, l'enfouir au plus profond. Manquer l'étouffement, mais pousser un peu plus loin quand même. Ravaler son orgueil et le reste.

Emballer le mouvement. Le mener à ce point précis où il chancelle.

Saisir ses fesses à pleines mains.

Les étreindre comme on malaxerait une pâte.

Se relever quand il croit défaillir et planter ses yeux dans les siens.

Lui passer la main dans les cheveux.

Inviter les siennes à courir sur vous. Vos seins. Votre ventre. Votre entrecuisse qu'il doit croire liquide, et brûlant.

Guider ses doigts jusqu'à la lisière de vous.

En faire pénétrer un. Puis deux.

Lui prouver à quel point vous n'espériez que lui.

Creuser vos reins.

Entrouvrir votre bouche.

Laisser passer un soupir affamé. Implorant.

L'appeler, le supplier, viens, viens.

Vous étendre d'un coup, enfin, et vous abandonner tout à fait.

En tout cas, l'en persuader.

Manœuvrer en lui laissant l'illusion de tenir le gouvernail.

Affaler vos résistances, mais garder le cap, d'un gémissement, d'une main que vous accompagnez, d'un empressement que vous contenez.

Voilà, vous êtes sa maîtresse et si lui ne donne qu'un sens à ce mot, vous savez que vous avez mérité toutes ses acceptions.

Il est à vous.

Et, croyez-moi, il n'en voudra plus d'autres.

*

Avant de réciter ainsi son savoir, Chiara avait dû se faire à l'idée d'effacer près de vingt années de sa vie. Adieu Rialto, adieu San Matteo. Avec Angela et Gina, elle avait sciemment abrégé leurs effusions. Surtout ne pas se dire qu'on ne se reverrait plus. Se comporter comme si demain serait identique à tous les autres jours.

Pour s'assurer que sa précieuse marchandise arriverait à bon port, Lucia l'avait fait escorter par Sandro. La présence du meurtrier de Rolando à ses côtés la révulsait. Mais elle n'était pas en mesure de choisir son vigile. Alors, pour signifier sa désapprobation, elle choisit de rester muette tout le temps du trajet. Le ruffian dut recevoir le message, car il ne chercha pas à contraindre un inutile dialogue. De toute manière, la marche sur les planches instables requérait toute leur attention.

Le dernier coup de la *marangana* tintait tout juste lorsqu'ils se présentèrent au guichet du palais ducal. La matrone serait contente, pas un ducat ne serait défalqué sur son règlement. Le garde qui les reçut devait être averti de leur arrivée, car il la toisa un instant, et d'un mouvement de tête lui fit signe de passer la grille dans son dos. Faute de précisions supplémentaires, elle supposa qu'elle devait franchir le porche, jusqu'à la cour principale où ses amies et elle avaient attendu un après-midi entier. Seule, cette fois, elle eut tout le loisir de détailler la splendeur du lieu.

Mais guère plus de dix minutes s'écoulèrent avant que le page maniéré qu'elle connaissait déjà ne vienne la cueillir sur son coin de pavés :

— Quelle joie de te revoir, ma belle ! Je peux bien te le dire, maintenant, tu étais de loin ma préférée. Ah, les autres sont si vulgaires, les pauvres !

Lui tendant une main aussi fine que les siennes, il l'entraîna à sa suite, tout à son rôle et à sa gaieté théâtrale.

— Tu nous arrives le bon jour, tu sais. Sa Seigneurie le doge donne un grand dîner ce soir. Et tu y seras présente aux côtés de Messire Pietro, bien sûr. Au fait, bête que je suis, je ne me suis même pas présenté : je suis Guido. Je suis le premier valet du Sieur Pietro Dolfin. Tu peux me demander tout ce que tu veux. Enfin, tout ce que tu veux… tant qu'il ne s'agit pas de te rejoindre dans ton lit, cela va sans dire !

Et il partit d'un long rire de crécelle, aussi exaspérant qu'un grelot.

Son babil incessant bourdonnait comme celui d'un insecte énervé et strident. Chiara devait pourtant admettre qu'il y avait quelque chose de contagieux dans cette joie feinte, et très vite elle se laissa porter par les mille recommandations et ordres du mignon.

« N'adresse jamais la parole à quiconque au palais sans y avoir été invitée. Tu ne sortiras de ta chambre que quand Messire Pietro te fera mander, et uniquement à ces moments-là. Sauf occasion particulière, comme ce soir, tu prendras tes repas à la cuisine, avec les domestiques. Six heures le matin, midi, et six heures le soir. La messe quotidienne est donnée chaque matin à dix heures, je te montrerai la chapelle – Chiara frissonna à cette idée, car elle n'était pas sans savoir que Nicola avait ses entrées au palais. Habituellement, c'est l'abbé Cassoni qui officie – un soupir intérieur de soulagement la traversa. Bien, voici tes quartiers. Enlève cette chose que tu as sur le dos et enfile ce que tu trouveras sur ton lit. Sois prête dans une heure. Souris, sois belle, sois tendre... Bref, je ne vais pas t'apprendre ton métier ! Le prince viendra te voir dans l'après-midi. Il veut passer un moment en ta compagnie avant que vous ne vous habilliez pour la soirée. Ne manquerait plus que tu froisses ta robe d'apparat ! À ce propos, je l'ai déjà vue, c'est une splendeur ! Du même vert que tes yeux. Tu aimes le vert, n'est-ce pas ? Bon, de toute façon, que tu aimes ou non, tu t'y feras. Et puis, si tu es une bonne fille, tu en auras d'autres. Mais je parle, je parle, et je n'ai même pas rempli le bain de Sa Seigneurie ! Je file, je file je file ! »

*

Jusqu'à ce que la lumière décline, sa journée ne fut qu'une succession de nouvelles têtes et de préparatifs. Elle avait beau être habituée à croiser du monde, clients différents chaque jour, Chiara avait ses repères au Rialto. Pour la première fois de son existence, elle devait apprivoiser un univers inconnu, parfaitement inédit, et dont la luxuriance la grisait jusqu'à l'ébriété. Elle n'oubliait pas Gina, non. Pas plus qu'elle n'enterrait Rolando dans sa mémoire. Mais toute cette nouveauté estompait provisoirement la douleur qu'il y avait à convoquer leur image.

*

Sa première séance avec Pietro fut aussi scolaire et distanciée qu'elle l'avait voulu. C'était l'avantage d'être une professionnelle de l'amour. Les gestes étaient là, aussi doux que convaincants, mais la tête était ailleurs. Le fougueux jeune homme n'y vit que du feu, et les sourires de gratitude qu'il lui offrit à la fin attestèrent de son contentement comme de sa crédulité. Elle accomplit cette double prouesse, oui : lui faire croire qu'il était unique ; donner à penser qu'elle aimait cela.

Tout de même.

Entrer à son bras dans la salle de réception, après avoir gravi le fabuleux escalier d'or, se tenir droite et fière dans cette robe de soie céladon, sentir ces dizaines de regards se poser sur sa beauté et entendre les murmures d'éblouissement, subjuguer ce que Venise comptait de plus élégantes dames et de plus beaux partis… Aurait-elle jamais cru cela possible ?

Le luxe de ce lieu était indécent. D'immenses candélabres l'éclairaient comme en plein jour et une armée de serviteurs sillonnait la pièce, veillant à la satisfaction de chacun des convives. La salle était par ailleurs si vaste que deux petits orchestres se produisaient simultanément, chacun installé à une extrémité, sans quasiment empiéter sur l'espace sonore opposé. Au centre, suivant la cadence de l'une ou de l'autre des musiques, de jeunes danseurs s'en donnaient à cœur joie, alternant les pas et les styles sous le regard amusé des notables à l'attitude plus retenue.

Au milieu de cette liesse, encore enivré par leur étreinte, Pietro Dolfin paradait comme un jeune paon. Fat et si content de sa prise qu'il jouissait plus encore qu'elle des œillades envieuses qui de toutes parts se posaient sur eux.

Il ne regrettait pas son audace. Imposer une courtisane à la cour ducale, le pari était risqué, mais la réaction de la noble assistance prouvait qu'il l'avait remporté haut la main.

— Viens, la tira-t-il vers un cercle de magistrats en grandes simarres, je vais te présenter à mon père.

Le doge !

Elle, la fille des rues, l'enfant d'une catin et putain elle-même, elle allait se tenir devant l'homme le plus puissant de ce monde. Elle manqua de défaillir et se laissa tracter, molle et docile, vers le groupe qui conversait avec sérieux.

Mais dès qu'ils furent assez près pour que le jeune homme puisse apostropher son géniteur, ce dernier tourna brusquement les talons et se dirigea vers certains autres de ses invités, les bras large ouverts et le sourire affable.

— Il est très demandé, l'excusa Pietro, incapable de masquer sa déception et sa gêne. Ce n'est rien. Nous reviendrons le voir plus tard.

*

Partout où s'étaient portés ses yeux, la situation devenait critique.

Depuis le milieu de l'après-midi, et dans tous les quartiers, les passerelles provisoires installées aux premières heures de la crue se voyaient complètement submergées. Depuis sa gondole épiscopale, Nicola n'avait pu que constater le désastre.

Échoppes des quais entièrement ensevelies. Étals pillés par des miséreux qui se jetaient à l'eau, pour tenter de récupérer tel objet ou tel vivre qui flottait à la surface. Scènes de bataille et de pugilats. Tout ce qui naviguait encore était pris d'assaut. Au *traghetto* de Santa Maria di Giglio, le dernier avant l'embouchure orientale du Grand canal et avant Saint-Marc, il avait vu de ses yeux un bac assailli par la foule chavirer d'un coup et déverser tous ses passagers affolés dans les eaux troubles. Alourdie par ses sacs et ses vêtements d'hiver, une femme corpulente avait coulé à pic. Sans que personne à proximité vienne à son secours. Sans même un cri. Une noyade parmi tant d'autres, supposa-t-il.

Cette vision hantait encore le prêtre quand il pénétra dans la grande salle de gala. Dehors les Vénitiens ordinaires mouraient par dizaines, de faim, ou de froid, quand ils n'étaient pas avalés comme cette malheureuse par les eaux, et ici, à l'abri et au chaud, dans un étalage de richesses sans égal, on se réjouissait dans la plus totale insouciance. Le carnaval ne justifiait pas tout. Comment donc faisaient ces gens, ceux que Dolfin voulait lui donner pour pairs, comment pouvaient-ils ignorer à ce point les réalités du monde ?

Si leur ambition se résumait à cela, jouir dans la débâcle, alors jamais il ne serait des leurs.

— Nicola ! Je ne vous espérais plus, s'exclama Giovanni Dolfin avec chaleur.

— Pardonnez-moi, Votre Grâce. Mais la circulation est devenue presque impossible…

— Oui, oui…, le coupa le doge. Eh bien, franchement, quel besoin le peuple a-t-il de s'agiter en tous sens ? Il suffit de rester chez soi. Regardez comme on y est bien !

Le confesseur s'apprêtait à ouvrir les yeux du duc à propos de l'urgence qui s'était abattue sur la cité, quand une silhouette, distante de quelques coudées à peine, s'imposa dans son champ de vision.

Chiara venait de lui apparaître. Belle évidemment ; si belle hélas ! Irréelle. « Elle n'a rien à faire ici », fut la première pensée qui lui vint. Arrachée à cette vie fangeuse du dehors pour se voir épinglée dans cet écrin, comme certains scientifiques collectionnaient les insectes.

— N'ayez pas de regret, lui souffla le duc à l'oreille, saisissant son trouble. Aujourd'hui elle brille, c'est indéniable. Mais dans cinq ans, que restera-t-il de sa splendeur ? Et dans dix ans, quand Venise sera à vos pieds, où pensez-vous qu'une fille pareille aura échoué ? Les hommes se seront fatigués d'elle, vous compris, et dans le meilleur des cas elle lavera des torchons sales dans une *piscina* du Rialto…

S'il n'avait pas été le doge, il l'aurait volontiers corrigé pour de tels propos.

Il se contenta d'un silence ombrageux.

— Laissez son jouet à mon fils, Nicola. Et venez vous frotter à des jeux d'adulte avec moi. Vous verrez à l'usage qu'ils procurent des plaisirs bien moins éphémères. Et bien moins ingrats, aussi. Tenez, regardez, je vois d'ici certains de vos futurs soutiens.

Happé par un magistrat obséquieux, Dolfin laissa Nicola à ces réflexions, quand enfin le prêtre accrocha le regard de la belle. Direct et sombre.

La robe verte s'évanouit un instant parmi la presse des convives, pour réapparaître soudain à l'autre bout de la pièce, trottant vers l'une des issues privées.

Tandis qu'elle disparaissait déjà dans le long couloir attenant, désert et mal éclairé, il se rua à sa suite.

— Chiara ! Chiara, attends !

— Je n'ai rien à te dire, força-t-elle le pas.

— Et moi, j'ai mille choses à te raconter !

— Mille ? persifla-t-elle, poursuivant sa route. Rien que ça. Je reconnais bien là les promesses de vos prêches, mon père. Tout demain, rien aujourd'hui ! C'est bien ça ?

— Chiara ! cria-t-il en sourdine, agrippant en vain sa taille.

Contre toute attente, elle stoppa net et affronta enfin son poursuivant, le menton haut, le regard fier :

— Tu avais promis d'écouter ce que nous avions à dire, Nicola... Tu l'as dit toi-même, ce n'était pas grand-chose. Alors pourquoi m'as-tu tourné le dos une fois de plus ? Pourquoi me trahis-tu ?

Cette fois, elle avait presque hurlé, et sa plainte avait déchiré le silence du corridor, couvrant les échos musicaux venus du grand salon :

— Vaselli a menacé de te jeter en prison si je continuais à te voir, lâcha-t-il, penaud.

— Je *suis* en prison ! Dis-moi un peu ce qu'il pourrait m'arriver de pire que ce que je vis là ?

Il revit le jeune prince pavoisant devant les invités de son père, sa courtisane au bras, comme on affiche le dernier colifichet qu'on s'est offert.

Mettrait-il autant de temps que le prédisait le duc avant de s'en lasser ?

— Cette solution, c'est toi qui l'as choisie, Chiara, lui reprocha-t-il à son tour sur un ton glaçant.

— Choisie ?

— Tu aurais pu fuir. Tu aurais pu refuser cette vente odieuse. Tu aurais pu mobiliser les filles de quartier contre ta matrone, cette gorgone, plutôt que de combattre en vain les autorités.

— J'ai voulu fuir, et dans ma fuite j'ai perdu tous ceux qui m'aimaient vraiment…, souffla-t-elle d'une voix blanche, le regard vide. Tu penses vraiment que j'ai choisi d'être la créature de ce monstre ?

— Ce monstre, comme tu dis, est mon ami…

— Eh bien, changes-en !

— … Mon ami, et ton…, suspendit-il sa phrase.

Il n'en avait pas la preuve formelle, mais la perspective le torturait depuis qu'il avait surpris le médaillon sur le bureau du doge. Si celui-ci était comme il le craignait le père de Chiara, alors cela faisait de Pietro… le propre frère de la jeune femme !

À toutes ses ignominies, le jeune prince aurait donc ajouté malgré lui l'inceste. On ne prêtait donc qu'aux riches, c'était vrai, et aux pervers aussi.

— Mon quoi ? Mon quoi ?!

Le grincement d'une huisserie figea leurs gestes et leurs paroles.

Profitant de cette parenthèse inattendue, Nicola la pressa contre lui d'un mouvement impérieux, puis vola un baiser, puis un autre, et un autre encore, avant qu'elle ne lui offre d'elle-même les suivants. Tremblante d'un désir neuf. Comme à chacune de leurs rencontres, ils finissaient par se consumer. Soudain ignorants des obstacles infinis qui se dressaient devant eux ; indifférents aux hostilités du monde. Tout semblait si simple, une fois leurs bouches unies. Il n'était alors plus question de classes ni de rangs, de règles ni de protocole. Demeurait ce désir brut, comme une évidence.

Déjà, les mains de Nicola quittaient la taille de la jeune femme et couraient le long du dos en partie découvert, jusqu'à la nuque, frêle et frémissante. Leurs corps étaient aussi collés que s'ils s'étaient allongés l'un sur l'autre. Leur posture était celle de deux amants trop longtemps séparés. À présent soudés.

À l'autre bout de la galerie obscure, aucun des deux ne perçut l'entrebâillement de la porte qui donnait sur la salle de réception. Dans le trait de lumière qui en jaillissait, un œil s'était avancé, qui perçait la pénombre et dardait son iris bleu sur eux.

L'œil de Giovanni Dolfin. L'œil de leur infortune.

# 22

*Plus tard dans la soirée*

— Assieds-toi, ordonna Giovanni Dolfin.

Chiara s'exécuta sans mot dire.

Comme elle échappait aux bras de Nicola, le doge l'avait interceptée par surprise, à l'autre bout du couloir mal éclairé, et lui avait intimé de le suivre d'un geste impérieux, jusque dans son bureau privé.

Aux échos assourdis du dîner officiel avaient succédé les bruits éclatants d'une fête autrement débridée, piétinement des danseurs, salves de rires, musique tonitruante. Au loin, en partie absorbé par le chaos sonore ambiant, le martèlement caractéristique d'une farandole allait et venait, par instants plus proche, puis s'estompant progressivement jusqu'à n'être plus qu'un souvenir dans l'immensité des corridors et des galeries.

— Tu sais quel rôle t'a été attribué dans ce palais, n'est-ce pas ?

— Oui…, répondit-elle avec prudence.

La splendeur du lieu frisait l'austérité, et à bien regarder la mine sévère qu'affichait le duc, il n'y avait finalement rien d'étonnant à cela.

— Et nous sommes d'accord toi et moi pour dire que comparé à la situation de tes camarades du Rialto, ce nouveau statut est plutôt enviable. Tu ne crois pas ?

— Si, Votre Grâce. Bien sûr…

Elle s'en mordit aussitôt les lèvres. La pièce et son occupant l'impressionnaient-ils tant, qu'elle soit tenue de se comporter avec une telle servilité ?

Elle se redressa sur sa chaise au dossier damassé, le regard plus haut, le menton plus fier.

— Dans ce cas, explique-moi quel jeu tu joues avec mon confesseur, l'abbé Chiutto ?

— Je ne joue aucun jeu. Le père Chiutto a organisé l'installation du Castelletto, et de mon côté je me suis trouvée à représenter certaines des *filles* de San Matteo. Nous nous connaissons. Voilà tout.

C'était l'instant ou jamais. Le lieu et l'heure pour plaider leur cause. Elle n'aurait sans doute plus jamais l'occasion d'un pareil tête-à-tête avec l'autorité suprême de la République. Que risquait-elle, au juste ? Qu'on la renvoie dans le nouveau bordel, auprès des siens ?

Mais les derniers mots de Nicola lui revinrent, lancinants : « Ce monstre est mon ami et ton… » Manquait un substantif, et dans ce vide elle plaçait tour à tour tous les termes qui lui venaient en tête. Amant. Tortionnaire. Souteneur. Bourreau.

Ce mot manquant la tétanisait.

— Pietro t'a choisie, il t'a eue. Et je voudrais qu'il soit clair pour toi que tant qu'il prendra plaisir à cet état de fait, il est hors de question d'en rien changer.

— Ce n'était pas mon intention, feignit-elle.

— Fort bien ! Sache que tant que tu te tiendras à cette ligne de conduite, il ne t'arrivera rien de réellement fâcheux ici. Mais dans le cas contraire, bien sûr, je ne pourrai répondre de la réaction de mon fils. Et je pense que tu es bien placée, désormais, pour apprécier son… son impulsivité.

— Il n'est pas le seul à se montrer parfois imprévisible, répliqua-t-elle sans baisser les yeux.

De l'autre côté de l'immense secrétaire au lion sculpté, le duc contracta sa mâchoire.

— Que cherches-tu à insinuer ?

La cicatrice qui zébrait son menton sembla frémir d'exaspération. La pièce n'était éclairée que par un feu de cheminée, sur le côté, et la lumière latérale projetait sur l'auguste visage un masque effrayant. Ainsi façonnée, l'expression de Giovanni Dolfin n'avait plus rien de bienveillant.

— Je ne parle pas de moi, Votre Seigneurie, répondit Chiara. J'observe juste que les prostituées que vous venez de boucler ont déjà prouvé leur vaillance. Et que si leurs nouvelles conditions de vie devaient se dégrader plus encore dans ce nouveau dispositif, je serais bien incapable de maîtriser leurs mouvements d'humeur en étant moi-même enfermée ici.

Le vieil homme esquissa un sourire, griffant son faciès d'un rictus hideux. Manifestement, il ne s'attendait pas à une telle repartie, même chez une courtisane réputée plus éduquée que la moyenne des filles publiques.

— Je dois te reconnaître un peu plus que ta beauté : tu ne manques pas de cran. Sortir du caniveau et tenter de faire chanter le doge dans son propre bureau, il faut avoir de l'audace.

Il quitta alors son fauteuil et se mit à faire les cent pas devant l'âtre.

— Mais en l'occurrence, poursuivit-il, ton audace ou celle de tes congénères pèse fort peu face à la volonté d'un État. Tu es consciente de ça, je pense ?

— Oui… Enfin, non, bafouilla-t-elle. Je ne comprends pas où…

— Tes amies et toi vivez au jour le jour. Vous êtes dans l'ordre de la réaction par rapport aux événements que vous subissez. Alors que moi… Moi, je planifie. J'organise. Je distribue. Je manipule aussi un peu, à l'occasion.

— Vous manipulez qui ? demanda-t-elle d'une voix à peine audible.

— Les conseillers, les Dix, Vaselli, Dona, mon fils, Chiutto… Toi ! Tout le monde, tant que cela est nécessaire à mon office.

— Moi ?

Elle s'était raidie contre le dossier, sa nuque brusquement prise dans un étau. Elle était libre de ses mouvements, et, pourtant, rarement elle s'était sentie aussi entravée. Prisonnière.

— Toi, les catins que tu as pour amies… Vous toutes ! Qui a commandité selon toi les coups de main des Seigneurs de la nuit pour effrayer tes camarades et forcer la main des Dix ? Qui a choisi un prélat sans influence pour gérer ce projet ? Qui a mis à sac cette ville pour finir de convaincre le Grand Conseil ? Qui a permis que mon fils fasse ton acquisition ? Qui a impliqué ta matrone dans tous ces plans-là ?

Il décocha alors un coup de pied rageur dans une bûche aux trois quarts consumée, dont la chute projeta un bouquet de flammèches hors de la cheminée.

— Qui, à ton avis, dispose d'assez de pouvoir pour décider ainsi de vos vies, Chiara d'Aragon ? énonça-t-il avec calme, prouvant qu'il connaissait son nom.

Depuis le début, Nicola disait donc vrai. Il n'était pour rien dans les décisions iniques qui frappaient Chiara et les siennes. Comme eux tous, il n'était bien qu'un pion. Comme eux tous, à force de pressions et de promesses, on l'avait plié aux compromissions attendues de lui.

Elle demeura coite un instant, sous l'œil triomphant de Dolfin. Abasourdie. Ensevelie sous une chape de peur.

Il y avait pourtant une chose que le doge n'avait pas prévue, encore moins maîtrisée : leur amour. Chiara revit leur étreinte, quelques instants plus tôt, dans la pénombre du couloir. Elle sentit à nouveau le contact des mains qui l'avaient étreinte. Elle perçut ce souffle inédit qui s'était emparé d'elle à chacune de leur rencontre et qui, encore à l'instant, l'animait.

Dolfin avait eu beau menacer Nicola des pires représailles par l'intermédiaire de Vaselli, la faire acheter par son fils comme une vulgaire esclave, promettre la gloire à l'un et l'humiliation permanente à l'autre, il n'avait pas réussi à tuer leur sentiment naissant. Au contraire, chaque attaque l'avait renforcé. Leur amour était certes minuscule, exposé à tous les vents contraires, à peine né et déjà assailli d'ennemis, Dolfin avait raison.

Mais là où le duc se méprenait, c'est qu'il confondait fragilité et faiblesse. Le sentiment qui les liait, Nicola et elle, était peut-être précaire, mais il n'était pas sans pouvoir. L'onde qui la traversait à présent en était la preuve. Aussi démunie fût-elle, elle la rendait si forte.

— Ce que d'aucuns disaient illégal, immoral, ou tout bonnement impossible, je l'ai fait, acheva-t-il sa diatribe avec emphase. Tout le monde en a pris son parti, les putains comme les magistrats. Regarde comme tes consœurs ont vite accepté leur nouveau bordel ! À peine une petite poussée de fièvre avant de filer doux. Et ce n'est qu'un début. Grâce aux étrangers venus nous visiter pour le Carnaval, les sacs d'or générés par votre commerce s'entasseront bientôt par centaines dans cette pièce.

— Pour combien de temps…, tenta-t-elle de saper son enthousiasme.

— C'est là que tu te trompes. Une fois que les matrones, les ruffians et tous mes courtisans auront goûté à cela, il n'y aura aucun retour en arrière possible. Vois-tu, on peut faire renoncer les hommes à tout ou presque. À la gloire, aux honneurs, à leur foi, à leur dignité… et même à l'amour. Mais la seule chose que personne ne veut renier quand il en a eu autant entre ses mains, tu peux me croire, c'est l'argent ! L'argent !

Chiara se représenta les sommes extravagantes et inédites que brassaient déjà sans doute Lucia et Sandro. Sur des êtres aussi vils, en effet, rien d'autre n'avait plus d'emprise qu'un amas de ducats. Mais tous les humains n'avaient pas l'âme viciée d'une souteneuse et de son sbire. Tous n'aspiraient pas à exploiter et asservir leur prochain pour le prix d'une bourse mieux garnie. Il y avait encore à Venise quelques hommes et femmes pour qui la morale comptait. Pour qui la manière de faire les choses importait autant que le résultat.

Elle se leva à son tour, prête à rompre là l'odieux monologue du Seigneur, et répliqua avec aplomb, comme habitée par la chaleur de Nicola :

— Vous pensez vraiment que si vos bons Vénitiens apprennent l'origine de votre nouvelle prospérité, ils vous soutiendront aveuglément ? Vous croyez que tous fermeront les yeux sur l'or des putains avec autant de complaisance qu'une poignée de magistrats et de prélats à votre solde ? Que tous les prêtres de quartier applaudiront à votre manne aussi joyeusement que Vaselli ?!

Un instant, le doge sembla déstabilisé par la violence de l'attaque. Il ne s'attendait sans doute pas à pareille opposition. Puis il reprit, adoptant un air faussement offusqué.

— Mais enfin, jeune fille… De quoi m'accuses-tu exactement ? De tirer ma fortune d'entre vos cuisses ?

Chiara n'en revenait pas d'entendre de tels propos de la bouche même du doge ; et sans doute le duc avait-il choisi ces termes orduriers à dessein.

Pour la sidérer.

— Sache-le, reprit-il sur un ton pédagogue. Tout ce que la République s'apprête à percevoir au Castelletto, c'est une taxe sur les logements octroyés aux matrones. Un simple impôt immobilier. Rien de plus. Alors si tu le permets : je ne vois pas où sont l'inconvenance et le péché là-dedans !

On n'apprenait pas la grimace à un vieux politicien aussi roué. Giovanni Dolfin avait tout prévu. Les putains resteraient des pécheresses, et son gouvernement un cénacle vertueux. Quant aux citoyens et aux membres électeurs du Grand Conseil, ils se féliciteraient de la bonne santé économique retrouvée, sans plus se soucier de la provenance des sommes ainsi collectées. Elle le voyait bien : l'homme qui lui faisait face avait déjà gagné la partie. Il l'avait emporté deux jours auparavant, dès que le piège du Castelletto s'était refermé sur elle. Sur elles toutes.

De nouveau, le sourire de Dolfin se mua en une grimace étrange, presque souffrante. Chiara nota cette main qu'il passait sous la large simarre brodée d'or et semblait plaquer sur son estomac. Mais aussitôt l'accès douloureux évanoui, il fixa son invitée avec une intensité décuplée. Son regard était illisible. Mépris ? Haine ? Dégoût ? Sans qu'elle se l'explique, la beauté blonde crut même y déceler ce qui s'apparentait à du dépit, de la tristesse, et un soupçon de mélancolie qui se mourait comme les flammes dans le foyer voisin.

— Tu verras, tu ne seras pas si mal, ici. Mon fils est ce qu'il est… Mais il sait prendre soin de ses « affaires ».

Voilà à quel rang on la ravalait.

Elle ne valait guère mieux désormais, dans la panoplie du prince, qu'une paire de ses braies ou de ses culottes. Elle était ce bout de chiffon qu'on froisse pour son plaisir, jusqu'à ce qu'on s'en lasse et qu'on en vienne à le jeter.

Dans le couloir, le bruit d'une cavalcade se rapprochait. La sarabande des carnavaleux, accompagnée d'une flûte et d'un tambourin, progressait à présent à toutes jambes, dans leur direction. La porte s'ouvrit brusquement, libérant un flot de danseurs enfiévrés.

Pietro, saoul et hilare, menait la file joyeuse qui déjà trépignait sur le parquet de boiseries marquetées. Sans un regard pour son père, le jeune Apollon agrippa sa cavalière par le bras et l'entraîna hors de la pièce, aussi prestement qu'il y était entré, suivi par les autres drilles.

Tout se déroula si vite que personne ne perçut les larmes de l'Aragonaise. À aucun moment au cours de l'entretien, celle-ci n'avait eu le loisir de passer de l'autre côté du grand bureau. Là où l'on pouvait voir le petit médaillon posé à un angle. Là où trônait le portrait de Luiza.

# 23

*13 février*

Tuer.

*Le* tuer. Elle ne voyait pas d'autre solution. Pour folle qu'était l'entreprise, elle lui paraissait comme la seule raisonnable, depuis qu'elle l'avait conçue. Il ne s'agissait pas de punir le doge. Il s'agissait simplement de l'arrêter et d'abattre cette monstruosité qu'était le Castelletto. Pas tant le bordel en lui-même, mais le rôle inique que Giovanni Dolfin comptait lui faire jouer dans l'économie et l'histoire de leur cité, et au-delà dans la chrétienté tout entière.

Chiara n'était pas si naïve qu'elle crût dans la vertu des politiques. Elle savait bien qu'à ce niveau de pouvoirs, tout n'était qu'intérêts et manœuvres. Mais le destin tragique de Marino Fallier, le précédent duc, décapité six ans plus tôt pour s'être opposé au pouvoir excessif des Cà les plus influentes, était encore dans les mémoires pour prouver qu'une alternative, aussi risquée et hasardeuse fût-elle, était possible.

Le prochain doge serait peut-être pire que Dolfin. Mais peut-être ne le serait-il pas. Peut-être chercherait-il à adoucir le sort de ses administrés, plutôt que d'en user comme de simples pions sur un échiquier.

Il était déjà neuf heures passées, et une torpeur de lendemain de fête écrasait toujours le palais ducal. Dans les salles de réception et les couloirs, une armée de domestiques achevait de gommer les excès de la veille. Mais aucune figure illustre n'avait encore réclamé son petit déjeuner.

Par chance, Pietro était trop saoul pour prétendre user de son nouveau jouet et, entre deux sanglots et autres rêves agités, Chiara avait passé une nuit presque paisible dans sa chambrette située dans les quartiers des domestiques. Une nuit seulement traversée par ses sombres desseins, et les moyens de les mettre en œuvre.

— Guido ! Guido ! accrocha-t-elle le page affecté, dès qu'elle aperçut celui-ci.

— Eh bien, ça fait plaisir, je ne suis pas le seul sur pied. Mes aïeux, quelle bamboche !

— Guido… Sais-tu si la gondole de Pietro est disponible ?

— Oui, je pense… Étant donné l'état de notre jeune prince, je ne vois pas pourquoi elle ne le serait pas.

— Tu pourrais m'y amener ?

— Tu veux la prendre ? Maintenant ?

Sans son autorisation, se retint-il de dire, bien que ce fût là l'essentiel.

— Ce sera… ce sera notre petit secret.

— Tiens donc, notre secret…

« Je ne savais pas que nous en étions là tous les deux », suggérèrent ses sourcils haussés.

— Je veux lui faire une surprise.

— Une surprise ?

— Disons plutôt un cadeau. Tu as peut-être entendu qu'une de mes amies devait nous rejoindre ici ?

— Gella, c'est ça ?

— Gina. Elle n'était pas censée arriver avant plusieurs jours. Mais j'ai pensé que notre Prince apprécierait de la voir plus tôt que prévu.

— De la voir… ou de l'avoir ? l'interrogea-t-il avec un air goguenard.

— Ça, c'est lui qui en décidera.

— Hum… Tu sais ce que tu encourrais s'il vous venait à l'esprit de ne pas rentrer au bercail dès ce jour, toi et ton « cadeau » ?

— Bien sûr. Il n'est pas question de ça.

Puis elle ajouta aussitôt, avec un clin d'œil qui se voulait complice :

— Disons simplement que si nous sommes deux à le satisfaire, chacune d'entre nous aura un peu plus de temps pour reprendre ses forces. Ce n'est pas à toi que je vais apprendre à quel point notre Prince est…

— Vigoureux, lâcha-t-il avec une évidente gourmandise.

— C'est ça !

Malgré tout sceptique, le page imaginait déjà la colère de l'impétueux cadet Dolfin s'il apprenait son rôle dans ce qui serait alors une évasion pure et simple. Mais l'argument parut porter, car il esquissa un sourire pincé, avant de reprendre avec sérieux :

— Nous sommes bien d'accord : s'il t'interroge, je n'ai rien à voir avec ton escapade.

— Absolument. J'ai agi de ma seule initiative.

— Bien. Suis-moi.

Elle faisait déjà mine de lui emboîter le pas à travers le dédale de couloirs et d'escaliers que le serviteur connaissait par cœur, quand Guido se retourna brusquement

— Attends, non…

— Qu'est-ce qu'il y a ?

— Tu ne feras pas dix coudées dehors, si tu sors attifée comme ça.

Et c'est ainsi que, moins de dix minutes plus tard, elle se présenta au pied de l'embarcadère du palais, recouverte d'un large manteau d'homme, masquée d'un *bauta* noir et coiffée d'un chapeau de négociant, pointe en motte de beurre et bords plats.

Pour n'éveiller aucun soupçon, Guido indiqua lui-même au gondolier la destination voulue par cet étrange passager muet et fourra quelques deniers dans la paume crevassée de l'homme, pour prix de sa discrétion.

*

Chiara ne s'attendait pas à une vision aussi apocalyptique.

Jamais, de mémoire de Vénitienne, elle n'avait vu des *aqua alta* aussi dévastatrices. Plus un *campo*, plus une ruelle, plus une maison n'échappait aux eaux montantes. Son batelier devait non seulement éviter les autres embarcations, mais aussi les déchets et les débris emportés par les flots ainsi que, par endroits, le cadavre de quelques animaux, rats et chats errants, le ventre gonflé, l'œil torve.

Remonter le cours du Grand canal était une véritable épreuve. De part et d'autre de la large voie maritime, les palais disparaissaient en grande partie derrière un voile de brume, d'où surgissaient par instants les silhouettes fantomatiques de rescapés accrochés aux ogives trilobées des façades à demi immergées. Il ne serait même pas venu à l'idée des nobles des Cà concernées de prêter assistance aux malheureux qui pendaient ainsi sous leurs fenêtres. Il y avait décidément quelque chose de pourri dans la supposée république de Venise, et ce spectacle ne fit qu'affermir les résolutions de la jeune femme.

Jusque-là mutique, le gondolier se prit de faire la conversation quand ils croisèrent le premier convoi funéraire.

— Il paraît qu'il y a déjà une vingtaine de cas dans le Cannaregio.

Le *sestier* le plus septentrional de Venise. Elle répondit d'un hochement de tête entendu, et néanmoins silencieux.

Des cas de quoi, inutile de poser la question à voir les précautions avec lesquelles les dépouilles étaient enveloppées, ainsi que ces masques de tissus grossièrement coupés que portaient les accompagnateurs, et qui n'avaient rien de déguisements de carnaval.

La peste frappait à nouveau la cité lacustre. Avec la montée des eaux, les rats avaient grimpé eux aussi d'un étage, à l'intérieur des maisons, et avec eux les puces porteuses du mal terrible. Quelques jours d'inondation avaient suffi pour que se déclarent les premiers symptômes, hélas ! trop bien connus, chez des sujets déjà affaiblis. Malades, vieillards, enfants ou femmes enceintes.

Chiara chassa autant qu'elle le put les images de son enfance. Mais plus elle évitait de poser son regard sur les barques mortuaires, plus elle le laissait glisser sur l'onde brunâtre, et plus elle se revoyait plonger dans les flots glacés, un jour d'hiver comparable à celui-ci, treize années plus tôt.

*

Après que son batelier l'eut débarquée aux vastes *fondamenta* en gradins du Rialto, là où elle avait poursuivi cet homme masqué, près de quinze jours auparavant, elle emprunta les venelles les moins fréquentées jusqu'à l'entrée du Castelletto. Là, l'eau était moins haute qu'ailleurs dans la ville, et on ne pataugeait que dans un mince tapis saumâtre. Mais à l'approche de la guérite de contrôle, au bout de l'étroite rue Toscana, l'horreur de ce qu'elle vit figea net son pas.

Le corps nu et tuméfié d'un enfant pendait à une poterne habituellement dévolue à l'éclairage public. La tête du gamin tenait tout juste sur son buste, balle de chiffon sur un pantin désarticulé ; la large balafre qu'il portait au cou, maculée de sang coagulé.

Manifestement exhibé pour l'exemple, le cadavre portait sur sa poitrine chétive une pancarte de bois gravé, sur laquelle on pouvait déchiffrer l'avertissement suivant : « Ratto sedizioso, la peggiore piaga ». Rat séditieux, la pire peste.

— *Pulcin… Pulcin,* non ! souffla-t-elle.

Les yeux pleins de larmes, elle aspira un grand coup d'air vicié pour se préparer à franchir le barrage, quand enfin elle avisa l'homme et la femme qui conversaient bruyamment devant les deux gardes impassibles : Filippo Dona, le Seigneur de la nuit en personne, et face à lui, silhouette noire reconnaissable entre mille malgré son bonnet et son mantel épais, Lucia Nigra.

Une cinquantaine de coudées à peine la séparaient d'eux. Bien que tout à leur échange, les deux apparitions funestes ne tardèrent pas à remarquer cet étrange marchand masqué qui s'était statufié à quelques pas d'eux, face au corps supplicié et à sa mise en garde.

Dans un rire gras, Dona lança à son adresse :

— J'imagine que nous n'en avez pas d'aussi gros d'où vous venez, n'est-ce pas ?

— Non…, gronda-t-elle de la voix la plus caverneuse qu'elle pouvait produire. En effet.

Il parlait des rats, bien sûr.

Chiara n'avait plus le choix. Il lui fallait avancer vers eux, prendre le risque qu'ils reconnaissent ses yeux verts qui perçaient le loup noir, ses yeux à nul autre pareils.

Mais Lucia minaudait tant devant l'officier, affichant son épouvantable sourire de hyène pour toute arme de séduction, que la matrone ne prêta qu'une attention discrète à ce mystérieux client. Quant à Dona, il reprenait déjà, sur un ton plus grave, le fil de leur discussion.

— Vous n'oubliez pas qu'il me faudra vos premiers livres de comptes sous une quinzaine.

— Je n'oublie pas, Seigneur Dona. Ils seront prêts. D'ailleurs, je ne vous oublie jamais tout à fait, vous savez !

Les dépassant à pas lents, le supposé marchand se présenta au plus avancé des deux gardes, lequel se contenta d'envisager la silhouette dans son ensemble. D'un coup d'œil rapide, il parut convaincu par la richesse des habits qu'elle portait, tous d'élégante et luxueuse facture, et d'un geste las lui fit signe qu'elle pouvait passer.

— Monsieur !

La voix de Lucia qui s'était élevée dans son dos la pétrifia. Surtout, ne pas se retourner. Ne pas la regarder en face, ou tout serait perdu.

— Monsieur…, piailla la souteneuse, à qui la noblesse de la vêture du visiteur n'avait pas échappé non plus. Si c'est l'Aragonaise que vous cherchez, je suis désolée, mais elle n'est plus ici.

— Vous n'oseriez tout de même pas la vendre à plusieurs clients en même temps, Lucia ? plaisanta l'officier.

— Ah, ah ! Non, dans certains cas, il faut savoir se contenter d'un seul prix, quand il est bon.

La mâchoire contractée, le regard fixé droit devant elle, Chiara adressa dans son dos un geste évasif de sa main gantée, un geste qui voulait dire « ce n'est pas grave, je me contenterai de ce que je trouverai sur place ». Et, à la faveur de leur hilarité qui ne faiblissait pas, elle put enfin poursuivre son chemin.

*

En deux jours, San Matteo ne s'était pas transformé. Et pourtant, elle avait l'impression étrange de ne rien reconnaître. Peut-être était-ce dû aux rues inhabituellement peu fréquentées. Ou à la présence nouvelle de ces rabatteurs qui, à chacun de ses pas, se montraient un peu plus entreprenants, lui vantant les particularités de telle ou telle catin, ou même, plus crues encore, les pratiques scandaleuses que certaines d'entre elles concédaient pour un ducat de plus.

Elle traça son chemin sans répondre à leurs sollicitations et ne tarda pas à parvenir à la *volte* de la rue San Matteo, là où elle n'avait résidé en somme que quelques jours.

En haut des marches, elle toqua doucement à la porte et franchit le seuil quand un « oui » timide et souffrant l'y invita.

Gina était consciente. Livide, respirant avec peine, mais vivante. Elle considérait l'homme qui venait d'entrer dans la chambre d'un regard dont l'épuisement masquait mal le courroux :

— Je ne sais pas qui vous envoie, mon Seigneur, mais comme vous le voyez, je ne suis pas vraiment en état de vous offrir quoi que ce soit.

Elle désigna les linges souillés qui jonchaient le sol pour appuyer son refus.

Derrière son masque, le regard de Chiara pétillait de soulagement et de joie. C'était bien Gina, pour éconduire un client avec une telle fermeté. *Sa* Gina. Insolente. Vivante !

Elle ôta alors son chapeau, laissant sa longue chevelure dorée couler sur ses épaules, puis retira le *bauta* sombre sous l'œil incrédule de la rousse alitée. Médusée.

— Chiara ?!

Sur le lit défait, elles s'étreignirent une longue minute. Sans un seul mot. Leur visage baigné des larmes de l'autre.

L'émotion passée, Gina lui raconta : l'empressement de Mosca à la sauver ; le médecin juif qu'il avait fini par faire entrer dans le bordel sous le déguisement d'un client étranger ; les soins presque miraculeux du praticien sur son flanc supplicié ; les visites pluriquotidiennes du vieux *capisestiere,* comme seul un père aurait eu à cœur de les honorer.

Rien de tout cela ne l'étonnait réellement. Ainsi était Alvaro Mosca. Et à travers Gina, elle le savait, c'est elle aussi dont il prenait soin.

— Et toi ? murmura à la fin Gina. Ce n'est pas trop dur ?

Chiara évacua le sujet d'un haussement d'épaules et saisit celles de son amie, avec une soudaine gravité.

— Est-ce que tu crois que tu tiendrais assez sur tes pieds pour venir jusqu'au palais ?

— Hein ? Mais quand ça ?

— Je ne sais pas. Le plus tôt possible. Aujourd'hui. Ou mieux encore, demain.

— Demain, ça devrait aller… Mais je ne comprends pas. Sandro m'a dit que je ne devais pas t'y rejoindre avant cinq ou six jours…

— Il a dit vrai. Mais je ne te parle pas des « fonctions » que tu dois prendre auprès de Pietro Dolfin.

— De quoi, alors ? arrondit-elle ses yeux.

— De son père.

— Le doge ? Je vais être la courtisane du doge ?

À la voir hésiter entre le rire et les larmes, il était évident qu'elle ne savait pas si elle devait se réjouir ou se désoler d'une pareille perspective.

— Non… pas vraiment, murmura Chiara, le regard brusquement assombri.

— Je ne te suis pas, là. Si ce n'est pas pour coucher avec le duc, qu'attends-tu de moi, au juste ?

— Je veux que tu m'aides à le… à le supprimer.

— Quoi ?

Gina avait presque hurlé.

Chiara n'eut d'autre choix que de poser une main sur la bouche large ouverte, afin de lui intimer le calme.

— Tu es complètement folle ! reprit Gina, cette fois à voix basse.

— Je n'ai pas le choix. Et quand tu auras entendu ce que j'ai à te dire, tu comprendras que toi non plus.

Pourtant, quand elle eut écouté le récit et les arguments de sa blonde amie, la rousse ne parut guère plus convaincue qu'avant.

— Tu sais comment cela va finir pour toi, n'est-ce pas ?

— Oui, admit-elle, le front bas. Et que ce soit la prison ou la mort, je ne vois pas en quoi cela sera pire que ce qui m'attend de toute façon, enfermée dans ce palais.

— Facile à dire, quand on mange à sa faim, et qu'on porte de jolies robes, cingla Gina.

— Je ne te parle pas de confort. Je te parle de supporter le rôle qu'on doit jouer en ce bas monde.

— Je ne vois pas bien en quoi c'est différent de ce que l'on est obligé de faire ici ?

— Ici, tu le fais pour le peuple, pour ces hommes de tous rangs à qui tu offres un peu de plaisir au milieu de leur vie de misère. Là-bas, tu le fais *contre* eux, Gina. Tu le fais pour ceux qui tiennent ces mêmes hommes en esclavage… Tu le fais pour le diable.

La dernière proposition était certes un peu théâtrale, mais Chiara n'était pas loin d'y croire.

Gina la considéra en silence quelques instants, le regard lourd, la poitrine tremblante d'émotion. Même aussi mal en point, la jeune prostituée demeurait ravissante, un vrai piège à clients pour Lucia, et Chiara s'étonna que l'odieuse matrone ne l'ait pas contrainte à vendre ses charmes jusque dans son lit de souffrances.

Depuis la chambre contiguë, les bruits d'un ébat mécanique, sans passion, leur parvinrent, d'ailleurs. Sa voisine ne chômait pas, elle.

— Qu'attends-tu de moi, exactement ?

— Au palais, poursuivit Chiara après une large inspiration, tous mes gestes sont surveillés. Je ne pourrai jamais subtiliser une arme. Encore moins la cacher.

— Et donc ?

— Tous les matins à dix heures, le doge assiste à la messe, dans la chapelle ducale. Dès la prière finie, il rejoint directement son bureau. Sans jamais s'arrêter nulle part. J'aimerais que tu m'apportes un couteau ou une dague, n'importe quoi d'assez tranchant, demain, à neuf heures, au guichet principal du palais. Juste avant la messe. À la fin de l'office, je trouverai un prétexte pour échapper au dernier Ave, et l'attendre à sa porte. Je connais le chemin. Il m'y a déjà reçue.

Son plan était simple. Efficace. Presque trop beau pour être vrai. Un détail chagrinait d'ailleurs sa comparse :

— Je fais comment, moi, pour te donner un couteau ou une dague sous le nez des gardes ?

— Apporte-moi un panier rempli de n'importe quelle denrée. Et glisse l'arme au fond.

— Et s'ils le fouillent ?

— Ils ne fouillent pas les putains si elles sont accompagnées de leur ruffian. Bizarrement, ils ont l'air d'avoir foi en ces ladres.

— Tu veux que je me fasse escorter par Sandro ? s'étrangla Gina.

— Je sais, ce n'est pas l'idéal. Mais je ne vois pas d'autre solution. Dis-lui que c'est Pietro Dolfin en personne qui t'a demandé cette faveur en gage de tes bons sentiments à son égard. Il n'aura aucun moyen de le vérifier.

— Il pourrait toujours s'en confier à Lucia…

— C'est un risque à prendre. Mais tu peux aussi lui rendre un « petit service » gracieux, si tu veux qu'il soit moins bavard.

Gina le savait aussi bien que son amie : la plupart des hommes devenaient de vraies tombes, quand on leur dispensait leur privauté favorite. Comme si tout ce qui précédait ou suivait l'acte lui-même n'existait plus ; comme si ce bonheur suprême les amputait d'une bonne part de leurs facultés et de leur mémoire.

— Admettons…, grimaça la rousse. Une fois au palais, je fais quoi ? Je remets mon paquet à qui ?

— Demande Guido. C'est le page personnel du Prince. Il sera sans doute surpris d'une telle initiative, mais je ferai celle qui est au courant, et je m'arrangerai pour être là avec lui.

Le regard de la blessée se perdit dans les cintres mansardés de la chambrette, songeur, puis se posa de nouveau sur le visage si parfait de sa congénère.

— Je me demande bien de quoi je vais pouvoir le remplir, ton panier… Avec l'*aqua alta* qui n'en finit pas, on manque de tout. Le Rialto n'est plus alimenté en produits frais depuis plusieurs jours.

Mais comme elle achevait de se plaindre, Chiara effaça les pans de son large manteau et dévoila un sac de toile rustique dont elle révéla aussitôt le contenu : un assortiment de pains, brioches et beignets divers, tous dorés à souhait et encore odorants de leur cuisson du jour.

— *Pezz' !* jura Gina, forçant son accent vénitien. Où as-tu trouvé ces merveilles ?

— Cuisine du palais. Antonio, l'un des marmitons, m'a à la bonne.

— Il ne va pas se faire rosser ?

— Il en jette plusieurs sacs trois fois gros comme celui-ci… Tous les jours.

— Et tu oses dire que c'est un enfer de vivre là-bas ? s'indigna Gina avec une bonne humeur retrouvée.

Les deux jeunes femmes partirent d'un rire communicatif, libérateur, si heureuses de renouer un instant avec la légèreté dans laquelle elles vivaient il y a encore si peu de temps. Dans leur vie d'avant le Castelletto.

Gina, que ces retrouvailles joyeuses semblaient rendre à la vie, reluquait les miches fraîches avec une envie flagrante. Chiara n'eut pas le cœur de la refréner et partagea l'une d'entre elles avec son amie. La pâte cuite à point se déchirait avec facilité, exhalant des parfums de farine et de beurre absolument divins.

Des parfums d'abondance et d'insouciance, comme elles n'en sentiraient plus avant longtemps, sans doute.

# 24

*14 février*

Durant toute la journée et la nuit qui avaient suivi, l'eau avait lentement entamé sa retraite. Partout dans Venise, elle se retirait, laissant son empreinte caractéristique sur les murs de torchis ou de pierres. Elle ne descendit d'abord que d'un petit pouce par heure, puis la décrue s'accéléra brutalement, comme si on avait percé le fond d'une barrique dont le contenu s'écoulait à présent de manière régulière, presque sans à-coups.

Mais ce que la fin de l'*aqua alta* révélait était pire encore que le paysage de la ville submergée. Chaque coudée gagnée sur les eaux mettait au jour des cadavres d'hommes ou d'animaux, l'un encagé sous un ponton, l'autre lesté d'une pierre ou emberlificoté dans un maillage de filets ou de cordes. Certaines de leurs agonies avaient dû être terribles.

Mais les Vénitiens qui circulaient à nouveau plus librement, par les rues rendues à leurs pas, ces passants paraissaient ne rien remarquer de ces tableaux affreux, ou ne pas s'en soucier, ce qui revenait au même. Tout à la joie de récupérer leur ville, leurs pavés, ivres du bonheur d'avoir renvoyé la lagune à son niveau ordinaire.

Au matin suivant, on rangeait déjà les planches et les tabourets, tout ce dispositif dérisoire qui avait permis de circuler aux premiers temps de la crue.

— Tu es bien pressée ! grogna Sandro.

Sautillant au milieu des flaques comme une enfant, Gina cavalait plus qu'elle ne marchait, d'une humeur bien légère malgré la blessure qui tiraillait toujours son flanc gauche.

— Ce n'est pas tous les jours qu'on présente son compliment à un Prince, sourit-elle par-dessus son épaule.

— Faudra d'ailleurs que tu m'expliques comment tu t'es procuré tout ça…

Le ruffian désigna le panier empli de douceurs, dont l'aspect demeurait presque aussi appétissant que la veille.

— Ça, si tu savais ce que l'on peut obtenir avec des talents tels que les miens !

— Hum, grommela-t-il. Je n'en doute pas un instant.

Par convention avec sa patronne et maîtresse, Sandro avait interdiction de toucher aux filles les plus rentables du cheptel. La rouquine diaphane en faisait partie. Pourtant, ce n'est pas l'envie de croquer dans ces mignardises-là qui lui manquait.

Son regard s'accrochait à la nuque fine, à la taille étroite, aux hanches et aux fesses rebondies qui dansaient devant lui.

Lorsqu'ils parvinrent au guichet du palais ducal, dans l'angle le plus discret de la *piazzetta* Saint-Marc, tout se déroula comme Chiara l'avait indiqué à son amie. Après un salut complice au ruffian, l'un des deux gardes casqués envoya son acolyte chercher le page du prince Pietro Dolfin, lequel accourut presque aussitôt, flanqué de la blonde courtisane.

— C'est drôle, on dirait les préparations d'Antonio, remarqua Guido pour la forme, penchant son nez sur le contenu du panier.

— Ça m'étonnerait, cela vient directement du palais Morosini, répliqua Gina du tac au tac.

— Dans ce cas, c'est le Seigneur Luca que mon maître devra remercier, et non toi.

— Comme vous voudrez. Mais je gage que le Sieur Morosini n'a pas les mêmes délices cachées que moi à offrir.

Sandro et les deux soldats s'esclaffèrent, et le page en oublia de pousser plus loin son inspection du présent, visiblement vexé d'avoir été ainsi remis à sa place. Sans un mot, l'air pincé, il repartit alors avec son butin, Chiara trottant à ses côtés.

Quelle comédienne ! songea Chiara en le suivant à l'intérieur de la cour d'honneur, le cœur palpitant. C'est sans conteste au bagou de son amie qu'elle devait le succès de cette première étape.

Mais, à présent, c'était à elle de jouer serré.

— Donne, je vais porter ce panier.

— Ça va…, glapit Guido.

— Vraiment, j'insiste. Pietro doit me rejoindre après la messe. Je suis sûre que la prière lui aura ouvert l'appétit. Je dirais même… tous les appétits.

Le page s'arrêta net, sourit en coin à ce trait d'humour et, bien qu'encore renfrogné, lui tendit son petit fardeau, panière d'osier couverte d'un linge blanc.

*

Jamais messe n'avait semblé plus interminable à Chiara.

Tout le long de l'office, elle ne quitta pas des yeux le panier posé sur le sol, au pied de sa chaise, dont elle redoutait qu'il s'évanouisse au moindre relâchement de sa vigilance. Le quitter pour sacrifier au rituel de la communion fut un supplice. Et, quand elle regagna sa place, le corps du Christ fondant sur sa langue, elle émit un soupir de soulagement que les fidèles autour d'elle prirent pour une extase dévote. Courtisane, certes, et néanmoins si bonne chrétienne, pensèrent-ils sans doute.

Enfin, tandis que l'assemblée entonnait un ultime Ave, conforme à ce que la future régicide avait prévu, elle se leva, se signa avec une mine confite de piété et se retira sur la pointe des pieds, son panier sous le bras.

Sans guide ni Guido, retrouver son chemin dans le palais ne fut pas chose aisée. Elle se perdit une fois ou deux, ne devant son salut qu'à de miraculeuses intuitions, le cœur battant et convaincue qu'elle perdait là la maigre avance qui était nécessaire à l'exécution de son projet.

De fait, quand elle déboucha dans le long couloir distribuant les pièces officielles du premier étage, une silhouette paraissait l'attendre devant le bureau du doge.

Une silhouette noire, élancée, et dont l'agitation fébrile lui était familière malgré la distance qui les séparait encore.

— Nicola ... ? feula-t-elle quand elle distingua les traits du visage connu.

Elle ne l'avait plus aperçu depuis cette funeste réception donnée par le duc, et ne s'attendait pas à le revoir de si tôt. À vrai dire, elle pensait ne plus jamais le croiser, si ce n'est peut-être pour l'ultime confession de la condamnée qu'elle serait bientôt.

Avant même le premier mot, il posa une main ferme sur son cabas, prêt à le lui ravir.

— Je sais ce que tu as là, Chiara. Je sais ce que tu prépares.

— Mais… Rien, bredouilla-t-elle.

— Gina m'a tout raconté. Le panier, les brioches… le couteau.

Pour l'heure, c'est son regard à lui qui la transperçait. Ces yeux implacables et qui pour elle, en de trop rares occasions, s'étaient parés d'une infinie douceur.

Comme elle demeurait muette, il s'expliqua. La veille, juste après elle, il avait visité la catin rousse dont Alvaro Mosca lui avait décrit l'état préoccupant. D'abord sur la défensive, la jeune femme avait fini par se confier. Elle avait lu en lui ce qu'elle portait elle-même depuis de si longues années, cet attachement indéfectible à Chiara l'Aragonaise. Quitte à la sauver malgré elle.

Quitte à la trahir, au besoin.

— Allez, la pressa-t-il d'une voix chaude. Donne-moi ce panier.

Elle ne pouvait pas en vouloir à son amie. En un sens, cette affectueuse conspiration la touchait. Mais rien n'abattrait sa détermination. Rien, pas même leur amour, ne la ferait renoncer.

Elle tenta de forcer le passage une première fois, mais il lui opposa des bras musculeux, fermes, infranchissables. Ces mêmes bras qui, non loin de là, l'avaient étreinte deux jours auparavant.

— Tu tues Dolfin, s'exclama-t-il en sourdine, et quoi ensuite ? Tu seras condamnée à mort par les Dix aussitôt après. Et tu seras pendue entre les deux colonnes de la *piazzetta* dès le jour suivant.

— Je sais…

— Tu le sais ? Mais sais-tu ce qu'il adviendra du Castelletto après ton coup d'éclat ?

— … ?

Elle leva sur lui un œil interrogateur, et douloureux aussi.

— Absolument rien, poursuivit-il. La voilà, la réponse. Dolfin mort, jamais le Grand Conseil ne reviendra sur sa décision. Pas avec les dividendes attendus et qu'il leur a promis.

« Il n'y aura aucun retour en arrière possible. »

Elle croyait entendre le discours du doge, l'avant-veille, dans ce même bureau où elle prétendait pénétrer à l'instant.

— Tu auras sacrifié ta vie pour rien, Chiara. Tu m'entends ? Pour rien ! Tout ce que tes amies de

San Matteo auront gagné, grâce à toi, ce sont des contrôles et des brimades en plus. Des règles de détention toujours plus sévères. Et, au final, de la liberté en moins...

Elle soutint son regard et, avec un calme qu'elle voulait glacial, lui rétorqua :

— ... Dit celui qui les a enfermées dans cette prison.

— Ce que tu veux faire là est un suicide. Ni plus ni moins.

— Que veux-tu, Nicola... On n'est pas tous obligés de choisir le camp de la lâcheté.

Il reçut l'insulte comme un soufflet, et sa mâchoire se contracta malgré lui. Masque de l'humiliation, des compromis oiseux, masque de la défaite. Déjà les muscles de ses membres se détendaient et il relâchait son emprise sur l'anse du panier.

Chiara ressentit ce début de capitulation, car elle profita de cet instant flottant pour se glisser entre la porte et lui, et saisir la poignée qui ne demandait qu'à tourner dans son logement.

— Attends...

Soudain, il avait posé sa main sur celle de la jeune femme. Le contact entre leurs peaux, ce frisson soyeux qu'il n'avait plus ressenti depuis leur étreinte dans le couloir voisin, les laissa un court moment sans voix. Une nouvelle fois, leurs sensations réactivaient leurs sentiments, eaux montantes qui les submergeaient sans qu'ils n'y puissent rien opposer. Chiara chancela une seconde puis se rétablit, prenant appui sur l'avant-bras tendu vers elle.

— Il y a une dernière chose que tu dois savoir. Après... Après tu feras comme tu l'entends.

— Je t'écoute.

Il la dévisagea, parut hésiter, sa confession à fleur de lèvres, et enfin lui fit le récit de ce qu'il avait découvert, pondérant chacune de ses allégations d'un conditionnel prudent. Mais sans rien lui épargner non plus.

Et plus il progressait, plus Chiara blêmissait, à son tour comme amollie par le choc des mots. Des brumes du passé, ne lui revenaient manifestement que des bribes diffuses. Alors entendre un témoignage de première main sur sa mère, peut-être même sur son père… Comment aurait-elle pu y résister ?

— Et… Et il t'a dit comment cela a fini entre eux ?

— Non. Mais j'ai réussi à trouver des serviteurs qui travaillaient déjà ici, à l'époque. Cela va peut-être te surprendre, mais c'est ta maman qui a mis un terme à leur relation.

— Pourquoi ?

— Elle a sans doute anticipé qu'étant donné sa condition, être enceinte des œuvres d'un homme aussi puissant lui attirerait plus d'ennuis que de privilèges. D'après ce que j'ai compris, elle a quitté Venise quelque temps, sans doute plusieurs mois, peu après avoir fait ses adieux à Dolfin.

— Elle est allée où ?

— Ça, je n'en sais rien. Ce qui est certain, en revanche, c'est qu'en revenant ici, elle avait un bébé dans les bras. Toutes les vieilles putains du Rialto peuvent en témoigner.

Angela et les autres, celles qui avaient fait office de mères de substitution pour elle, ces treize dernières années.

— Moi…, lâcha Chiara, le regard éperdu, le souffle court. Ce bébé, c'était moi.

— Probablement, oui. En tout cas, il semble qu'on n'ait pas connu d'autre enfant que toi à Luiza.

Alors, mue par un ultime sursaut, elle pressa la poignée et effaça le bras tendu de son amant.

Elle entra.

Seule.

Non sans avoir déposé au pied de la porte le panier au couteau.

À l'autre bout du palais, une cloche sonnait la fin de la messe, et déjà on entendait le pas sourd des fidèles qui s'égaillaient à travers les couloirs. Le doge ne tarderait plus à rallier son royaume, à présent.

Sans feu dans l'âtre, l'intérieur du bureau était à peine plus clair qu'en pleine nuit. Chiara fouilla la pénombre d'un regard avide, cherchant l'objet indiqué. Celui dont elle possédait le double sur sa table de chevet.

Quand elle l'avisa enfin, posé sur un angle du grand secrétaire maroquiné, elle ne se rua pas sur lui. Elle contint au contraire son geste. À quoi lui servirait ce passé qui ne voulait pas d'elle ? Ne valait-il pas mieux, comme Luiza avant elle, qu'elle enterre tout cela dans un coin reculé de sa mémoire ? Elle avait bien vécu près de vingt années sans père…

Alors elle fit ce dont elle se croyait incapable : croire Nicola et renoncer à la confirmation qu'elle était venue chercher. Négliger ce passé qui ne voulait pas d'elle. Plantée du côté opposé au siège ducal, elle ne retourna donc pas le médaillon vers elle, et perdit son regard dans un angle sombre de la pièce. Elle hésita encore un instant et s'élança bientôt hors de la pièce, sans que ni les bras ni les appels de Nicola puissent rien pour la retenir.

# 25

*14 février*

Chiara courut d'abord à travers la foule qui avait envahi la place Saint-Marc. À la faveur de la fin de l'office et de la liesse qui gagnait les abords du palais, elle s'était glissée hors du bâtiment sans être inquiétée.

Dans tout Venise, les festivités se faisaient de plus en plus nombreuses et commençaient certains jours dès les premières heures de la matinée. L'*aqua alta* avait certes ralenti l'activité joyeuse quelque temps, mais, depuis le reflux des eaux, celle-ci avait repris avec une vigueur décuplée. Tous ces masques et ces déguisements anonymes entendaient bien rattraper le temps perdu par la faute des éléments.

Ainsi, quand Nicola avait débouché à sa suite hors du palais, elle s'était déjà évanouie dans cette autre crue, celle des costumes multicolores, des marchands ambulants et des cris exaltés.

Ce n'est qu'après plusieurs minutes d'une course sans but, à travers le dédale du *sestier* San Marco, qu'elle prit conscience de sa tenue, une simple robe, trop légère pour les rigueurs du froid présent. Avec les eaux de la lagune, la douceur tempérée s'en était allée, elle aussi, laissant place à nouveau à l'hiver tranchant.

Elle erra ainsi un long moment, grelottante, à la recherche d'un recoin moins exposé aux vents, en particulier ce *bora* glacial du nord-est qui balayait si volontiers la lagune en cette saison.

Sans qu'elle sache bien comment, sans doute par habitude et par instinct, ses pas l'avaient conduite à proximité du Rialto, non loin de chez Nicola. Évitant soigneusement la *calle* Zocco, elle s'engouffra dans une petite rue derrière l'église San Bartolomeo, la *calle* Bombaseri, où jouait une grappe d'enfants des rues assis en cercle, à même la terre battue.

L'image de Rolando accroché à la poterne du Castelletto, la gorge tranchée, la pétrifia plus sûrement encore que le froid. Voilà sans doute le sort qui l'attendait, si elle tentait d'y retourner à visage découvert. Aussitôt repérée, elle serait livrée à Lucia, qui n'apprécierait guère de voir revenir le bien qu'elle venait de céder à si bon prix. Elle serait livrée ensuite à la rage aveugle de Sandro, ou pire encore aux sbires de Dona.

— *Ciao*, Chiara ! lui lança l'un des gamins.

Accroupi, celui-ci faisait sauter des cailloux en guise d'osselets dans sa main, sous le regard des autres, qui attendaient la moindre erreur de manipulation pour s'en saisir à leur tour.

— Giusep' ?

Elle reconnut le petit camarade de Rolando, l'un de ceux avec qui il traînait volontiers, et pour qui il faisait plus ou moins office de chef de bande. Certains autres des petits visages effarouchés ne lui étaient pas inconnus.

L'enfant lâcha ses pierres sur le sol encore détrempé et, se redressant, leva sur elle un regard amical, comme elle n'en espérait plus. Un regard sincèrement heureux de la voir, elle, la putain en fuite. Car elle n'en doutait pas, partout dans les quartiers concernés, l'alarme avait dû cette fois être donnée. Guido n'avait pas couvert cette nouvelle escapade. Des soldats du palais devaient fouiller la ville à sa recherche.

Elle lui rendit son sourire et saisit le petit par les épaules. Ce môme miséreux était peut-être sa seule chance de faire toute la lumière sur ses origines.

— Giusep', voudrais-tu me rendre un petit service ?

— À toi ? Bien sûr, *Bella* !

Le visage du gamin s'était illuminé, pas peu fier d'être ainsi sollicité par la plus jolie fille du Rialto. Déjà petit coq.

— Tu peux entrer et sortir comme tu veux du Castelletto, n'est-ce pas ?

— Évidemment, fanfaronna-t-il sous le regard amusé de ses condisciples en guenilles.

— Bien. Alors voilà ce que tu vas faire…

Et tandis qu'elle lui exposait son plan à l'oreille, il opinait du chef, revêtant cet air important qu'il avait vu chez les ruffians du quartier.

Quand elle eut achevé ses instructions, il fronça les sourcils, visiblement préoccupé, et émit cette unique réserve :

— Et si elle me demande à quel sujet tu veux la voir ?

— Dis-lui… Dis-lui que je veux qu'elle me parle de ma naissance. Et de ma mère.

— Ben, c'est pas elle ta mère ?

— Oui… enfin, pas seulement. C'est compliqué.

— Pffff, je comprends mieux pourquoi les curés ne vous aiment pas : non seulement vous avez plusieurs maris, mais en plus vous avez plusieurs mamans !

Ce fut dit avec une telle candeur, sans le moindre jugement ni la moindre effronterie, qu'elle répondit à sa remarque par une caresse sur la joue bistrée de crasse.

— Allez, file ! Dis-lui que c'est urgent. Et dis-lui aussi de prendre quelques deniers !

Discrète et située sur la rive opposée du canal, l'*osterie* du Melon lui parut un choix judicieux pour un tel rendez-vous. Elle savait en outre de source sûre qu'Angela l'avait elle aussi déjà fréquentée, en compagnie de certains clients importants. Elle n'aurait aucun mal à la retrouver.

Afin d'éviter les mille mouches et autres informateurs qui grouillaient en permanence autour du Rialto, la jeune femme transie choisit de ne pas emprunter le célèbre pont marchand pour traverser le canal et se rabattit sur ce *traghetto* voisin, dont le batelier était une vieille connaissance. De fait, comme elle l'espérait, il accepta de la faire passer sans payer.

Ce à quoi Chiara ne s'attendait pas, en revanche, c'est la foule qui peuplait déjà l'auberge du Melon en cette fin de matinée. La salle principale, pleine à craquer, bruissait des verres qu'on entrechoque, des compliments qu'on susurre et des rires qui s'ensuivent. Car cette particularité la frappa dès son entrée : il n'y avait là presque que des couples. Légitimes ou non, la chose était plus dure à établir. Mais partout on se mangeait des yeux, on se tenait la main, on se chantonnait un air destiné à charmer ou reconquérir l'autre.

Au moins y faisait-il meilleur qu'à l'extérieur, et à peine rentrée elle sentit le réconfort qu'il y avait à partager cette chaleur animale.

— Tu es seule ? lui demanda une servante qui l'avait reconnue.

— Oui… mais j'attends quelqu'un.

— Viens, suis-moi. Il me reste un petit coin plus au calme.

Derrière un lourd pilier, une table branlante et deux tabourets luisants de saleté étaient encore disponibles.

De là, elle pouvait observer à loisir les amoureux qui tout autour d'elle se bécotaient sans vergogne. Pourtant, aucune des filles présentes n'était une professionnelle. Elle connaissait chaque visage des catins de San Matteo. Et ceux qu'elle observait à présent n'appartenaient pas à sa confrérie, elle pouvait le certifier. Alors qui étaient-ils, ces amants impudiques, qui exhibaient ainsi leur passion ?

La fille de salle revint, un pichet de vin et un verre en main, qu'elle déposa sur l'étroit plateau.

Comme elle avait capté le regard circonspect de sa blonde cliente, elle s'autorisa cette remarque :

— Moi aussi, ça me dégoûte, tout ce déballage de sentiments…

— Pourquoi se retrouvent-ils tous ici ?

— Ah ! ce n'est pas que chez nous. Tu trouveras les mêmes dans toutes les auberges un peu convenables.

— Aujourd'hui, tu veux dire ?

— Oui ! Tu n'es pas au courant ?

— Non, admit Chiara.

— Il paraît que c'est une nouvelle coutume qui nous vient d'Angleterre.

— De s'embrasser en public ?

— Pas seulement. Là bas, si j'ai bien compris, le 14 février est devenu une sorte de fête des amoureux. On forme des couples le matin, ils s'échangent des galanteries toute la journée… Et ensuite on voit si leur « amour » tient jusqu'au lendemain.

Chiara approuva d'une grimace et avala un premier verre de vin cul sec, pour ne pas être obligée de commenter les propos de son hôtesse. Qui étaitelle, au fond, pour juger les amours éphémères des autres ? Son propre amour pour Nicola n'était-il pas mort aussitôt né ?

Elle dilua son amertume dans le reste du pichet, et les couples assis se mirent bientôt à danser vaguement autour d'elle, l'entraînant dans une farandole qui voyait sa tête tourner, puis s'affaler sur la table.

Épuisée.

*

La main d'Angela posée sur sa nuque la tira doucement de son ébriété et de sa torpeur. Cette main fripée et couverte de cicatrices avait sur elle un pouvoir apaisant qu'elle avait tant de fois éprouvé.

La putain balafrée prit place sur le tabouret vacant et sonda le visage de la jeune femme blonde, sans un mot. Disponible pour sa protégée comme elle l'avait toujours été depuis ce jour de décembre 1348 où, malgré sa corpulence, elle avait plongé dans l'eau du canal pour sauver la gamine.

— Tu n'as pas eu trop de problèmes pour sortir ?

— J'ai fait croire que j'avais un gros client qui m'attendait au-dehors. J'ai envoyé Giuseppe à Mosca, qui a accepté de jouer le jeu. Au besoin, il saura quoi dire.

— Je vois, esquissa-t-elle un sourire.

— Et j'ai dû accepter de porter ça, aussi…

Alors seulement Chiara prêta attention au châle dont la vieille catin avait couvert ses épaules. Un châle jaune, la nouvelle couleur infamante de leur corporation.

— Mais j'imagine que tu ne m'as pas fait venir ici pour parler des joies du Castelletto, poursuivit-elle en lui prenant les mains avec chaleur. Qu'est-ce qu'il se passe, Princesse ? Que fais-tu seule en dehors du palais, et dans cet état ? Ne me dis pas que tu as déjà montré ton vrai visage à ce Pietro Dolfin ?

« S'il ne s'agissait que de ça », songea Chiara.

Reprenant son souffle, elle se lança non sans mal dans le récit des quelques heures écoulées, n'omettant rien des révélations faites par Nicola, ou du portrait de sa mère retrouvé sur le bureau du doge.

— Ça ne prouve rien, répliqua Angela après un silence interminable.

— Peut-être… Mais je crois malgré tout qu'il est temps que tu me dises tout ce que tu sais sur les circonstances de ma naissance.

À son tour, Angela inspira avec force. Elle déboutonna son épais manteau, des replis duquel elle sortit une petite cassette de bois marqueté. Chiara reconnut d'emblée l'objet. Elle l'avait toujours vu chez sa tutrice, sans jamais oser interroger cette dernière sur le contenu du coffret. Des bijoux, quelques ducats, ou bien le mot doux d'un ancien amant, avait-elle conjecturé au fil du temps.

Que faisait-il ici ?

Pourquoi s'en encombrer ?

La voix d'Angela s'éleva péniblement dans le brouhaha ambiant, plus sourde et grave que jamais. Une voix comme on aimerait en entendre narrer des contes. Mais ce qu'elle racontait là n'avait rien d'un récit merveilleux pour bercer les enfants.

— Il y a un peu plus de vingt ans, ta mère a disparu, pendant plusieurs mois, au moins trois ou quatre. Elle n'a rien dit à personne, pas même à moi. Mais en voyant les affaires qu'elle avait emportées avec elle, j'ai compris qu'elle avait préparé son départ, bien à l'avance. Qu'elle ne s'était pas enfuie sur un coup de tête.

— Elle est partie où ?

— À Lucques. Dans une ferme. Mais ça, je ne l'ai appris qu'après. Comme ce qu'elle était allée faire là-bas.

— Accoucher, c'est ça ? risqua Chiara.

— Oui, accoucher de toi. À l'époque, les anciens propriétaires de cet endroit louaient les pièces vacantes à des personnes de passage, pour arrondir leur pécule. La peste était déjà installée partout dans la région. Avec tous ces bras en moins, il était très difficile de survivre pour les paysans.

— Et quand elle est revenue ici, la pressa-t-elle. Elle m'avait avec elle ?

— Oui. Mais dans les premiers temps, elle t'a fait passer pour une orpheline qu'elle avait recueillie en chemin. Elle ne voulait pas qu'on sache que tu étais son enfant.

— Les autres filles ont gobé ça ?

— Moi aussi, tu sais. Au moins au début. Elle était partie le ventre plat, revenue le ventre plat… Qu'elle ait porté un petit dans l'intervalle et qu'elle ait mis ce bébé au monde n'avait rien d'évident.

— Dans ce cas… comment tu as su ?

— Elle me l'a dit. Pas très longtemps avant sa mort.

Quand elle se savait condamnée et qu'elle avait confié Chiara aux bons soins de la balafrée.

— Seulement à toi ?

— Oui, mais je pense que certaines des putains de l'époque n'étaient pas dupes.

Toutes ces autres femmes qui l'avaient traitée comme leur propre fille.

— C'est aussi à ce moment-là qu'elle m'a donné ça pour toi, ajouta Angela en ouvrant le coffret ouvragé.

— Qu'est-ce que c'est ?

Alors les doigts usés se mirent à extraire un carré de batiste jauni, brodé de trois dauphins dorés, blason reconnaissable entre mille.

« Les Dolfin ! »

Puis suivit un parchemin sec et friable, frappé d'un cachet de cire descellé, qu'Angela tendit à sa pupille sans le dérouler.

— Je crois savoir que c'est une lettre de ton père.

— Tu le crois seulement ? Tu ne l'as jamais lue ? s'étonna-t-elle.

— Bien sûr que non ! s'indigna Angela. Luiza me l'a confiée pour que tu la lises un jour. Pas pour que je partage son secret.

— Tu étais son amie… Elle m'a donnée à *toi* !

— Je ne sais pas ce que ce courrier contient, mais ta mère semblait persuadée que moins son contenu se propagerait, plus tu serais en sécurité. Elle m'a expressément demandé de refréner ma curiosité, et comme tu le dis toi-même, c'était mon amie. Je lui devais bien ça.

De ses mains fines et hésitantes, Chiara entreprit de déplier la missive, qui menaçait de se transformer en lambeaux au moindre geste brusque. Quand elle eut réussi sans trop de dégâts, elle plaqua le parchemin sur la table et en entreprit la lecture à voix basse.

« Cet enfant n'est ni souhaitable ni possible. Je connais une paysanne qui sait résoudre ce genre de désagréments. Près de Lucques. À la ferme dite du Poteau noir. Va la voir dès que tu pourras, surtout sans préciser que tu viens de ma part. Voici le prix de son intervention, et le sauf-conduit qui te permettra de quitter la cité sans être ennuyée par les gardes. Je paierai également ta matrone pour qu'elle ne te cause pas d'ennuis. Si toutefois tu devais revenir à Venise, il est entendu que tu ne seras pas la bienvenue chez moi, et que je ne te demanderai plus lors de mes éventuelles visites à San Matteo.

Oublie cette regrettable mésaventure, et tâche toi-même de te faire oublier. Je te demande bien sûr de détruire ce billet aussitôt que tu l'auras lu. »

*

Le message ne comportait ni signature ni cachet. Mais son origine faisait peu de doute. Il lui sembla d'ailleurs en reconnaître l'écriture, telle qu'elle l'avait aperçue sur les nombreux parchemins qui couvraient le secrétaire du doge. Ample et sèche à la fois, dont les boucles décrivaient d'amples arabesques.

Les lèvres frémissantes, les yeux baignés de larmes, Chiara tendit le billet à sa protectrice, qui le parcourut à son tour.

Angela fut la première à rompre leur silence sidéré :

— Elle devait te faire « passer »…

— Et elle ne l'a pas fait, ajouta aussitôt l'intéressée.

Dans la note de Giovanni Dolfin, il n'y avait pas que le ton, froid et comminatoire, mais aussi et surtout cette exigence, criminelle.

— Je comprends mieux cette légende de l'orpheline, souffla Angela. Elle ne voulait surtout pas que ton existence remonte aux oreilles des Dolfin. Elle t'a désirée malgré les ordres, malgré les menaces…

— …

— Elle t'a voulue plus que tout, Chiara.

En présentant sa propre fille comme une enfant trouvée, Luiza l'avait non seulement protégée de la colère du futur doge, mais elle avait aussi suscité la compassion des autres putains, et leur instinct de mère, assurant ainsi la survie de sa petite. Qui sait comment celle-ci aurait été traitée dans le quartier, si les filles publiques l'avaient connue comme la bâtarde d'un homme si important ?

Le sacrifice avait été immense, mais la cause qui le motivait était si noble. Chiara en étouffait presque de reconnaissance et d'amour filial contenus. Ce qu'avait fait sa mère pour elle était extraordinaire. Et pourtant, jamais elle ne pourrait l'en remercier…

Levant des yeux éplorés sur sa mère de substitution, elle parvint à susurrer cette dernière question, exempte de reproches, mais percluse de regrets.

— Pourquoi tu ne m'as pas donné ça plus tôt ?

— Parce que ta mère m'a fait promettre de ne te le remettre qu'à la condition que tu me poses la question.

— Et je ne l'ai jamais fait jusqu'ici, conclut d'elle-même Chiara, effondrée.

— Non. Et c'était probablement mieux comme ça, *Bella.*

La jeune femme revit tous ces moments de joie que lui avait fait vivre Angela. Cette force et cette détermination qu'elle lui avait inculquées. Cette sagesse d'aimer les hommes pour ce qu'ils sont, et de n'en rien attendre en retour, qu'elle lui avait transmise. C'est à elle qu'elle devait ce qu'elle était aujourd'hui. Une putain, certes, mais aussi une femme aussi belle et indépendante que pouvait l'être une femme à Venise.

À sa manière, Angela avait été la meilleure mère possible, et Chiara n'en aurait pas voulu d'autre, si elle avait été amenée à choisir. Les souvenirs qu'elle conservait de Luiza étaient si flous, à présent, si ténus. Tout ce qu'elle gardait de son enfance, elle le devait à Angela, et à personne d'autre.

Comme la jeune femme tremblait de tout son être, la balafrée se délesta de son manteau et vint le lui poser sur les épaules. D'un geste large et enveloppant. Voilà tout ce qu'elle pouvait faire pour sa protégée. Elle mesurait à quel point d'autres tentatives de réconfort, en particulier d'autres mots, seraient vaines.

D'un signe rapide, elle fit signe à la servante de leur apporter un autre pichet. Elle était bien placée pour savoir quel refuge on pouvait parfois trouver dans la boisson.

Chiara ne bougeait plus, ne parlait plus, ne paraissait plus respirer que par intermittence. Ses yeux fixaient un point proche, quelque part dans la salle, et qui pourtant lui semblait surgi de l'infini.

Elle se rappela alors la confession avortée de Nicola. « Ce monstre est mon ami et ton… » Elle pouvait compléter la phrase désormais. Elle ne connaissait que trop le mot tronqué, celui qui faisait de Pietro, son nouveau maître et amant, un être plus dépravé encore qu'il ne le croyait lui-même.

Son frère.

# 26

*15 février 1361*

— Tu m'appartiens, tu m'entends ? Je t'ai payée ! Très cher ! Trop cher, sans doute ! Et quand je paie quelque chose ce prix-là, j'entends pouvoir en disposer quand j'en ai envie !

Les cris de Pietro Dolfin résonnaient jusque dans les couloirs attenants, et probablement au-delà, dans tous les appartements de la famille ducale. Sa figure cramoisie de colère contrastait avec la blondeur de sa chevelure. Et son costume d'oiseau de paradis, multicolore et pour tout dire ridicule, jurait lui aussi avec le tour tragique qu'il donnait à son propos.

Prit-il soudain conscience du grotesque de la situation ? Toujours est-il qu'il recula d'un pas et poursuivit sa diatribe sur un ton plus mesuré.

— Ne t'avise plus jamais de disparaître du palais sans mon autorisation, reprit-il. Suis-je assez clair ?

Le grand gaillard costumé entreprit alors de faire les cent pas tout autour de sa chambre, passant et repassant devant le feu qui embrasait tout le foyer de son immense cheminée.

On aurait dit un général égaré dans une volière.

— C'est l'*aqua alta* qui m'a retenue prisonnière au-dehors, Votre Seigneurie, argua-t-elle non sans ironie, mais le regard baissé.

Maintenant qu'elle connaissait la nature véritable de leur lien, il lui était impossible de regarder le jeune prince en face. Mais le moment lui paraissait particulièrement mal choisi pour partager avec lui ses récentes découvertes.

— L'*aqua alta* ? Tu te moques de moi ? L'eau reflue depuis bientôt deux jours !

— Certains quartiers sont encore en partie coupés du reste de la ville, répondit-elle avec humilité.

La fureur habitait encore le prince, mais il la trouvait si séduisante quand elle affichait une attitude aussi docile. Des femmes, il n'acceptait qu'une résistance limitée. Rien ne l'excitait plus, en revanche, que ces airs de chattemite effarouchée que revêtaient la plupart d'entre elles dès qu'un homme élevait la voix. Il aimait mesurer son pouvoir à leur effroi, fût-il feint.

— Je demande à voir ça… Et il n'empêche. Si tu t'évapores à nouveau de la sorte, je n'aurai d'autre choix que de te faire enfermer dans un cachot. Et crois-moi, ce n'est pas ce qui manque ici.

Il accompagna sa menace d'un index levé qui désignait les combles du palais, les sinistres *plombi*.

Elle courba un peu plus la nuque, bien décidée à étouffer les braises plutôt qu'à souffler dessus. Car tout le temps qu'elle passait à essuyer son courroux, elle ne le consacrait pas à l'objet véritable de son retour au palais ducal. Au plan qu'elle avait conçu au cours de la nuit précédente, dans sa chambre à l'auberge du *Melon.*

*

Angela lui avait laissé de quoi s'offrir une nuit de repos dans un lit presque douillet. De quoi encaisser le choc des révélations du jour. De quoi envisager ce que serait son proche avenir.

Fuir à nouveau Venise ? Elle y avait bien songé. Au petit matin, elle pourrait retourner voir Mosca, l'implorer de lui financer un passeur plus fiable, ou même lui demander de camper quelque temps sur cet îlot désert qu'il lui destinait.

Elle toucha à peine à la soupe de pois que lui avait fait servir Angela avant de partir.

Les yeux grands ouverts, elle passa des heures à se retourner sous les draps plus ou moins propres – elle avait toujours soupçonné les aubergistes de ne pas les changer après le passage de prostituées, qui les occupaient en définitive si peu de temps. À fixer ce plafond décrépi. À guetter d'une oreille les cris des gardes appelant la population à rentrer chez soi. À redouter qu'une poignée d'entre eux ne débarquent soudain au *Melon* et ne l'emmènent entre deux lances.

Quand les premières lueurs du jour léchèrent les murs de la chambrette, sa résolution était prise. Elle retournerait au guichet de la place Saint-Marc. Elle affronterait l'inévitable colère de Pietro. Elle subirait tout ce qu'elle aurait à subir, pour peu qu'elle parvienne à confronter une ultime fois le doge.

Son père.

Face à lui, elle lui exprimerait tout ce qu'elle, l'enfant « ni souhaitable ni possible », souhaitait et croyait possible.

Le reste, ce qu'on ferait d'elle après cela, les punitions que lui vaudrait un tel esclandre, cela lui importait peu, à présent.

Elle ne voulait juste pas laisser « passer » ce qu'elle avait découvert, comme on avait tenté de l'évacuer il y a vingt ans, sans bruits et sans témoins.

C'est pourquoi, avant de prendre le chemin de Saint-Marc, elle avait fait halte au Rialto pour y saluer une vieille connaissance, Aldo l'écrivain public, lequel officiait dans une boutique à peine plus vaste qu'une charrette, juste au sortir du pont. Toutes les filles du quartier n'étaient pas capables d'écrire, loin de là, et il bénéficiait parmi les putains d'une clientèle fidèle et régulière. Même Chiara, les rares fois où elle avait eu besoin de rédiger des courriers plus soignés qu'un simple billet, avait eu recours à ses services. Aldo présentait le triple avantage d'être rapide, discret, et surtout muet – mais pas sourd –, handicap qui scellait de la plus absolue des manières la confidentialité de ce qu'il écrivait pour ses clients.

— C'est à adresser à qui ? lui exprima-t-il en quelques gestes explicites.

— À personne. J'aimerais juste que tu recopies cette note et que tu conserves l'original par-devers toi.

— D'accord.

La requête était rare, mais pas inédite pour autant. Ainsi l'écrivain et copiste recelait-il, sous son comptoir, dans des pots en terre hermétiquement fermés, quelques décennies de secrets intimes, politiques ou familiaux. Bien sûr, contrairement à un service notarié, un dépôt chez Aldo ne revêtait aucune valeur légale. Mais la démarche rassurait néanmoins ceux qui s'y pliaient. Quelque part, quelqu'un détenait la vérité, et il serait toujours possible de ressortir celle-ci au grand jour le moment venu.

— T'est-il possible de reproduire le mieux possible l'écriture originale ? ajouta-t-elle alors qu'il se saisissait déjà du parchemin.

Ça, en revanche, c'était bien la première fois qu'on le lui réclamait. Il esquissa un sourire fier et approuva d'un hochement de tête. Oui, il le ferait, il n'était pas le meilleur écrivain public de Venise pour rien.

Prenant sa plume, il démontra alors que son talent n'était pas usurpé, et en quelques minutes seulement produisit un double en tous points semblable au document authentique.

Enfin, cette précaution prise, le ventre vide et noué par la peur, elle avait repris son chemin, drapée du manteau trop grand d'Angela. Fragile. Résolue.

*

Quand Pietro eut fini son monologue, il resta un moment statique et silencieux, dos au feu, l'ombre de son imposante silhouette se découpant sur les flammes. Chiara devinait à peine l'expression sur le visage de son amant, mais elle en comprenait la teneur. Il avançait à présent vers elle, à pas lents, un sourire enfantin sur ses lèvres charnues d'enfant boudeur.

Son intention était claire.

Son objectif, évident.

Déjà, du revers de sa main tendue, il pouvait effleurer la poitrine de la jeune femme, qui se soulevait à chaque nouvelle inspiration. Il poursuivit sa course sur le cou, les joues et la bouche de la beauté blonde, son regard cherchant les yeux verts de sa proie. Il était si plein de son propre désir qu'il ne décela pas la terreur que lui inspiraient ses gestes, et qui s'emparait d'elle. Les narines dilatées. Le souffle contraint. La peau grêlée. Et ce frisson qui la parcourut de la tête aux pieds quand il approcha ses lèvres de celles de Chiara, ce frisson qu'il dut prendre comme un encouragement et qui n'exprimait pourtant que du dégoût.

— Non…, recula-t-elle brusquement. Je… On ne peut pas.

Croyant à un jeu, il repartit aussitôt à l'assaut.

— Bien sûr que si, on peut, puisque j'en ai envie.

— Ce n'est pas ça…, gémit-elle.

Mais déjà il était sur elle, ses deux mains gigantesques et aussi dures que des fers enserrant les poignets de la belle, sa bouche avide aspirant le parfum enivrant à même le cou et la gorge de sa victime. Comme elle repoussait sa tête en arrière pour se soustraire à ses baisers, il relâcha l'une de ses mains et saisit la nuque de Chiara d'une poigne implacable.

La gifle partit sans qu'il vît rien venir.

Un instant qui parut une éternité, ils demeurèrent sans voix. Pietro tenait sa joue bafouée et la dévisageait comme on regarde une bête dont on découvre l'existence.

Avec autant de curiosité que de méfiance.

Puis soudain, il partit d'un rire terrible, suraigu, presque inhumain.

— Tu es folle ! Tu es complètement folle ! Tu sais ce que tu risques pour une injure pareille ?

Les yeux affolés, mais le regard fier, elle ne répondit pas. Sans en avoir l'air, elle glissait ses pieds en direction de la sortie, pouce après pouce, presque imperceptiblement.

— Je pourrais te faire battre à mort ! Tu m'entends ? Je pourrais te faire pendre sur la *piazzetta.* Pas demain ! Aujourd'hui même ! Il me suffit d'appeler un garde !

Quand à ces mots la porte de la chambre s'ouvrit, il roula des yeux effarés et relâcha brusquement son emprise. Il était impossible qu'il fût entendu et obéi aussi vite.

Sans doute réalisait-il aussi la portée de ses menaces.

Mais lorsqu'il reconnut le visage familier de Nicola, le prince changea soudainement de visage et d'attitude. D'un coup, il reprit son masque de jeune noceur joyeux et amical.

— Nicola ! força-t-il son sourire et sa jovialité.

Si elle n'avait pas été pétrifiée de peur, Chiara eût sauté au cou de son sauveur. Oubliant ses griefs et sa rancœur.

Le prêtre se contenta d'un bref salut de la tête et rendit à Pietro son accueil chaleureux.

— Pietro… Tu es fin prêt pour les dernières festivités, à ce que je vois.

— Oui ! Il était temps que je revête ce costume en public. Il m'a coûté une petite fortune.

— Tu m'as fait demander ?

— Tout à fait, répondit le fils du doge avec un embarras évident. Mais il n'y avait rien d'urgent. Nous pourrons en parler plus tard.

La gêne de son maître.

L'effroi lisible sur le visage de la jeune femme.

Le prélat n'avait pas besoin d'explications pour comprendre ce qu'il avait surpris, et probablement empêché.

Il ne savait pas bien comment exprimer sa sollicitude à Chiara, et se borna à lui jeter un regard qu'il voulait doux et aimant. Le regard qu'aurait pu lui adresser un père, ou un frère, justement.

— Très bien…, approuva Nicola. Je suis à ton service.

Et comme il faisait mine de refluer hors de la pièce, entrouvrant la porte, Chiara se jeta dans l'entrebâillement d'un trottinement léger et disparut aussitôt dans l'obscurité majestueuse du couloir.

Hors de portée des deux hommes. Le désir frustré de l'un ; l'amour condamné de l'autre.

*

— Entrez !

La voix de Giovanni Dolfin s'éleva derrière le lourd vantail ouvragé. Grave. Dure. Faite d'un bois que rien ne semblait pouvoir entamer.

Elle prit une inspiration profonde et se décida enfin à pénétrer dans le bureau où son destin avait déjà été en grande partie scellé.

Le doge serait un interlocuteur coriace, elle n'en doutait pas. Mais elle était décidée à tout lui dire. À ne rien lui épargner de ses découvertes.

Elle n'exigerait rien pour elle-même, non. Elle voulait juste qu'il sache qu'elle savait.

Quand la porte fut refermée sur elle, le duc leva à peine l'œil sur la nouvelle entrante.

— Encore toi... Je t'avais prédit que tu te sentirais bien ici, mais je ne t'invitais pas non plus à prendre autant tes aises. Comme tu le vois, je suis en plein travail.

Elle fit quelques pas de plus vers lui, silencieuse, et quand elle fut assez proche de l'immense secrétaire, elle posa ce qu'elle venait d'extraire de sa poche : un mouchoir de batiste et un parchemin roulé.

Dolfin ne manifesta aucune émotion particulière, mais à la manière dont son regard s'était arrêté sur les deux objets, Chiara sut qu'il les avait reconnus. Datés. Et probablement attribués à celle qui avait fait en sorte qu'ils traversent le temps, pour arriver jusqu'à cet instant qui les réunissait.

Jusqu'à eux deux, le père et sa fille.

— Lisez-le, intima sèchement Chiara. Ou je devrais plutôt dire : relisez-vous.

L'œil torve et la lippe tombante, il se saisit du document, qu'il déroula et parcourut rapidement.

— Ce mot n'est ni adressé, ni signé, finit-il par lâcher avec aplomb.

— Ce mot est adressé à ma mère, Luiza d'Aragon, et il est de votre main. Vous le savez très bien.

Sans lui répondre, il se leva pesamment, progressa d'un pas lourd jusqu'à la cheminée et jeta la missive dans le foyer.

Le parchemin s'embrasa aussitôt.

— Voilà… Comme ça, il n'est plus adressé à personne, et celui qui l'a signé est un fantôme.

À quoi s'attendait-elle ? À une confession larmoyante ? À un élan affectueux, des embrassades touchantes, des retrouvailles empreintes de repentir et d'émotions sincères ?

Bien sûr que non.

Elle n'espérait pas plus du doge que ce regard froid et cette attitude cassante.

— Ce billet était une copie. J'ai fait enregistrer l'original par un notaire, mentit-elle.

— Voyez-vous ça, un notaire !

Il leva les yeux au ciel et retomba de tout son poids sur son fauteuil. Le poids des ans, mais surtout celui de ses responsabilités, et celui de l'histoire. Qu'étaient donc une petite prostituée et son damné notaire, pour un homme qui comme lui écrivait chaque jour la légende de Venise ?

Après quelques instants passés à fixer le feu, il interrogea sa visiteuse en ces termes :

— Sais-tu combien j'ai d'enfants, jeune fille ? Sais-tu combien j'en ai *exactement* ?

Il avait insisté sur ce dernier adverbe.

Officiellement, on lui en attribuait sept, tout le monde savait cela : ses trois fils, Benedetto, Pietro et Nicola ; ainsi que ses quatre filles : Cataruccia, Constance, Lucia et Fraceschina.

Mais c'était sans compter les enfants naturels que Sa Seigneurie avait dû semer dans toute la lagune, au cours de ses vertes années. Tous ces enfants comme elle, et dont la plupart devaient être aujourd'hui des adultes. Où vivaient-ils ? Que faisaient-ils ? Que savaient-ils de leur passé ?

Était-elle la seule d'entre eux à avoir mis le doigt sur sa prestigieuse ascendance ?

— Non…, concéda-t-elle.

— Eh bien, moi non plus, figure-toi. Et si j'avais voulu remédier à cette ignorance, crois-moi, j'aurais eu tous les moyens de le faire, depuis le temps.

C'était une fin de non-recevoir assez explicite. Le genre de réplique qui clôt en principe une conversation. Mais ce qui exaspérait le plus Chiara, c'est qu'il ne s'était même pas récrié ou battu. Il n'avait rien cherché à nier ou à contester. Juste : il s'en fichait.

Il ne redoutait rien, ni personne, et surtout pas elle.

L'indifférence du duc s'agitait dans son esprit comme ce chiffon coloré dont les jouteurs agrémentent leur lance.

Elle lui donnait envie de l'étrangler, de le mordre !

— Vous savez qu'avec le document en ma possession, je pourrais rendre notre parenté publique. Le doge père d'une catin ! Je pense que le Grand Conseil et les Dix apprécieront.

Il soupira, pour toute réponse. Et pourtant, du fond de ce souffle, elle crut reconnaître quelque chose comme un gémissement, presque une plainte, comme si son argument avait fait mouche malgré tout.

— Si vous n'abolissez pas cette horreur qu'est le Castelletto, je le ferai vraiment, le mit-elle en garde. Rendez aux filles du Rialto leur liberté, et je vous remettrai l'original en main propre.

— Il s'agit donc de cela…, ricana-t-il. Sauver tes petites camarades !

— Oui.

— Tu veux me faire croire que tu es là pour elles, et pas pour toi ?

— Que cela vous chante ou non, elles et moi, c'est la même chose. Je suis votre fille, mais je suis avant tout ça : une putain. Vous devriez le savoir, c'est vous qui m'avez offert en cadeau à votre fils !

Cette histoire d'inceste paraissait l'irriter, mais guère plus que ses maux de ventre qui lui tirèrent alors une nouvelle grimace.

— Il est entendu que tu ne « verras » plus Pietro. Mais c'est tout ce que je peux faire pour toi, grinça-t-il entre ses dents.

— Non. Vous pouvez beaucoup plus. Vous me l'avez assez fait comprendre, vous avez tous les pouvoirs. Dissolvez le Castelletto, ou je ferai en sorte que pas un Vénitien n'ignore le moindre détail de votre passé. Ni de vos méthodes présentes, d'ailleurs.

Il la considéra avec un mélange de lassitude et d'admiration.

Avec ses yeux verts inflexibles, presque féroces, cette obstination qu'exprimait tout son corps, cette intransigeance malgré sa peur manifeste, elle était plus sa fille que la plupart de ses enfants légitimes.

Pour rien au monde, il ne l'aurait avoué à l'intéressée, mais cela le touchait. Car cette détermination, cette rage, c'était aussi la sienne. À cette pensée, il esquissa un sourire attendri qu'il réprima aussitôt.

— Fais-le, répliqua-t-il à la fin, sans sourciller.

— … !

— Fais-le donc. Que crois-tu qu'il arrivera ? Que le Grand Conseil renouvelé se retournera contre moi ? Que je perdrai mon dogat ? Peut-être bien. Et alors ? la belle affaire. Je suis un vieil homme malade…

Il posa sa main sur son ventre endolori.

— … Mes jours sont comptés. Tu crois me pénaliser en me retirant le pouvoir ? Mais c'est un service que tu me rendras, un immense service !

La tirade de son géniteur l'avait prise de court. Elle n'aurait su dire si l'encouragement à passer à l'acte était plus provocant ou résigné, peut-être un peu des deux.

Elle ne trouvait plus rien à répondre, ni le moindre ultimatum à dégainer.

— Et tu peux me faire confiance, poursuivit-il. Même destitué, je garderai encore assez d'appuis pour faire de ta vie un enfer, où que tu sois. À Venise ou ailleurs.

La partie était perdue, elle le sentait, et elle luttait de toutes ses forces pour ne rien laisser paraître de sa déroute. Elle le fixait avec la même ardeur, la même colère.

Dans le regard éreinté du vieil homme, elle lisait non pas une hésitation, plutôt une lassitude teintée de soulagement, comme s'il se réjouissait sincèrement à l'idée d'en finir.

— Je n'ai pas dit que cela me ferait plaisir, mais j'en serai capable, ça oui.

— Vous ne savez faire que ça : museler, écraser… détruire.

Il ne démentit pas.

Mais après une nouvelle respiration malaisée, il reprit sur un ton moins menaçant, et qui sans être tout à fait amical laissait entrevoir pour chacun d'entre eux une porte de sortie digne.

En tout cas, c'est ainsi qu'il devait considérer sa proposition :

— J'ai une offre à te soumettre, si toutefois tu veux bien l'entendre.

« Dites toujours », clamèrent les sourcils levés de la jeune femme. Dolfin la considéra un moment et de nouveau un sourire léger affleura sur ses lèvres, cette fois moins méprisant que satisfait.

— Tu le dis toi-même. Les filles du Rialto et toi ne faites qu'une.

— Oui…, admit-elle à contrecœur. Et alors ?

— Alors, c'est simple… Sois leur duchesse.

— Leur duchesse ?! s'étrangla-t-elle.

— Comme tu n'es pas sans le savoir, la présence des Seigneurs de la nuit ne répond qu'à des impératifs de sécurité. Et les matrones sont là pour gérer le quotidien de tes congénères. Mais il leur manque un chef. *Une* chef. Quelqu'un qu'elles connaissent et reconnaissent comme légitime. Quelqu'un qui partage leurs préoccupations et soit capable d'y répondre. Quelqu'un disposant d'assez d'autorité sur elles pour faire régner l'ordre au Castelletto, sans pour autant user de la répression ou de la violence. Une matrone des matrones.

— Si je comprends bien, répliqua-t-elle après un instant de réflexion, vous me proposez d'être le gardien-chef de votre prison ?

— Quelqu'un avec qui je pourrai discuter en toute confiance, aussi, embraya-t-il sans relever sa riposte. Qui me rendra compte de leurs besoins, de leurs doléances. Au besoin, pour asseoir ta légitimité, on pourrait même organiser ton élection. Et bien sûr, je veillerai personnellement à ce que tu ne manques de rien.

« Si ce n'est de liberté », faillit-elle hurler.

— Tu serais la reine des catins, conclut-il avec ferveur. La dogesse du Castelletto !

Le titre de pacotille tira à Chiara un sourire amer, que son interlocuteur, déjà sûr de sa victoire, dut prendre pour un reflet de vanité.

Elle n'en revenait pas du tour qu'avait pris leur échange. Elle était venue confronter un père, et elle se trouvait à présent à négocier avec un souverain. L'absurdité de la situation le disputait à sa cruauté.

Elle aurait voulu tourner les talons sans un mot, claquer la porte, et s'enfuir retrouver Mosca et son îlot. Elle aurait voulu chasser de sa tête les options de reclassement qui s'ouvraient à une prostituée en cavale, qu'elle connaissait par cœur, et qui toutes finissaient à brève échéance dans la misère, la maladie et la mort.

Elle aurait voulu le forcer à une chaste étreinte, ou au contraire jeter la vieille carcasse du doge au feu.

Elle aurait voulu tant de choses, encore, et la conviction la traversa qu'elle se serait montrée tellement plus forte avec un Nicola à ses côtés.

Mais elle n'en fit rien. Quelque chose de plus fort que sa colère l'en empêchait. Peut-être était-ce dû à cette offre si déconcertante. Peut-être était-elle retenue par le visage amène qu'affichait à présent Dolfin, presque enjoué, comme s'ils parlaient d'égal à égal.

Voilà qu'elle se trouvait seule face à son père.

Elle était seule, et personne n'était plus là pour se jeter à l'eau après elle.

# Épilogue

*Venise, mars 1361*

L'hiver exhale ses derniers vents glacés.

Mars touche déjà presque à sa fin. Le Carnaval n'est qu'un souvenir que les Vénitiens chériront jusqu'à l'année suivante. Ils ne manqueront pourtant pas de réjouissances, d'ici là. Bientôt Pâques, puis la Sensa…

*

— Comment on doit t'appeler, maintenant ?

Chiara ne sait quoi répondre à son amie. Depuis qu'elle a accepté l'offre du doge, mille pensées l'ont occupée, mais certainement pas ce genre de futilité.

— Je ne sais pas… Juste Chiara, finit-elle par répondre à Gina. Et toi, tu veux qu'on te donne quel titre ? Mademoiselle la surintendante ?

— Et pourquoi pas !

L'attribution de ce rôle clé à Gina a fait partie des conditions qu'elle a personnellement négociées avec Giovanni Dolfin. Gina a toujours eu un talent pour jongler avec les chiffres. La fonction de trésorière en chef du Castelletto lui va comme un gant. Sous l'autorité de Chiara, elle aura pour mission de vérifier les livres de comptes des matrones, et de collecter les taxes remises ensuite aux Seigneurs de la nuit.

Ainsi, elle n'aura plus à faire commerce de ses charmes. Comme une marchande assise derrière l'étal, les mains rivées à son boulier, elle appréciera le rendement des autres filles.

*

Les matrones ont eu du mal à avaler cette double nomination. Lucia, en particulier, qui a songé pêle-mêle à les faire tuer toutes deux par Sandro, puis à s'échapper avec son pactole amassé ou encore, mélodramatique comme elle l'est par instants, à se jeter dans le Canal, les pieds lestés de ses sacs d'or.

Elle n'a rien fait de tout cela, bien sûr. Car Chiara, la duchesse du Castelletto, a été assez fine pour que la souteneuse trouve elle aussi son intérêt dans ce nouveau régime. Elle a non seulement maintenu les divers avantages financiers de Lucia, mais a en outre déverrouillé le *numerus clausus* fixant le nombre de filles que celle-ci est autorisée à gérer. Plus de filles, cela signifie plus de revenus, et Chiara l'a bien compris, Lucia ne saurait renoncer à un tel appât.

Sa première véritable décision a été de faire abattre la poterne à l'entrée du Castelletto. Ce pilori odieux où fut accrochée un temps la dépouille suppliciée de Rolando. Dès qu'elle en a eu le loisir, elle est allée se recueillir au pied de la fosse commune où le corps du garçonnet a été balancé.

*

Chiara fait une entrée discrète dans l'enceinte maudite. Le doge voulait célébrer l'événement, mais elle a tenu à conserver une attitude empreinte de modestie. C'est à ce prix qu'elle perpétuera le lien qui l'unit aux catins du Rialto, pense-t-elle.

Curieuses, celles-ci se sont bien amassées à l'extérieur des *volte* où elles résident désormais, mais sans cris ni effusions. Elles la regardent passer comme on admire une statue de la Vierge lors des processions mariales, avec un respect teinté de fascination. Les quelques commentaires fielleux, jaloux, sont aussitôt mouchés par le regard furieux des anciennes. Chiara est l'une des leurs. Chiara a mérité son titre de reine des putains.

Qui auraient-elles préféré, à sa place ?

Une Anna de Verona ou une Lucia Nigra, ces harpies ?

Ou pourquoi pas le prêtre de malheur qui les avait parquées ici ?

La foule silencieuse des femmes en petite tenue l'accompagne jusqu'au logement qui lui a été attribué, au dernier étage de la plus cossue des *volte* Morosini. Elle a souri quand on lui a communiqué l'adresse. Comme tous les Vénitiens, elle connaît la légende : un templier revenu de croisade avec une relique de la sainte Croix avait demandé asile à cette noble Cà. Hébergé par le Seigneur Morosini, il avait confié à la sœur de celui-ci quel trésor il portait sur lui. Trahissant sa confiance, la femme en question avait rapporté le fait à son frère, le Sieur Morosini, dont elle était la maîtresse incestueuse. Le templier s'était fait dépouiller de son bien, puis tuer par les amants maudits, qui avaient fini par prendre la fuite.

L'appartement est immense, au moins quatre chambres, et doté d'une terrasse dont la vue embrasse tout le *sestier* de San Polo, et au-delà les méandres du Grand canal qui serpente jusqu'au palais ducal.

Giovanni Dolfin a tenu toutes ses promesses ; et en retour elle a tenu sa langue. Elle n'a dit à personne qu'il était son père ; pas même à Gina. Beau joueur, le doge n'a même pas exigé qu'elle lui remette l'original de son billet accusateur. Celui-ci repose dans l'une des jarres en terre d'Aldo, l'écrivain public, qui ignore quelle bombe il abrite sous sa charrette.

*

Angela sait, bien sûr.

Mais Angela ne dira rien. Avec l'aide financière de sa protégée, elle vient enfin de raccrocher son habit de putain. En comptant chaque denier, elle a repris une petite gargote en plein centre du Castelletto, où les clients aiment à se désaltérer après leurs exploits horizontaux.

*

Grimaçant, la paume qu'il a plaquée sur son ventre impropre à soulager les spasmes qui déchirent ses entrailles, Giovanni Dolfin se relève tant bien que mal et balaie du regard l'immense assemblée.

Le parchemin que lui tend un appariteur contient les noms des trente nouveaux conseillers appelés à siéger parmi eux. Il les énumère à voix haute, aussi haute que le lui permet la douleur. Partout dans les travées, on est partagé entre l'excitation produite par les résultats du scrutin, et l'inquiétude de voir le duc en si piètre état.

— Fabio Contarini… Mauro Badoer…

Comme toujours, les grandes familles sont surreprésentées. Ce n'est pas demain que le peuple vénitien, le vrai peuple, aura accès au Saint des Saints de la République.

Impassible, revêtu d'une robe profane et délesté de la croix qui pendait il y a peu encore à son cou, Nicola écoute son mentor égrener le nom des heureux élus.

— Alvaro Mosca.

Le vieux *capisestiere* titube presque de joie. Il se lève et d'un hochement de tête éteint, il salue ses nouveaux congénères. L'émotion paraît le consumer sur place. Il retient ses larmes à grand-peine. Décidément, c'est une période faste qui s'ouvre au soir de sa vie. Deux jours plus tôt, le Piovego a fini par valider toutes ses demandes d'assèchement. Y compris ce petit îlot reculé qui lui tient tant à cœur, celui qu'il a officiellement cédé à Chiara, devant notaire.

— Nicola Chiutto.

Le prêtre adresse un sourire reconnaissant au doge. Sans son appui, lui le plébéien sans famille ni fortune, jamais il ne serait parvenu à une telle fonction. Il sait ce qu'il doit à Dolfin.

Certes le duc lui a retiré la gestion du Castelletto. Certes l'évêque Vaselli s'est trouvé un nouvel assistant, et Pietro un nouveau confesseur. Mais il ne nourrit aucun regret.

*

Car, désormais, il se sent libre.

Leur amour a beau rester secret, plus rien ne lui interdit de visiter Chiara, chaque jour ou presque. Leur rituel est éprouvé. Il fait semblant de demander une prostituée à l'un des rabatteurs de Lucia, toujours la même catin à la beauté flétrie, laquelle le conduit chez elle. Mais à peine sont-ils arrivés dans la pauvre chambrette, qu'elle se retire et cède la place à qui vous savez.

Chiara entre et sort par une porte dérobée, qui donne sur une courette sans fenêtres. Personne ne sait qu'elle est là.

Elle souffre un peu de cette clandestinité, mais dès qu'ils s'enlacent, le reste s'efface aussitôt. Y compris les circonstances tragiques de leur rencontre.

Seuls leurs corps s'imposent.

Il n'y a d'autre sujet ni d'autre réalité. Elle ne dispose pas de beaucoup de temps, et lui non plus, leurs nouvelles fonctions obligent. Alors ils vont à l'essentiel. Leur plaisir, violent, évident, est le seul motif et le seul objectif. Cette fébrilité ne leur laisse pas le loisir de se découvrir autant qu'ils le voudraient, mais souvent Chiara se dit que c'est mieux ainsi.

Chaque rencontre ressemble à un début.

Les mains de son homme sur son corps de plus en plus épanoui.

Leurs bouches qui n'ont d'autre langage que la fusion.

À chaque fois, tout paraît inédit.

Ils ne remarquent même pas les barques qui, à travers l'étroite fenêtre de leur gourbi, filent sur le Canal, si chargées de cadavres que l'eau menace d'envahir les esquifs et de les entraîner par le fond.

La mort a pris à nouveau Venise. Elle suinte des murs. Tinte aux clochers. Plane sur tous et sur tout. L'épidémie progresse à la vitesse des rats.

La mort est partout et pourtant, dans ce ventre blond qui repose après l'amour, une vie pointe déjà. Minuscule et néanmoins résolue.

C'est la fin du jour.

Aucun rayon ne filtre dans la pièce où ils s'aiment.

Leurs mains se devinent et leurs corps se cherchent pour s'étreindre encore.

Venise est chaos, elle n'est plus lumière. Mais dans l'ombre, leurs peaux trempées luisent d'un éclat éternel.

# Liste des personnages principaux

## Personnages historiques authentiques

**Giovanni Dolfin :** doge de Venise
**Pietro Dolfin :** fils cadet de Giovanni Dolfin
**Mgr Fortunato Vaselli :** évêque de Castello, patriarche de Venise
**Lucia Nigra :** matrone du Rialto
**Angela de Zara :** prostituée célèbre
**Sandro Lombardo :** voyou du Rialto et ruffian de Lucia Nigra
**Filippo Dona :** Seigneur de la nuit du *sestier* de San Polo
**Anna de Verona :** matrone du Rialto
**Prostituées diverses :** Cattaruzza, Margherita, etc.

## Personnages fictifs (inspirés de personnages réels)

**Chiara d'Aragon :** prostituée
**Nicola Chiutto :** prêtre et confesseur de Pietro Dolfin
**Luiza d'Aragon :** prostituée et défunte mère de Chiara
**Gina :** prostituée
**Rolando :** orphelin et garçon des rues
**Sorina :** prostituée et opposante d'Angela et Chiara
**Elvira Cossima :** matrone
**Alvaro Mosca :** Chef du *sestier* de San Polo et protecteur de Chiara
**Basile :** esclave affranchi et informateur de Lucia Nigra
**Lago :** diacre de Mgr Vaselli
**Giacomo Gritti :** membre du Grand Conseil et professeur de philosophie
**Gianni Scarabello :** cordier et client de Gina
**Guido :** page de Pietro Dolfin

# Bibliographie indicative

*Le Moyen Âge de Venise*, Élisabeth Crouzet-Pavan, Albin Michel.
*Venise au Moyen Âge*, Jean-Claude Hocquet, Les Belles Lettres.
*Les Putains, les Rufians et la République*, Giovanni Scarabello, Supernova.
*Venise exquise*, Jean Clausel, Payot.
*Secrets de Vénitiens*, Marie-Caroline Saussier, Prat.

# Remerciements

Tout d'abord et bien évidemment un immense merci à Karine Bailly, Laury-Anne Frut, et Caroline Obringer, qui ont cru en cette histoire, et l'ont soutenue à partir de ce qui n'était, à l'origine, que quelques mots. Merci à Stéphanie Pélerin pour sa lecture si attentive et ses conseils précieux.

Merci aussi à ceux que, autour de moi, Venise passionne, et qui m'ont prodigué leurs conseils et leurs encouragements tout au long de la gestation et de l'écriture de ce roman, en particulier mes parents.

Merci à tous mes proches pour leur patience angélique qui ne se dément pas à chacun de mes projets de roman (et Dieu sait qu'il en faut, de la patience, pour supporter un auteur immergé dans une pareille écriture).

Merci à Venise elle-même, ville magique s'il en est, et dont la découverte *de visu*, il y a bientôt trois ans, a suscité ce récit, et provoqué chez moi l'envie impérieuse de partager mes découvertes sur cette période ô combien riche et pourtant si mal connue de son histoire (la fin du Moyen Âge et la création du Castelletto).

Merci enfin à toutes ces femmes dites « publiques », que je ne connaîtrai jamais, et qui ont souffert dans le cadre authentique du bordel administré par la république de Venise, surnommé le Castelletto.

Avec quelques siècles de retard, ce livre leur est dédié.

# VOUS AVEZ AIMÉ CE LIVRE ?

Découvrez le premier chapitre
du tome 2 de
**La Trilogie vénitienne**

***La Fille du Doge***

Mai 1361. Faisant fi des ravages de la peste, Venise s'affaire à la préparation de la Sensa, la grande fête qui célèbre les épousailles annuelles du doge et de la mer qui protège la Sérénissime. Et cette année, pour la première fois, Chiara y est conviée en tant qu'administratrice du Castelletto, la maison close gérée par l'État.

Mais les célébrations tournent au drame quand une passerelle s'effondre, précipitant le doge dans les flots. Un bien mauvais présage en ces temps troublés...

Bouleversée, Chiara s'évanouit...

# Prologue

*Venise, 7 mai 1361*

VENISE N'ÉTAIT PAS UNE VILLE, Venise était une femme.

Ou, plutôt, une nuée de femmes. Certaines alertes, d'autres plus lentes, toutes rendues belles par leur effort et leur diversité. Dans la lumière enveloppante de cette fin de matinée printanière, elles jaillissaient de toutes parts, pieds nus et jupons relevés, jouant des hanches et des épaules pour trouver leur place dans la venelle étriquée qui absorbait leur flot bouillonnant. Certaines peinaient déjà à suivre le rythme, une main sur la poitrine, les poumons comprimés. On n'en était pourtant qu'aux premiers instants de leur cavalcade par les *ruas* et les *calli* étroites, ce dédale familier et dont la vitesse de la course brouillait un peu le tracé.

Les cheveux blondis par l'alun et le citron autant que par la lumière, un sourire éclatant aux lèvres,

Chiara menait la troupe au trot. *Sa* troupe, celle des filles du Castelletto. L'armée des catins de la Sérénissime dont elle était, ce jour-là plus qu'aucun autre, la générale en chef.

— Tu ne crois quand même pas que tu vas tenir à cette cadence-là tout du long ? lui lança Gina, quelques pas derrière son amie.

Boire, danser, faire l'amour, voilà les activités physiques qui convenaient à la gracieuse rousse, nouvelle surintendante de la cité des putains. Pas cette chevauchée aussi vaine qu'épuisante.

— Et pourquoi pas ? s'esclaffa Chiara, la poitrine haute, redoublant de vitesse.

— Pfff... On était vraiment obligé de participer, nous aussi ?

— Oui ! Franchement, on aurait l'air de quoi si on se contentait de regarder les autres courir ?

— Je sais pas... De deux filles qui gardent ce qu'il leur reste de dignité, je suppose...

Mais pour la duchesse des prostituées, il importait au contraire de faire corps avec les professionnelles de l'amour qui peuplaient le quartier fermé de San Matteo. Ce n'est pas parce qu'elle occupait depuis peu une autre fonction, statut qui la dispensait de vendre ses propres charmes, qu'elle devait se distinguer de ses consœurs en de pareilles circonstances.

La course des prostituées, vieille tradition des fêtes de la Sensa, un temps oubliée, offrait l'occasion idéale de souder leurs rangs. Leur récent confinement au Castelletto, cet ensemble de *volte* dédié au commerce de la chair, avait ravivé tensions et vieilles querelles. Les nouvelles règles qui s'imposaient à elles, en particulier l'interdiction de circuler hors du périmètre bouclé à l'exception des samedis, transformaient leur bordel à ciel ouvert en un chaudron incandescent. Les rapports se tendaient. Et les rancœurs qui se déversaient autrefois contre les matrones, leurs ruffians, ou même quelques clients indélicats, s'orientaient désormais vers leurs propres congénères, exaspérées qu'elles étaient toutes par l'enfermement et la promiscuité.

Parti du *campo* Becccarie, au pied du Rialto, le circuit des catins essoufflées serpentait à présent sur la rive opposée. Bientôt elles atteindraient l'axe des *mercerie,* longue enfilade de rues commerçantes qui courait jusqu'au *sestier* de San Marco, et jusqu'à la place du même nom. L'artère où se presseraient les compétitrices d'un jour serait plus large, et elles recevraient les encouragements des badauds amassés. Nombre de leurs clients se cacheraient sans doute parmi ces anonymes.

À mesure que les lieues défilaient, Gina paraissait plus à son aise, talonnant de si près sa camarade qu'elle put presque lui souffler à l'oreille :

— Être la fille de qui tu sais ne te donne aucun privilège dans cette course, tu es consciente de ça, j'espère ? s'enquit-elle sur un ton léger. Personnellement, je n'ai aucune intention de te laisser gagner !

Chiara ne répondit que d'un sourire à la provocation de son amie. À la faveur de leur emménagement commun dans ce grand appartement d'une *volte* Morosini, *calle* Rampani, les deux jeunes femmes avaient plus que jamais rivalisé de confidences. Et le grand secret de la blonde Aragonaise était sorti presque naturellement, un soir de rires et de vin frais du Frioul. Chiara le regrettait presque. Elle avait beau faire toute confiance à Gina, qui sait jusqu'à quand celle-ci réussirait à tenir sa langue…

Passé un pont de pierres en construction, Chiara marqua légèrement le pas, afin de se présenter en groupe au bon peuple de Venise. Vraiment, il importait que chacun apprécie sa solidarité avec les filles publiques. Elle était peut-être leur reine, mais elle n'était pas si différente d'elles. Il y a peu encore, sa survie se trouvait entre ses cuisses, et elle ne prétendait pas l'occulter, encore moins l'oublier. Sa position était encore si fragile. Elle en prenait pour preuve la distance qu'avait mise entre eux le doge, depuis sa propre nomination à la tête du Castelletto. C'est tout juste s'il avait reçu sa fille illégitime une paire de fois, lui qui avait promis un dialogue constant. Empocher les dividendes du nouveau dispositif, fort bien ; se commettre avec la représentante des catins, cela le tentait beaucoup moins, fût-elle de son sang.

Mais la foule des curieux attendue au niveau de l'église San Salvador n'était en réalité qu'une populace clairsemée, et bien peu flambante. Chiara se figea presque en découvrant les amoncellements de cadavres en souffrance, de part et d'autre de la place, et qui attendaient leur enlèvement. Sophia, la première des poursuivantes et qui ne tarda pas à rejoindre les deux femmes de tête, se signa compulsivement, et murmura :

— Dieu du ciel… Vous avez vu un peu le nombre de ces malheureux ?

— Et j'ai bien peur que ce ne soit qu'un début…, lâcha la beauté blonde d'une voix aussi livide que ces corps sans vie.

Comme elle disait cela, un envoyé des Trois Sages de la santé, probablement un médecin sans le sou, s'employait à fumiger les dépouilles purulentes, à demi nues, dont s'échappaient aussitôt des volutes de vapeur pestilentielle. Pour s'en prémunir, l'homme portait l'un de ces masques de protection effrayant, aussi blanc que le visage d'un mort, affublé d'un long bec d'oiseau recourbé et percé de deux trous pour laisser passer son regard apeuré.

Au Castelletto, coupées du reste de la ville, elles n'avaient perçu la nouvelle épidémie de peste qu'à distance, en grande partie préservées par le filtrage prophylactique opéré par les gardes auprès de la clientèle. Le rapide examen auquel ils soumettaient chaque nouvel entrant avait suffi, jusque-là, pour éviter une propagation du mal aussi rapide qu'à l'extérieur. Une fois de plus : jusqu'à quand ?

Comme elles repartaient toutes trois à pas comptés, déjà dépassées par certaines coureuses indifférentes à l'odieux spectacle, l'écho d'une dispute attira leur attention dans une ruelle adjacente, l'étroite *calle* di Mezzo. C'était une venelle coudée et, depuis la *merceria* San Salvador, il leur était impossible de voir l'origine de ce raffut. Une femme y hurlait de plus en plus fort. Alors, suivie de près par ses deux amies, Chiara s'engagea dans ce conduit ombragé où le soleil ne frappait plus qu'indirectement.

Il s'agissait bien d'une femme, jeune et plutôt jolie pour ce qu'on devinait d'elle. Car trois hommes, guère plus âgés qu'elle, s'affairaient sur son corps renversé à même le couvercle d'un puits. Les jambes écartées et mises à nue, la pauvresse voyait s'y succéder les malfaisants qui la pilonnaient à grand renfort de râles et d'insultes. Le plus acharné d'entre eux portait un étrange manteau fait de carrés d'étoffes rapiécés. Il n'en finissait plus d'avilir la donzelle à sa merci.

— Avoue que tu voulais ça, espèce de chienne !

— Nooon ! Arrêtez, pour l'amour de Dieu ! geignait l'infortunée entre deux coups de boutoir.

Trop désargentés pour fréquenter les filles du Castelletto – dont les tarifs avaient fortement augmenté depuis l'ouverture du bordel public –, certains gueux se rabattaient sur les nombreuses jeunes femmes seules que comptait la cité, procédant en meute à d'infâmes viols collectifs.

— Dis donc, ça ne t'a pas gênée d'accepter les verres qu'on t'offrait !

— « Qui boit consent », citait un autre dans un rire affreux.

— Allez, Alberto, tu as eu ta part. Laisse-moi un peu la place, que je voie si son bénitier est aussi profond que son décolleté.

Gina s'était saisie du premier caillou, un éclat de pavé jonchant le sol de terre battue, relief d'une promesse d'aménagement non tenue. D'un geste précis et puissant, elle décocha le projectile, pile sur les fesses dénudées de l'un des assaillants.

— Eh ! Ça ne va pas bien ?!

— Laissez-la. Et foutez-moi le camp ! éructa la rousse, hors d'elle.

— C'est quoi ton problème ? Tu veux prendre sa place, c'est ça ? grogna l'homme à l'étrange habit.

— Désolée, mon joli, mais je ne suis pas vraiment dans tes moyens.

— Voyez-vous ça, des catins qui viennent, en personne, défendre leur pratique ! C'est votre ruffian qui vous envoie ? Les affaires sont si mauvaises ?

— Laissez cette fille…, intervint Chiara, sur un ton ferme et aussi calme que possible. Ou bien…

— Ou bien quoi ? Tu vas le dire aux Seigneurs de la nuit, peut-être ?

— Mieux : elle va rapporter au doge ! s'esclaffa celui qui était en pleine action l'instant d'avant. Il paraît que c'est votre meilleur ami, maintenant.

Suivant l'exemple de Gina, la bâtarde du duc empoigna à son tour une pierre, puis une autre, déclenchant à chaque fois la foudre de son bras sur les violeurs fanfarons. Sophia se joignit à elles deux et soudain ce fut un déluge qui s'abattit sur les trois hommes, comme une colère divine. Le plus fort en gueule fit bien mine de riposter un instant, mais la margelle du puits manquant de munitions, il n'eut d'autre choix que de fuir avec ses compères à l'autre bout de la ruelle, en direction de San Salvador.

— La peste vous prendra toutes, bande de sorcières ! jura l'un des fuyards avant de disparaître.

Aucune ne prit la peine de lui répondre. Elles se précipitèrent plutôt vers la fille recroquevillée au pied du puits, secouée par de violents sanglots, le visage plongé dans sa jupe souillée.

Chiara s'agenouilla près d'elle la première, et d'un geste doux lui prit la main.

— Tu t'appelles comment ?

— Oriana, finit-elle par répondre entre deux hoquets.

— Comment ces manants ont-ils réussi à t'entraîner ici ?

Enfin elle leva son regard sur sa sauveuse. Ses yeux étaient d'un brun intense, et elle n'affichait guère que quinze ou seize ans. Mais ces détails exceptés, on aurait dit une sœur cadette de Chiara, tant leurs grâces étaient semblables.

La ressemblance était si frappante que les trois amies la dévisagèrent d'abord sans un mot, puis échangèrent entre elles des regards effarés. Muets et interdits.

— Tu peux nous parler sans crainte, l'encouragea Gina. Nous ne sommes pas vraiment du genre à prendre le parti de ces gredins.

— Ça, on peut te dire qu'on en a notre compte à San Matteo ! gronda Sophia à mi-voix.

Le Castelletto était une création somme toute récente ; pour tous encore à Venise, c'est le quartier de San Matteo qui demeurait indissociable du commerce des charmes féminins.

— Vous êtes des… ? les interrogea la jeune femme, avec un mélange de dégoût et de peur dans la voix.

— Des catins, oui. Mais crois-moi, on est de loin les mieux placées pour prendre en charge les filles dans ta situation.

— Je n'ai pas cherché ça ! se défendit-elle dans un regain de larmes.

— Hum... Tu as quand même accepté leurs verres, d'après ce que j'ai compris.

Gina était certes secourable, mais elle appréciait assez peu qu'on regarde ses congénères et elle de haut. Quant à cette gamine, elle semblait avoir multiplié les bourdes et les erreurs de jugement. Par exemple, cette échancrure à la Cipriana, dont le laçage relâché laissait entrevoir plus que la naissance de sa poitrine ronde. Cela n'excusait rien, bien sûr, mais cela expliquait beaucoup...

— Juste un seul ! plaida Oriana en geignant.

— « Juste un seul ! » l'imita Gina. Enfin, tu les as entendus comme moi : celle qui se laisse enivrer accepte aussi de se laisser enf...

— C'est bon ! je crois qu'elle a compris.

Chiara avait tranché avec autorité, et relevait déjà la fille, encore tremblante. Celle-ci était-elle vraiment aussi naïve qu'elle le prétendait ? Peut-être bien. Avec cette crise qui s'installait, plus aucune femme ou presque, même aussi jeune et aussi gironde, ne trouvait de mari honorable. Condamnées au célibat, certaines d'entre elles étaient prêtes à tout pour se faire engrosser, et exercer par la suite un odieux chantage auquel les plus tendres de ces messieurs se laissaient piéger.

Ou alors Oriana avait-elle voulu vendre son corps si avenant de manière occasionnelle ; et la transaction avait mal tourné.

— Qu'est-ce qu'on en fait ? interrogea une Sophia elle aussi sur la réserve.

— On va la déposer chez Angela. Ensuite… on verra bien.

Depuis qu'elle avait pris sa retraite, Angela la balafrée tenait auberge à deux pas d'ici, dans une petite *furatole* sans éclat contiguë à l'église Santa Maria della Fava, à la limite des quartiers de San Marco et de Castello.

L'auberge dite du Poussin – *Pulcin'* en bon vénitien –, discret hommage à feu Rolando, ne payait guère de mine. Hormis son enseigne repeinte à neuf, sa façade délabrée et ses équipements vétustes attestaient d'un entretien négligent et d'une clientèle négligée. Mais peu importait à l'accorte et ancienne catin, tout à la joie de son nouvel office.

— Eh bien ! Quel oiseau vous me ramenez là ? s'exclama-t-elle sur le pas de sa gargote, détaillant l'inconnue avec étonnement.

— Un oiseau blessé…

— Je peux voir ça.

— Et tu peux aussi me la garder jusqu'à cet après-midi ? Je suis attendue aux cérémonies de la Sensa.

— Princesse ! se moqua Angela avec tendresse, simulant une brève révérence.

— Ma… la chambre est libre ? se reprit-elle.

— Oh ! tu peux l'appeler *ta* chambre, va. Pour ce que je la loue. Je ne suis pas près de réclamer ta clé.

Angela jouissait de son nouveau statut et de sa nouvelle liberté, mais les affaires n'étaient pas reluisantes. Depuis l'ouverture du Castelletto, rares étaient les putains ou leurs clients qui se risquaient encore à occuper des chambres en dehors du strict périmètre autorisé.

C'est pourquoi, et encore de bon cœur, mettait-elle à disposition de sa protégée une chambrette sous les toits, petit nid qui abritait les rendez-vous clandestins entre le créateur du Castelletto et sa reine.

Nicola Chiutto et Chiara l'Aragonaise.

Laissant Oriana aux bons soins de sa marraine et de ses deux amies, elle grimpa prestement les quelques marches grinçantes qui conduisaient à son perchoir. La pièce était aussi exiguë et modeste que sa première chambre, celle que lui octroyait alors l'infâme Lucia Nigra, à prix d'or, mais planait ici le parfum inimitable de ses amours. Et cela transfigurait ce gourbi. Chaque recoin portait l'empreinte de leurs ébats. Chaque pièce de drap ou de mobilier se souvenait encore de leur plaisir. Pour un peu, il lui aurait suffi de toucher ces vestiges pour ressentir ce qu'elle avait déjà éprouvé ici. Bientôt quatre mois de passion qu'aucun secret ni aucune adversité ne semblaient plus pouvoir remettre en cause. En tout cas, elle l'espérait…

Elle sourit en découvrant sur la paillasse la robe que son amant lui avait fait livrer dans la matinée. Une robe digne d'une princesse, en effet, toute de satin nacré, de broderies fines au col et aux poignets, et de piqûres dorées pour affiner la taille et rehausser l'arrondi délicat des seins. Elle la colla contre elle pour en éprouver le ravissement. Ne manquait qu'un miroir pour apprécier sa métamorphose. Mais sous peu, satisfaction ultime, elle pourrait la lire dans les regards d'hommes qui se poseraient sur elle.

Puis, comme elle tombait sa chemise et ses braies ordinaires, encore collantes des efforts de la course, elle se rappela quelles conditions Giovanni Dolfin, le doge en exercice, avait posées à sa présence à elle aux festivités du jour. Des conditions somme toute logiques ; et pourtant cruelles.

L'essentiel de la joie qui habitait Chiara l'instant d'avant s'évanouit d'un coup. Elle était dévêtue à présent, caressée d'un rayon et d'un vent coulis modelant ses courbes, et se sentait plus nue et vulnérable qu'elle ne l'avait jamais été.

# 1

*Un peu plus tard le même jour…*

DES CRIS, DES COUPS, UN TUMULTE GIGANTESQUE… La décision de réserver à quelques privilégiés les *sposalizio del mare,* épousailles rituelles du doge avec la mer et clou de la Sensa, ne passait pas, décidément. La foule contenue à distance des quais manifestait bruyamment son mécontentement. Les innombrables bandes joyeuses venues célébrer l'événement sur la *piazza* San Marco, et profiter des mille plaisirs de la foire qui y battait son plein, n'appréciaient guère de se voir refoulée à l'approche du Grand canal par le double cordon de gardes ducaux disposé tout du long. D'ordinaire, n'importe quel badaud était admis à ce spectacle. Mais pas cette année, visiblement.

— *Pezz' !* jurait un gros homme éconduit. Nous n'avons pas traversé toute la ville pour regarder la cérémonie d'aussi loin ! À quoi rime la Sensa sans fiançailles ?

— C'est comme ça, nous avons des ordres.

Ceux-ci étaient en effet des plus stricts, et unanimement incompris de ce côté-ci de la mêlée. Des noms d'oiseaux volaient de part et d'autre ; quelques horions s'abattaient même sur les festoyeurs insistants. Tous s'indignaient d'un dispositif si inhabituel et qui, à les entendre, coupait le lien ancestral entre la mer, le doge et son peuple. Mais à épidémie exceptionnelle, mesures exceptionnelles. Les Trois Sages avaient imposé cette mesure protectrice du doge et de ses invités, au détriment de l'esprit de communion populaire.

Comme un géant masqué faisait mine de se glisser entre deux soldats, il reçut même un coup d'épée sur le flanc, éclaboussant de son sang rubicond les robes et les costumes neufs qu'on avait sortis pour l'occasion. L'incident fut ponctué de cris et de nouveaux remous. On hurlait au meurtre, on bramait à l'attentat contre les bonnes gens de Venise ! Les gardes, eux, se demandaient combien de temps ils allaient tenir face à la cohue, rageuse et déçue.

— Tu es peut-être le doge des riches, hurla une voix anonyme à destination des grappes de notables protégés par la soldatesque, mais ne t'y trompe pas : nous serons tous ensemble en enfer, Dolfin ! Il va falloir t'y faire !

Quand, soudain, un autre bruissement vint couvrir les injures et les râles de colère. Comme par enchantement, la foule se fendait devant une mince colonne, un homme suivi de trois factotums affectés, semblait-il, à sa protection.

À la fureur succédait une stupéfaction béate. Presque de la joie.

— *Guard' !* C'est lui ! C'est le capitaine ! soufflaient quelques quidams des premiers rangs à ceux qui s'agglutinaient dans leur dos.

De haute stature, éclatant dans son uniforme blanc rehaussé de galons d'or, l'officier en question traçait son chemin sans un regard pour la populace admirative. Lorsqu'il atteignit la muraille en armes, celle-ci s'effaça sans mot dire pour le laisser passer. Vraiment, un homme qui détenait ce pouvoir méritait leur respect, et ceux qui exprimaient leur aigreur l'instant d'avant paraissaient transfigurés par son apparition. Quelques vivats s'élevèrent même ici ou là, ponctués d'applaudissements nourris.

*

Dans la zone réservée aux invités de choix, l'arrivée de l'homme en blanc n'était pas passée inaperçue non plus. Mais, indifférent aux œillades et à la rumeur flatteuse, celui-ci fondit sans hésiter sur la seule silhouette qui semblait digne de son intérêt et de son rang.

Parmi les convives plantés sur le quai San Marco, et dont la plupart commençaient à s'impatienter, cette splendeur nacrée attirait de fait tous les regards. Conseillers, magistrats, ou encore militaires de haut rang, il y avait là une immense majorité d'hommes, et aucun ne semblait indifférent à de tels atours. Qu'elle fût une ancienne prostituée, et désormais la première d'entre toutes, les retenait peut-être de lui adresser la parole, pas de lui décocher leurs pressantes œillades. « Quoi ? Il n'y a pas de mal à aimer le beau où il se trouve ! » grommela le vieux maître de philosophie Gritti, lorsqu'un proche le prit en flagrant délit.

— Madame, laissez-moi vous dire que si c'est la mer qu'on épouse ici aujourd'hui, il n'y a qu'une femme qui mérite réellement nos hommages.

Chiara baissa les yeux avec modestie.

Son nouveau statut lui valait parfois de pareilles marques de respect ; mais elle n'était pas encore rompue à ce badinage courtisan. Surtout, elle n'oubliait pas que, il y a peu encore, la plupart de ces hommes s'encombraient de peu de mots avec elle, la considérant comme un vulgaire trophée de chair qu'ils décrochaient pour quelques dizaines d'écus.

L'homme qui la toisait de toute sa hauteur portait beau. Un militaire, selon toute évidence. Grand, les yeux clairs et la mâchoire carrée, il semblait se situer dans cet âge intermédiaire où l'expérience le dispute à la vigueur de la jeunesse.

— Votre Seigneurie est trop aimable.

— Lorenzo Celsi, se présenta-t-il avec une brève flexion de la nuque. Capitaine du golfe et commandant de la flotte de la République.

— Ah ! notre meilleure garantie de paix, alors..., spécula-t-elle, légèrement troublée par l'importance du personnage.

— ... ou, je l'espère, notre meilleure chance de succès en cas de guerre, la reprit-il avec une pointe de vanité belliqueuse.

Évadant son regard par-dessus l'épaule de son interlocuteur, elle chercha Nicola des yeux, mais il semblait que depuis son arrivée son amant s'ingéniait à l'éviter. À présent, il avait totalement disparu dans la masse des invités, tous revêtus de leurs plus rutilants habits. Peu d'entre eux lui étaient connus, et pourtant elle gagea qu'il y avait là tout ce que Venise comptait de patriciens des Cà les plus respectées. Elle identifia bien les fils Venier et Morosini, ceux qu'elle avait aperçus lors de la toute première inspection de San Matteo. Mais, fait surprenant, elle ne vit ni Pietro Dolfin ni aucun autre de ses amis les plus proches.

— Vous cherchez quelqu'un ? s'enquit Celsi, un peu vexé. Vous aviez rendez-vous, peut-être ?

— Je... Non. Non, pas du tout. Je me demandais juste où se trouvait Sa Seigneurie le doge. Les occasions de le voir ne sont pas si fréquentes.

— Dans ce cas, vous me ferez l'honneur de me laisser vous conduire à lui, n'est-ce pas ?

À ces mots, il lui présenta un avant-bras aussi large que ferme, qu'elle n'eut pas le cran de refuser.

« En aucun cas, nous ne devons nous afficher ensemble à la vue de tiers, tu m'entends ? » se remémora-t-elle l'interdit édicté par son père. « Et si nous sommes amenés à nous croiser hors de ce palais, tu passeras ton chemin. Il est hors de question que nous ayons le moindre échange. » Et pourtant, il avait pris le risque de la convier au plus exposé des événements de la cité.

Fier de s'afficher en si galante compagnie, le *condottiere* se faisait pressant, enroulant d'autorité le poignet de cette jeune beauté anonyme autour de son bras. Fendant la multitude courtisane, voilà que son cavalier l'entraînait déjà d'un pas décidé. Savait-il seulement qui elle était, et plus encore qui elle avait été avant ces trois derniers mois ?

Mi-envieux mi-goguenards, la plupart des regards se retournaient sur leur passage. Un sillage de chuchotements et de ragots s'étirait derrière eux. Et Chiara n'aurait su dire si elle se délectait de cette revanche, ou si elle avait honte de trahir ainsi les siens, cette populace qu'on contenait par la force, bien loin des édiles et de leurs privilèges.

— Lorenzo, je vois que vous savez toujours aussi bien vous entourer !

La voix de Giovanni Dolfin la statufia. Sourd aux anathèmes venus de la vulgate, Giovanni Dolfin s'était pressé pour accueillir le nouveau venu. Malgré son sourire de circonstance, il était effrayant. Le teint gris et la mine chiffonnée. Même l'or et l'argent éclatants de son ample simarre de brocart ne parvenaient pas à lui redonner une figure décente.

Voilà qu'ils se tenaient tous deux devant le doge. Elle, la bâtarde qu'il cachait. Le vieil homme lui sembla avoir pris mille ans depuis leur dernière entrevue ; mais comme il se tournait vers eux pour leur faire face, son œil bleu lui parut d'un coup plus vif.

Il la transperçait de part en part. « Hors de question que nous ayons le moindre échange », rappelait-il.

— Je ne suis peut-être pas un pêcheur émérite, répliqua le Capitaine, mais j'avoue que je ne suis pas mécontent de ma prise.

— Et quelle prise ! s'exclama le duc sur un ton où le fiel le disputait à la flatterie. La reine du Castelletto, rien moins que ça !

À la seconde que mit son galant à répondre, Chiara comprit que ce dernier ignorait tout de son identité. Sans doute avait-il ses excuses ; un tel chef de guerre devait passer plus de temps sur les océans que dans les salons, mieux connaître le son du canon que celui des *ciacole*.

Pourtant, même au loin, la rumeur du miracle économique que constituait le Castelletto avait dû lui parvenir. Depuis deux mois environ, depuis le premier relevé des comptes des matrones par les Seigneurs de la nuit, l'argent coulait en effet à flots dans les caisses de la République. Ce n'était certes qu'un début, mais il se révélait déjà plus que prometteur.

— C'est la déesse de l'amour en personne, que Sa Seigneurie me décrit là ! finit-il par s'écrier, flagorneur. Je croyais m'être trouvé une beauté, et j'ai capturé Vénus !

Bien qu'improvisée, sa réponse était rouée, et elle prouvait que le talent politique du *commodore* n'avait rien à envier à celui du vieux duc.

Mais malgré la réserve que lui imposait son père, Chiara appréciait peu d'être l'enjeu de ce combat de coqs. Les yeux mi-clos, humble et pourtant déterminée, elle susurra :

— Tant que Messire ne prétend pas m'enfermer dans une coquille…

Sa repartie érudite souleva l'hilarité des deux hommes et des quelques témoins présents, abrégeant opportunément leur escarmouche. Parmi ces visages, un seul était demeuré stoïque, triste et émacié, celui de Nicola, qui soudain lui apparut comme un vivant reproche.

« Que fais-tu au bras de ce vantard ? » semblaient lui demander les yeux perçants de son amant. « Je suis bien libre de prêter mon bras à qui je veux, puisque toi tu ne l'assumes pas en public », lui répondit-elle tout aussi silencieusement, d'un regard assassin. Las ! les consignes qu'on leur avait administrées à l'un comme à l'autre étaient claires : aucun contact, aucun échange, rien qui, en public, pourrait laisser entendre qu'ils se fréquentaient.

— Parlant de déesse, esquiva Dolfin, je crois que la mienne m'attend. Ne faisons pas s'impatienter notre fiancée. Elle a ses caprices, elle aussi.

Et à ces mots, il fit signe aux deux soldats qui l'encadraient de l'escorter vers l'embarcadère du môle proche, là où les attendait l'imposante silhouette du *bucintoro*, la barge d'apparat de la Sensa. Le navire couvert d'un dais rouge et fraîchement restauré à la feuille d'or brillait de tous ses feux sous le soleil de midi. Grâce à ces quelques aménagements, ce qui n'était au fond qu'une grosse galère pataude à fond plat, encadré de chaque côté par une longue rangée de rames, prenait des airs de divin esquif.

De char céleste.

— Nous allons devoir compter sur elle plus que jamais, mon cher Lorenzo, reprit le duc d'un ton grave.

L'emploi du pronom féminin était ambigu, mais son interlocuteur ne s'y trompa pas. Le doge parlait toujours de la mer, comme l'attestait son regard d'un bleu délavé, fixé sur les eaux sombres du lointain.

Que redoutait-il ? Une nouvelle *acqua alta* ?

— Vous a-t-elle déjà déçu ?

— Non… Mais c'est le moment ou jamais de montrer pour qui penche vraiment son cœur : nos ennemis… ou nous.

L'allusion était cette fois plus qu'explicite. Car les ennemis en question ne pouvaient être que les Génois, auxquels la rumeur prêtait de nouvelles intentions guerrières à l'encontre de Venise. Depuis la perte de la Dalmatie, et malgré la puissance commerciale de ses quelques colonies restantes, telle l'île de Candie, la République était redevenue une cible de choix pour l'appétit insatiable de Gênes.

Filant la métaphore maritime, et l'inscrivant dans l'agenda du jour, Celsi tenta de rassurer son maître.

— Une jeune épousée ne saurait hésiter entre son mari légitime et un amant volage, Votre Grâce. Je suis certain que le moment venu elle fera le bon choix.

— Puissiez-vous être entendu, mon ami. Et vite !

Achevé d'imprimer en Espagne
par Novoprint
Dépôt légal : mai 2019